Liebesglück und Hochzeitsfieber

Amelie Winter

Verlag:
BookRix GmbH & Co. KG
Implerstraße 24
81371 München
Deutschland

ISBN 978-3-7487-9691-6

Text: Amelie Winter
Cover-/Umschlaggestaltung:
Buchgewand Coverdesign | www.buch-gewand.de
unter Verwendung von Motiven von stock.adobe.com: © Arlenta
Apostrophe, © Анастасия Погуда, © Kseniya;
depositphotos.com: © kolibrico, © deslns, © lisagerrard,
© olesya@turchuk.ru, © yupiramos;
Korrektorat: Dr. Andreas Fischer

Liebesglück
und
Hochzeitsfieber

Amelie Winter

1

»Du schuldest mir was, Kate!«, murrte Brandon. Er hatte sich von seiner Schwester dazu überreden lassen, sie beim Kauf ihres Brautkleides zu begleiten. So was war gar nicht sein Ding: sich Brautkleider ansehen. Oder heiraten. ›Single‹ stand in dicken weißen Lettern auf seinem Kapuzenpulli – ein Geschenk von seinem Kumpel Mark, den es amüsierte, wie sehr Brandon sich sträubte, in den Hafen der Ehe einzulaufen. Brandon war cool – dachte er zumindest! –, und schlecht sah er auch nicht aus. Immer mal wieder verguckte sich eine Frau in ihn. Aber wenn er das Wort ›Heiraten‹ auch nur hörte, stellten sich ihm die Nackenhaare auf, und eine hässliche Gänsehaut breitete sich auf seinen Armen aus. Das bildete er sich bestimmt nicht ein! Das passierte wirklich. Vom Heiraten wollte er absolut nichts wissen. Brandon liebte seine Freiheit viel zu sehr.

»Das wird lustig, komm schon! Beweg dich!«, rief seine Schwester. Sie eilte voraus, und Brandon stolperte lustlos hinter ihr her. Das Brautmodengeschäft lag irgendwo in der North Main Street versteckt. Kate hatte den Laden online gefunden und ihm Fotos von den Kleidern gezeigt. Die sahen super aus – das musste er zugeben!

Plötzlich blieb sie stehen – Brandon wäre beinahe in sie hineingelaufen – und legte den Kopf in den Nacken. Sie schaute hoch zu einem Schild, wo *Riley's Bridal Salon* stand.

»Das ist es!«, rief sie aufgeregt. Ihre Augen leuchteten. Brandon betrachtete sich den Laden von außen. Im Schaufenster waren zwei Kleider mit langen wallenden Röcken ausgestellt. Ansonsten fehlte jegliche Dekoration. Ein Brautmodengeschäft hatte er sich eleganter und ansprechender vorgestellt. Skeptisch folgte er seiner Schwester ins Innere. Die Ladenglocke ertönte, als sie eintraten. Niemand war da. Kate wirkte dennoch glücklich und zufrieden. Brandon schaute sich gespannt um. Innen machte das Geschäft einen weniger tristen Eindruck, aber dennoch hatte er sich mehr erwartet. Der Raum war winzig. Auf der einen Seite stand eine Empfangstheke, die nicht besetzt war, und auf der anderen Seite hingen die Kleider auf einem Ständer. Es waren vielleicht fünfzehn an der Zahl. In der Mitte des Raumes befand sich ein antikes *Chippendale*-Sofa mit eleganter Polsterung. Das Stück wertete die Boutique etwas auf. Brandon würde sich dort gleich hinsetzen, während Kate das Kleid anprobierte – sollte sie tatsächlich eins finden, das ihr gefiel. Irgendwo musste eine Umkleidekabine versteckt sein.

»Niemand da?« Kate wirkte enttäuscht.

Endlich kam jemand herbeigeeilt. Brandons Laune hellte sich sofort auf. Die Frau war hübsch! Sie hatte langes brünettes Haar, leicht gewellt und perfekt gestylt; ein schönes Gesicht und umwerfende Beine, die der figurbetonte Rock, der knapp über den Knien endete, optimal zur Geltung brachte. Dazu trug sie eine schicke weiße Bluse mit Glockenärmeln. Brandon stellte sich neben Kate und schaute gespannt zu der Frau, die sie nun freundlich begrüßte und ihren Namen nannte – sie hieß Patricia. Sogar der Name war hübsch!

»Wie kann ich Ihnen helfen?«, wollte sie wissen. Der Laden kam ihm plötzlich nicht mehr so schäbig vor.

»Ich suche ein Brautkleid!«, verkündete Kate enthusiastisch.

»Haben Sie schon eine ungefähre Vorstellung, welches Kleid Sie möchten?« Patricia lächelte freundlich, und Brandon hatte das Gefühl, die Sonne ginge auf. Ob sie auf böse Jungs stand? Oder war ihr ein braver Businessman lieber? Brandon grinste verschmitzt. Solche Frauen waren häufig auf der Suche nach einem Abenteuer. Da waren sie bei Brandon genau richtig. Mit ihm hatte noch jede Frau Spaß haben können – bis sie vom Heiraten sprachen. Da klinkte sich Brandon dann aus und nahm ganz schnell die Beine in die Hand.

Kate zog das Smartphone aus der Handtasche und rief die Seite des Brautmodengeschäfts im Internet auf.

»Dieses Kleid würde ich gerne anprobieren!«, verkündete sie stolz und deutete auf das Foto.

»Oh, natürlich! Das Kleid ist traumhaft! Ich suche es Ihnen sofort heraus!« Patricia eilte zu dem Kleiderständer und fand das gute Stück auf Anhieb. Bislang hatte sie von Brandon kaum Notiz genommen. Er überlegte sich, wie er ihre Aufmerksamkeit auf sich ziehen konnte. Aber vorerst betrachtete er ihre Hände und hielt nach einem Ring Ausschau. Mit verheirateten Frauen flirtete er für gewöhnlich nicht. Brandon hatte Prinzipien.

»Sie können sich da hinten umziehen.« Patricia zeigte Kate den Weg. Brandon zog derweil endlich die Kapuze vom Kopf. Er hatte eine Wette verloren und sich deswegen den Schädel kahl rasiert. Seitdem fror er ständig hinter den Ohren. ›Du siehst aus wie ein Gangster‹, hatte Kate ihm vorgeworfen, und seine Mom hatte sich erst mal setzen müssen, als sie ihn mit Glatze gesehen hatte. Das war vor vier Tagen gewesen. Mittlerweile hatte sich bereits ein dunkler Schatten auf seinem Kopf ausgebreitet. Die Haare wuchsen zum Glück schnell nach.

Seufzend nahm er auf dem schicken Sofa Platz und fühlte sich wie ein König. Wie Kate in einem Brautkleid wohl aussah? Er kannte sie nur in schicken Anzughosen, Jeans oder Shorts. Sie trug nicht gerne Röcke, aber bei ihrer Hochzeit wollte sie jedem die Schau stehlen! Brandon konnte noch immer nicht glauben, dass es jetzt endlich so weit war: Sie würde James heiraten. Die beiden waren schon seit vielen Jahren zusammen, aber dass sie tatsächlich mit ihm gemeinsam vor den Traualtar treten würde, hätte Brandon nicht gedacht. Eigentlich hatte er nur darauf gewartet, dass Kate Schluss machte und sich nach jemand anderem umsah. Brandon konnte James nicht leiden. Die beiden passten nicht zueinander. Da er aber von Beziehungen wenig Ahnung hatte, hielt er sich lieber zurück. Kate war zwei Jahre jünger als er. Brandon machte sich Sorgen um seine kleine Schwester. Dabei hatte er sich nie wie ein großer Bruder verhalten – im Gegenteil! Ständig musste er sich anhören, er sollte endlich erwachsen werden. Er war dreißig! Da hatte man doch noch sein ganzes Leben vor sich – und jeder tat so, als hätte er es schon hinter sich.

Patricia kam zurück und stellte sich neben die Empfangstheke. Brandon erhob sich vom Sofa, trat näher und lächelte charmant. Sie beäugte ihn misstrauisch. Auch schien sie die Glatze zu irritieren. Bei dieser Frau hatte er keine Chance, oder doch? Es war nicht seine Art, frühzeitig aufzugeben, aber im Grunde war er gar nicht auf der Suche nach was Neuem. Dabei war er schon seit über einem Jahr Single – sein persönlicher Rekord! –, und irgendwie hatte er sich daran gewöhnt. Single sein hatte viele Vorteile.

»Wann ist denn der große Tag?«, fragte Patricia plötzlich. Brandon stutzte. »Das erlebe ich nicht oft, dass der

Bräutigam die Braut zur Anprobe begleitet.«

»Was?!« Er hob abwehrend die Hände. »Kate ist meine Schwester!«, erklärte er rasch – und tatsächlich hatte er keine Ahnung, warum sie *ihn* darum gebeten hatte, mitzukommen. Ihre beste Freundin war gerade in den Flitterwochen. Vermutlich deswegen. Eliza hatte erst kürzlich ihrem Langzeitfreund das Ja-Wort gegeben, und Kate war ihre Brautjungfer gewesen. Sie hatte sogar den Brautstrauß gefangen! Seitdem hatte sie es mit dem Heiraten richtig eilig.

»Sie sind Ihr Bruder?« Patricia lächelte ihn zum ersten Mal an. Mochte sie ihn doch? »Das ist toll, dass Sie Ihre Schwester unterstützen.« Beinahe wurde er rot. Brandon war nämlich kein Vorzeigebruder, aber er gab sich Mühe. Immer mal wieder.

Kate betrat den kleinen Raum, und Brandon schaute überrascht. Sie in einem Braukleid zu sehen, war gewöhnungsbedürftig. Seine Schwester strahlte von einem Ohr zum anderen.

»Und? Wie findest du es?«, wollte sie wissen. Ihre Augen leuchteten! Hoffnungsvoll wartete sie auf sein Urteil. ›Das ist mein Traumkleid‹, hatte sie ihm vorgeschwärmt. Aber nun, da sie es trug, gefiel es ihm nicht. Wie sollte er ihr dies schonend beibringen? Das korsagenähnliche Oberteil passte an der Taille, aber auf Brusthöhe war es zu weit. Der Rock bestand aus mehreren Lagen und war viel zu voluminös. Er war auch zu kurz. Kate war groß gewachsen und sehr schlank – genau wie Brandon. Jeder in seiner Familie war schlank.

»Es gefällt dir nicht?«, fragte Kate enttäuscht.

»Doch! Aber ...« Er musste ehrlich zu ihr sein. Auch Patricia betrachtete seine Schwester eingehend und wirkte skeptisch.

»Darf ich?«, fragte sie höflich, woraufhin Kate nickte und Patricia an der Korsage zupfte. »Die Körbchen können wir verkleinern«, erläuterte sie. »Auch müssen wir das Kleid auf die richtige Länge bringen.«

Kate drehte sich zum Spiegel hin. Das Leuchten in ihren Augen war erloschen.

»Vielleicht ist ein anderes Kleid besser?«, sagte sie. Brandon wusste genau, dass sie sich in dieses Kleid verliebt hatte.

»Ich bin gleich wieder da«, verkündete Patricia plötzlich und huschte davon. Sie verschwand im hinteren Teil des Ladens. »Riley, kommst du mal?«, hörte er sie rufen.

Brandon stellte sich derweil hinter seine Schwester und legte die Hände auf ihre Schultern.

»Du siehst *immer* toll aus«, meinte er.

»Das Kleid steht mir nicht.«

»Wenn sie es anpassen, schaut es sicher super aus!«

Patricia tauchte wieder auf. Sie war aber nicht allein, jemand folgte ihr wie ein Schatten. Brandon zog überrascht die Augenbrauen hoch. *Riley's Bridal Salon* stand über dem Eingang der Boutique – war *das* etwa Riley? Sie trug weite Jeans und ein enges Shirt. Ihr recht großer Busen war nicht zu übersehen. Ansonsten war alles an ihr winzig! Die aschblonden Haare reichten ihr vorne fast bis zum Kinn und wurden nach hinten hin immer kürzer. Sie waren nicht gelockt, aber auch nicht glatt. Das war wohl der furchtbarste Haarschnitt, den Brandon je gesehen hatte. Zudem trug sie eine dicke Hornbrille, die viel zu groß war für den kleinen Kopf. Brandon verzog das Gesicht zu einem schiefen Grinsen. Die Frau hatte ein Maßband um den Hals hängen und kaute auf einer Stecknadel. Sie schob die Brille hoch, bevor sie Kate musterte.

»Was sagst du dazu, Riley?«, fragte Patricia. Sie schaute

sich das Brautkleid an und würdigte Brandon keines Blickes.

»Sind Sie sicher, dass Sie dieses Kleid wollen?«, fragte sie. Ihre Stimme hatte einen angenehmen, sehr weichen Ton, was Brandon überraschte.

Kate nickte eifrig.

»Wir können es an Ihre Figur anpassen, aber ich denke, ein anderes Kleid würde Ihnen besser stehen. Dieses Kleid ist eher für kurvige Frauen geeignet.« Im nächsten Moment trat sie an den Kleiderständer und schob die Stücke energisch auseinander, bis sie fündig wurde.

Das Brautkleid, das sie nun hervorholte, sah ganz anders aus als jenes, das Kate gerade trug. Zwar wirkte es edel, aber auch eher unscheinbar. Der Rock fiel gerade nach unten, die Passform war schmal. Wie zu erwarten guckte seine Schwester skeptisch. Riley lächelte ihr aufmunternd zu.

»Probieren Sie es an!«, forderte sie Kate auf, die nun mit Brandon Blickkontakt suchte. Er nickte zustimmend.

Kate ging mit dem Kleid nach hinten, und Brandon betrachtete derweil Riley etwas genauer. Diese Frau sah nicht so aus, als hätte sie Ahnung von Mode – sie konnte sich ja nicht mal selbst anständig kleiden! An diese Jeans, die weit über den Knöcheln endete, musste er sich erst gewöhnen. Und das Schuhwerk ging gar nicht! Sie trug gelbe *Crocs*. Am auffälligsten waren jedoch die bunten Ringelsocken.

Aber welches Recht hatte er, über ihr Outfit zu urteilen? Mit dem schwarzen Hoodie, der dunklen Jeans und den neongrünen Turnschuhen war er auch keine Modeikone! Sein Vater, ein notorischer Anzugträger, strafte ihn deswegen gewohnheitsmäßig mit einem missbilligenden Blick, wenn er in diesem oder einem ähnlichen Outfit zu einem

Geschäftsmeeting erschien. Brandon hatte sich in den letzten vier Tagen sehr bemüht, seinem Dad aus dem Weg zu gehen. Wenn er ihn mit Glatze sah, dann ...! Er hoffte, die Haare würden noch schneller nachwachsen. Gedankenverloren fuhr er sich über die Stoppeln, die er kaum spürte.

»Kann mir bitte jemand helfen?«, hörte er Kate rufen.

Brandon wollte sich schon auf den Weg machen, als Riley ihm zuvorkam. Es war besser, die Frauen waren unter sich. Wahrscheinlich klemmte der Reißverschluss. Er wunderte sich ohnehin, wie sich seine Schwester vorhin derartig hatte verrenken können, um das Kleid am Rücken zu schließen.

Nun war er mit Patricia wieder allein, die ihm freundlich zulächelte. Brandon fühlte sich fehl am Platz. Er hoffte sehr, Kate würde ein hübsches Kleid finden. Im Moment sah es aber eher danach aus, als würde dieser Tag ein Reinfall werden.

Als seine Schwester jedoch zurückkam, machte Brandon große Augen. Das Kleid war hinreißend! Sein Mund klappte auf, was ihm viel zu spät auffiel. Schnell machte er ihn wieder zu.

»Was guckst du so?«, fragte Kate und grinste zufrieden.

»Du siehst aus wie eine Königin.«

Sie stellte sich vor den großen Spiegel und betrachtete sich von allen Seiten. Das rückenfreie Oberteil war mit Spitze besetzt, hatte schmale Träger und einen tiefen V-Ausschnitt. Der Seidenrock umschmeichelte Kates schmale Hüften und hatte vorne einen hohen Schlitz. Der Stoff war fließend und ließ sie noch größer erscheinen, als sie es ohnehin war.

»Eigentlich hatte ich wie eine Prinzessin aussehen wollen.« Sie lächelte verschmitzt.

»So ist es besser, glaub mir!« Er konnte nicht fassen, wie schön seine Schwester war! Kurz schielte er zu Riley. Die Frau verstand was von ihrem Job. Brandon war beeindruckt.

»Das Kleid passt genau.« Auch Kate schien überrascht. Es war nicht zu weit, nicht zu eng, auch hatte der Rock exakt die richtige Länge.

»Sie sollten die Haare hochstecken«, riet ihr Patricia. Kate strich mit beiden Händen ihr brünettes Haar nach hinten und formte einen provisorischen Knoten.

»Du siehst super aus«, sagte Brandon ernst, dabei war er doch *nie* ernst. Aber seine Schwester würde eine wunderhübsche Braut abgeben. »James ist ein Glückspilz!« Brandon zeigte sich ausnahmsweise von seiner charmantesten Seite.

»Wollen Sie noch ein anderes Kleid anprobieren?«, fragte Riley.

»Was sagst du?« Kate wandte sich an ihn.

»Da wir schon hier sind – nur zu! Aber ich denke, keins der anderen Kleider kann dieses hier toppen!«

»Ich finde es auch super.« Ihre Augen strahlten wieder. Noch mehr als zuvor.

Was war es nur, was Frauen am Heiraten so glücklich machte? Brandon hielt nichts von Festlichkeiten. Bei seiner Konfirmation hatte er zuletzt einen Anzug getragen. Er hatte eine Zeremoniephobie! Brandon hing lieber in Pubs mit seinen Kumpels herum – oder er arbeitete. Er reiste auch gerne. Gesellschaftlichen Traditionen und Regeln konnte er nicht viel abgewinnen. Und von Romantik verstand er sowieso nichts.

»Dieses hier ... Und dieses hier ...«, sagte Riley, während sie ein Kleid nach dem anderen aus ihrer Sammlung an Patricia weiterreichte, die Kate bis zur Kabine begleitete.

Nun war Brandon mit Riley allein. Sie schob ihre Brille hoch, und erstmals schenkte sie ihm ihre Aufmerksamkeit. Instinktiv guckte er auf ihre Brüste – und dann sofort wieder in ihr Gesicht. Sie schien es bemerkt zu haben. Ihr hässlicher Blick ließ jedenfalls darauf schließen. Dabei hatte er sie nicht mal angemacht! Brandon drehte sich seufzend weg und zog die Kapuze wieder über den Kopf. Der kahle Schädel fühlte sich nach wie vor ungewohnt an.

Kate und Patricia tauchten wieder auf. Das Kleid, das sie nun trug, war auch hübsch.

»Gefällt mir«, sagte Brandon ehrlich.

»Mir auch.« Kate betrachtete sich kritisch im Spiegel. »Aber das andere ist toller!«

Trotzdem probierte sie noch zwei weitere an. Brandon setzte sich derweil aufs Sofa. Er gähnte ungeniert. Es war schon spät. Sie waren seit einer Stunde im Laden – und sie waren die einzigen Kunden. Eigentlich hatte er sich heute noch mit seinen Kumpels im Pub treffen wollen.

Das Handy klingelte, und er zog es aus der Hosentasche. Die Frauen beachteten ihn ohnehin nicht.

Craig will wissen, ob du heute kommst!

Sein Kumpel und Arbeitskollege Mark hatte ihm geschrieben.

Ich bin in einem Brautmodengeschäft, antwortete Brandon.

Wer heiratet?, kam zurück.

Meine Schwester! Hab ich dir doch erzählt!

Mark hatte ein Gedächtnis wie ein Sieb.

Verschieben wir unsere Partie?

Quatsch! In einer Stunde bin ich da. Im *The Loophole* hing er täglich herum. Dort fühlte er sich zu Hause.

2

Riley saß in ihrem Nähzimmer, das sich hinten in der Boutique befand, und war gerade dabei, den Rock eines Brautkleides zu kürzen. Sie hatte die untere Naht aufgetrennt und legte nun den Stoff nach innen um. Patricia schaute ihr gespannt bei der Arbeit zu. Rileys Freundin war gut im Verkaufen, aber vom Nähen verstand sie nichts. Sie kannten sich seit der Highschool. Als Riley sich kurzerhand dazu entschlossen hatte, eine eigene Boutique aufzumachen und ihre Kreationen zu verkaufen, hatte Patricia sofort mithelfen wollen. Sie war ein Allroundtalent. Riley kümmerte sich um die Brautkleider – und Patricia erledigte den Rest. Jetzt saß sie auf dem super bequemen Papasansessel aus geflochtenem Rattan, in dem sich auch Riley nach der Arbeit gerne ausruhte. In dem großen runden Ding fühlte sie sich, als würde sie auf einer Wolke sitzen.

Riley streckte sich kurz, gähnte ungeniert und rieb sich die trockenen Augen, bevor sie mit der Arbeit fortfuhr. Das Geräusch der Nähmaschine machte sie schläfrig. Die Lider fielen ihr beinahe zu. Sie musste sich jetzt zusammenreißen. Das Kleid durfte sie auf keinen Fall ruinieren. Den Satinstoff hatte sie in Italien bestellt. Der Meter kostete fast hundert Euro. Riley sparte nie beim Material. Sie legte großen Wert darauf, ihren Kunden die beste Qualität zu präsentieren.

»Willst du es nicht gut sein lassen?«, fragte Patricia. Riley hob den Kopf und schaute auf die Uhr an der Wand. Es war schon nach acht.

»Und was ist mit dir?«, erwiderte sie. »Solltest du um diese Zeit nicht zu Hause sein? Sean vermisst dich bestimmt schon!«

»Der vermisst nur das Abendessen, auf das er heute länger warten muss«, gab Patricia grinsend zurück. Die beiden waren seit drei Jahren ein Paar. Seit einem halben Jahr wohnten sie zusammen.

Riley hielt inne, als ihr Telefon klingelte. Die Nähmaschine verstummte. Sie hob das Handy vom Tisch hoch und schaute nach, wer ihr geschrieben hatte.

»Deine Mom?«, fragte Patricia.

»Woher ...?«

»Weil du dieses Gesicht ziehst! Das kenne ich doch! Das ist dein *Mom-will-mich-wieder-verkuppeln-Gesicht.*« Sie lachte schallend.

Rileys Mom hatte kürzlich ihre Liebe zum Bingo entdeckt. In Cork gab es etliche Bingohallen. Seitdem lernte sie ständig neue Leute kennen. Und diese Leute hatten Söhne, die noch Single waren. Riley war ihrer Mutter zuliebe schon auf etliche Blind Dates gegangen. Die meisten dieser Männer waren totale Loser gewesen! Wahrscheinlich war auch Riley eine Loserin, schließlich wurde sie bald dreißig und war immer noch Single. Sie sollte nicht über andere urteilen, aber diese Typen waren unmöglich gewesen ...!

»Sei doch froh, so lernst du eine Menge Männer kennen!« Patricia amüsierte sich köstlich. »Willst du dich nicht verlieben?«

»Doch! Und wie ich das will!« Riley legte das Handy weg. »Ich will mich verlieben – und dann will ich heiraten. In einem wunderhübschen Kleid, das ich selbst entworfen habe. Und dann lasse ich mich scheiden!«

»Du bist verrückt!« Patricia lachte lauthals.

»Ich will nur meine Traumhochzeit haben. Einmal Prinzessin sein! Ohne Mann klappt das nicht!«

»Dann engagier doch jemanden, der für einen Tag Bräutigam spielt! Ein Student, der sich gerne was dazuverdient, müsste sich doch finden.«

»Ein Student? Der Typ sollte zumindest genauso alt sein wie ich.«

»Es gibt etliche Studenten in deinem Alter«, rief Patricia fröhlich. »Soll ich in der Zeitung eine Anzeige aufgeben? Oder an der Uni ans Schwarze Brett hängen? ›Suche Bräutigam für einen Tag! Voraussetzung: gutes Aussehen! Mindestens eins neunzig, breite Schultern, markantes Kinn und dichtes Haar.‹«

»Machst du dich über mich lustig?«, stellte Riley die unnötige Frage.

Patricia grinste zufrieden. »Du stehst doch auf Männer wie aus einem Katalog! Durchdringender Blick, charmantes Lächeln, Dreitagebart ...!«

»Ich will eben jemanden, der auf einem Foto gut ausschaut!«

Patricia schüttelte ungläubig den Kopf. »Erinnerst du dich an den Kerl, der mit seiner Schwester da war?« Riley dachte angestrengt nach. »Der sah nicht schlecht aus!«, fuhr Patricia fort. Endlich fiel ihr ein, wen ihre Freundin meinte.

»Der Idiot hat auf meine Titten gestarrt.«

»Hat er?« Patricia lachte. »Also ist er interessiert an dir! Das ist doch super.« Riley guckte grimmig. »Und groß ist er auch! Vielleicht nicht eins neunzig, aber eins fünfundachtzig bestimmt.«

»Der hatte doch keine Haare!«, schimpfte Riley.

»Die wachsen nach!«, erwiderte Patricia. »Hoffentlich ...«

Sie wirkte nachdenklich. »Glaubst du, er hat sich den Schädel rasiert, weil sich sein Haar schon lichtet?«

»Vermutlich.«

»Was hältst du von einer Perücke?«

»Du machst dich über mich lustig.« Riley seufzte. Sie wusste doch selbst, dass sie als alte Jungfer enden würde.

Leider war Riley nicht besonders feminin. Sie war nicht besonders hübsch. Ihre Hüften waren viel zu schmal und der Busen viel zu groß – weswegen die Männer ständig darauf starrten! Aber ansonsten beachtete sie das andere Geschlecht für gewöhnlich kaum. Riley war immer diejenige, die auf Männer zugehen und den ersten Schritt machen musste. Sie war aber nie diejenige, die die Beziehung beendete. Riley hatte immer vor Selbstvertrauen nur so gesprüht – aber nach drei dramatisch gescheiterten Beziehungen war sie zum Schluss gekommen, dass irgendetwas mit ihr nicht stimmte.

»Warum ziehst du so ein Gesicht?«, fragte Patricia. »Ich mach doch nur Spaß!«

»Ich bin deprimiert«, brummte Riley.

»Weil du deinen Traumprinzen nicht findest?«

Riley nickte schwach und schaute bemüht traurig.

»Arme Riley!«, flötete ihre beste Freundin. »Du bist kreativ, lustig, klug und talentiert. Die Typen wissen nicht, was sie verpassen.« Patricia schlug ihre langen Beine übereinander, während Riley wieder die Nähmaschine in Gang setzte. Das Geräusch beruhigte ihr aufgewühltes Herz. Riley liebte es, zu nähen. Sie liebte es, etwas zu kreieren. Ihre Kleider entstanden zuallererst in ihrem Kopf, dann brachte sie die Entwürfe zu Papier, bevor sie den richtigen Stoff auswählte und ihre Ideen Schritt für Schritt umsetzte.

Sie hielt wieder inne und überlegte.

»Männer mögen mich einfach nicht«, sagte sie ernst.

Irgendwas machte sie falsch.

»So ein Quatsch!«

»Doch! Männer stehen nicht auf Frauen wie mich! Die stehen auf Frauen wie dich!« Sie deutete mit dem Zeigefinger anklagend auf Patricia. »Wegen Frauen wie dir habe *ich* keine Chance!«, verkündete sie theatralisch.

Patricia verdrehte die Augen.

»Du musst nur Geduld haben«, erwiderte sie zuversichtlich.

Riley seufzte tief. Beinahe war ihr zum Heulen zumute. Sicher lag es nur an der Müdigkeit. Sie hatte in den letzten Tagen fast ohne Pause gearbeitet. Riley neigte nämlich nicht dazu, sich wegen ihrer Liebesprobleme die Augen auszuweinen.

»Man bereut immer die Dinge am meisten, die man *nicht* gemacht hat. Ich will mich verlieben – so richtig!«, rutschte es ihr heraus.

»Du warst noch nie verliebt?«, hakte Patricia nach.

»Doch … Aber … Ich weiß nicht …«

»Schon mal auf die Idee gekommen, dass deine Beziehungen *deswegen* nie gehalten haben?« Patricia lachte lauthals, und Riley verzog das Gesicht. Sie hatte sich stets bemüht, sich die Männer gut auszusuchen. Alle waren anständig und fleißig gewesen – und langweilig. *Jeder* Mann war langweilig. Wahrscheinlich war Riley auch langweilig.

Seufzend beendete sie die Naht und schnitt den Faden ab. Dann lehnte sie sich im Stuhl zurück. Sie würde morgen weiterarbeiten. Riley hatte nur ihre Kleider und ihren Laden im Kopf. Sie sollte sich ein Hobby suchen. Grimmig kramte sie in der obersten Schublade ihres Nähtisches nach dem Drehtabak. Hier konnte sie nicht rauchen, also stand sie auf und verließ ohne ein weiteres Wort das

Zimmer.

»Du solltest dir das echt abgewöhnen!«, rief ihr Patricia hinterher. Ihre Mom sagte das auch immer. Männer, die rauchten, waren schlimm. Aber Frauen, die rauchten ...! So was gehörte sich nicht! Ihre Mom war altmodisch. Riley rauchte nicht nur, sie trank auch häufig einen über den Durst.

Müde schleppte sie sich die Stufen hoch. Patricia würde ihr bald folgen. Riley hatte das Gebäude gemietet. Im Erdgeschoss war die Boutique und gleich darüber eine kleine Wohnung mit Dachterrasse. Dort hielt sich Riley am liebsten auf. Im Apartment angelangt, eilte sie in die winzige Küche zum Kühlschrank und holte zwei Bier daraus hervor. Wie zu erwarten, war Patricia gleich hinter ihr.

»Du solltest mit dem Rauchen wirklich aufhören!«, grummelte ihre Freundin. »Und mit dem Trinken sowieso!«

»Willst du auch ein Bier?«, fragte Riley unbeeindruckt von Patricias besorgter Miene.

»Hörst du mir überhaupt zu?«

»Sicher!« Riley grinste breit und quetschte sich mit den zwei Bierflaschen an Patricia vorbei. »Und *du* solltest mit dem Nörgeln aufhören!« Sie ging die Holztreppe hoch in die Mansarde, wo sich ihr Schlafzimmer befand. Von hier aus erreichte sie die Dachterrasse. Sie schob die Glastür auf und trat nach draußen. Dort setzte sie sich auf den hölzernen Klappstuhl und legte den Tabak auf das kleine, runde Tischchen. Sie hatte vor, die Dachterrasse zu bepflanzen, dann sah es hier etwas freundlicher aus. Momentan machte dieser Rückzugsort einen sehr verwahrlosten Eindruck.

Patricia setzte sich zu ihr, und Riley legte den Kopf in den Nacken. Sie liebte es, hoch in den Himmel zu blicken.

Graue Wolken brauten sich da oben zusammen, und komische Fäden schwirrten in ihrem Gesichtsfeld herum. Die sah sie immer, wenn sie in den Himmel schaute. Die Glaskörpertrübung ihrer Augen war schuld daran. Riley war verdammt kurzsichtig! Die ›fliegenden Mücken‹, die da oben im Himmel herumzusausen schienen, störten sie aber nicht.

Bevor es noch anfing zu regnen, begann Riley damit, ihre Zigaretten zu drehen. Das tat sie schon seit vielen Jahren. Sie verteilte den Tabak gemächlich auf dem dünnen Blättchen, fügte dann einen Filter hinzu, rollte die Zigarette – und voilà.

»Und du rauchst immer noch diesen billigen Tabak?« Patricia konnte mit dem Meckern nicht aufhören.

»Ich muss sparen!« Der Laden warf nicht viel ab. Noch nicht. Riley hatte ihn erst vor drei Monaten eröffnet. Sie hatte viel investieren und Schulden aufnehmen müssen. Zum Glück war Patricia mit dem sehr niedrigen Gehalt zufrieden! Dennoch war Riley zuversichtlich. Sie hatte sich ihren Traum erfüllt, und bislang lief es ganz gut. Riley war ohnehin jemand, der das Glas immer halb voll sah. Das hatte sie von ihrer Mom. Die ließ sich auch nicht unterkriegen. Seit über zwanzig Jahren waren sie auf sich allein gestellt. Rileys Dad war gestorben, da war sie noch nicht mal zur Schule gegangen. Gehirntumor. So was passierte. Sie kannte sein Gesicht nur von alten Fotos, erinnern konnte sie sich nicht an ihn.

Energisch zog sie an der Zigarette. Sie war abends gerne draußen. Riley war in Kinsale aufgewachsen, einem kleinen Fischerdorf im Süden Irlands. Da war nicht viel los gewesen. Nach der Highschool hatte sie in Cork auf dem College für Mode und Schneiderei etliche Kurse und Workshops besucht – aber jeden Abend war sie wieder nach

Hause gefahren. Sie hatte Schiss gehabt, dass sie noch bis zu ihrem dreißigsten Lebensjahr bei ihrer Mom wohnen würde! Aber jetzt lebte sie in der Stadt. Riley hatte auf eigenen Beinen stehen wollen. Endlich eine eigene Wohnung haben. Zum Glück war es ihr gelungen. Riley arbeitete hart. Sie hatte sich unbedingt etwas Eigenes aufbauen wollen. Kinsale war ein netter Ort. Aber sie hatte dort nicht ewig bleiben können. Auch Patricia hatte es in die Stadt gezogen.

Ihre Freundin hielt sich demonstrativ die Nase zu. Sie mochte es nicht, wenn Riley rauchte.

»Du weißt, ich kann den Rauch nicht leiden«, jammerte sie.

»Dann blase ich ihn brav in eine andere Richtung.« Riley grinste breit. In der Wohnung rauchte sie nie, nur im Freien.

Das Handy klingelte, und sie zog es umständlich aus ihrer Hosentasche, während sie die Zigarette im Mund hatte.

»Hi Mom«, murrte sie undeutlich, da die Kippe auf ihren Lippen schaukelte.

»Riley? Warum klingst du so komisch?«

»Tue ich nicht!« Patricia schnippte ihr die Zigarette geradezu aus dem Mund und legte sie in den Aschenbecher. Riley guckte böse.

»Hast du meine Nachricht gelesen?«, kam aus dem Telefon.

»Muss ich übersehen haben, Mom!«, log Riley, ohne rot zu werden.

»Ich habe dir doch von meiner neuen Freundin erzählt, die ich beim Bingospielen kennengelernt habe ...«

»Ja, ich erinnere mich!« Riley schaute geradeaus auf die roten Ziegeldächer der Nachbarhäuser. Es war etwas kühl. Sie hätte einen Pulli anziehen sollen. Der Sommer stand zwar vor der Tür, aber noch war es abends recht frisch.

»Claire hat einen Sohn in deinem Alter – und er ist Single!«

»Schön für ihn«, erwiderte Riley fröhlich. Wann würde ihre Mom endlich aufhören, sie verkuppeln zu wollen? Das wurde langsam peinlich.

»Willst du dich nicht mal mit ihm treffen?«, hakte ihre Mutter nach.

»Warum?«

»Riley! Komm schon! Er heißt Brandon und ist bestimmt ein netter Kerl.«

»Mom, ist das alles, was du über ihn weißt? Seinen Namen – und dass er bestimmt ein netter Kerl ist?«

»Ich weiß auch, dass er wohlhabend ist!«

»Ist er das ...?«, erwiderte Riley unbeeindruckt. Sie verdiente ihr eigenes Geld und brauchte keinen reichen Mann, der sie aushielt. Riley brauchte nur einen Mann, der in einem Anzug gut aussah.

Das Handy klemmte sie zwischen Schulter und Ohr, während sie das Bier mit dem Feuerzeug öffnete.

»Mach meins auch auf«, flüsterte Patricia ihr zu.

»Ich schick dir seine Nummer!«, sagte ihre Mom.

»Du denkst doch nicht wirklich, dass ich einen wildfremden Mann einfach so anrufen werde?«

»Wenn ihr euch kennenlernt, ist er kein Fremder mehr!« Ihre Mom war unmöglich – und Riley war daran gewöhnt. Kopfschüttelnd nahm sie einen Schluck von dem Bier.

»Ruf ihn einfach an und triff dich mit ihm!« Ihre Mutter wollte nicht hören.

»Du musst keinen Ehemann für mich suchen«, stellte Riley klar.

»Erzähl mir später, wie es gelaufen ist«, flötetet ihre Mom gut gelaunt und legte einfach auf. Kurz danach trudelte die Nummer von *Brandon* ein.

Brandon ... und weiter?, schrieb Riley zurück. Wenn sie seinen vollen Namen kannte, konnte sie ihn vielleicht googeln. Sie wollte wenigstens wissen, wie er aussah. Ihr letztes Blind Date hatte sie geradezu traumatisiert! Der Typ war schräg gewesen ...

Brandon Walsh, antwortete ihre Mom. *Er ist der Juniorchef der Walsh Company!*

Riley stutzte. Patricia hatte sich derweil zu ihr herübergebeugt und las gespannt mit.

»*Walsh Company?* Hat deine Mom etwa einen dicken Fisch an Land gezogen?«

Nach kurzem Zögern tippte Riley den Namen des Unternehmens in die Suchleiste des Browsers. Die Internetseite erschien sofort, und sie klickte darauf.

»Die stellen Billardtische her?«, fragte Patricia erstaunt.

»Sieht so aus ... Und zwar schon seit über hundert Jahren ...« Es handelte sich um ein Familienunternehmen. Riley klickte auf den Link zur Geschichte der *Walsh Company*, wo sie ein Familienfoto entdeckte.

»Ist er das?« Patricia deutete auf den Mann ganz links auf dem Foto. Die Eltern standen in der Mitte. Riley versuchte das Bild zu vergrößern.

»Sieht nicht schlecht aus!«, meinte Patricia anerkennend. Riley knabberte an ihrem Fingernagel. »Er gefällt dir!«, flötete ihre beste Freundin und lachte daraufhin schallend. Der Typ hatte ein schönes Gesicht – so symmetrisch! –, auch der Körper war nicht schlecht! Mit der Anzughose und dem Hemd sah er schick aus. Irgendwie kam er ihr bekannt vor, als wäre sie ihm schon mal begegnet. Das Lächeln war ... nett.

Dennoch legte Riley das Handy kopfschüttelnd weg.

»Was ist?«, fragte Patricia und klang besorgt.

Riley klemmte die Zigarette, die im Aschenbecher zur Hälfte abgebrannt war, wieder zwischen die Finger und zog daran. Wahrscheinlich machte sie sich selbst etwas vor. Riley wollte nicht nur heiraten – sie wollte sich auch verlieben. Nur irgendwie klappte es nie. Dieser Brandon Walsh war mit Sicherheit auch nicht der Richtige. Riley glaubte nicht an Märchen! Trotzdem griff sie erneut nach dem Handy und guckte sich den Typen genauer an. Riley war verzweifelt, auch wenn sie das ungern zugab. Sie wurde in vier Monaten dreißig. *Dreißig!* Sie wollte doch heiraten, *bevor* sich in ihrem Gesicht die ersten Falten abzeichneten. Riley wollte unbedingt hübsche Hochzeitsfotos haben! Zum Glück sah sie noch recht jung aus. Die Frauen in ihrer Familie alterten nur sehr langsam. Auch ihre Mom sah super aus, dabei wurde sie bald sechzig.

»Triffst du dich jetzt mit ihm oder nicht?«, wollte Patricia wissen. Riley nickte schwach, und ihre Freundin klatschte begeistert in die Hände.

»Hast du keine Tipps für mich, Tricia? Wenn der Typ echt ist – und nicht fake –, dann will ich mich nicht blamieren! Was soll ich anziehen?«

»Du willst wirklich, dass *ich* dir Modetipps gebe? Wer von uns beiden näht bezaubernde Brautkleider?«

»Eben! Brautkleider! Nur davon verstehe ich was … Ich kann mich aber schlecht in einem Brautkleid zu meinem Date aufmachen!«

»Warum nicht? Dann weiß er wenigstens sofort, woran er mit dir ist!« Patricia kriegte sich vor Lachen gar nicht mehr ein.

»Ich meine es ernst«, brummte Riley. »Kannst du mir was Hübsches zum Anziehen leihen?« Sie hatten nicht dieselbe Größe.

»Sicher doch!«, sagte Patricia dennoch und hob die Bierflasche hoch, um mit Riley anzustoßen. Am Ende trank sie immer mit ihr mit.

»Auf die Zukunft!«, sagte Riley.

»Auf dein Date!«

3

Brandon krempelte die Ärmel hoch und beugte sich über den fertigen Billardtisch. Mit der Wasserwaage kontrollierte er, ob die Tischfläche gerade war. Sogar kleinste Abweichungen mussten korrigiert werden. Die Schieferplatten waren perfekt geschliffen. Das Ding würden sie wieder ab- und später beim Kunden aufbauen müssen. Ein solches Exemplar konnte man nicht im Stück transportieren. Aber vorher wollte er den Tisch mal ausprobieren und eine Partie darauf spielen. Er musste wissen, ob sein Design nicht nur gut aussah, sondern auch beim Spiel überzeugte.

»Ging ja schnell.« Mark rieb sich mit seiner großen Hand das stoppelige Kinn. »Du bist schon zurück?«

Brandons Vater hatte darauf bestanden, dass er bei einem Geschäftsmeeting dabei sein sollte, also hatte er sich in Schale werfen müssen. Ausnahmsweise trug er ein Hemd, und dieses hatte er sogar hinter die Hose gesteckt! Er hatte sich aber nicht dazu überwinden können, ein Jackett anzuziehen. Auch auf die Krawatte hatte er verzichtet. Er wusste nicht mal, wie man sich ein solches Ding richtig umband.

»Das Meeting fand nicht statt«, brummte Brandon. Zum Glück! Er hockte nicht gerne in großen Räumen an großen Tischen, wo nur gelabert wurde. Manchmal – und seit Kurzem immer häufiger – packte Brandon in der Werkhalle mit an. Sein Vater sah es nicht gerne, wenn er Tische zusammenschraubte. Lieber wäre ihm, er säße oben in der

Chefetage. Aber Brandon fühlte sich hier unten in der Werkhalle wohler.

»Sieht doch super aus, oder?« Mark deutete auf den Billardtisch. Es handelte sich um eine Sonderanfertigung. Das Ding wog eine Tonne – buchstäblich. Brandon hatte beim Design versucht, das Gewicht zu reduzieren, da allein die vier Zentimeter dicken Schieferplatten äußerst schwer waren. Die Tischbeine aus massivem Birkenholz waren nach innen gebogen. Das Untergestell war somit wie ein Schiffsrumpf geformt. Der Rahmen war nach außen hin abgerundet. Der Tisch war elegant und futuristisch. Brandon hatte sich hierbei wirklich ins Zeug gelegt. Den Prozess vom fertigen Design bis hin zum Endprodukt hingegen überwachte Mark. Er arbeitete seit fünf Jahren für die *Walsh Company*, und genauso lange waren er und Brandon ein eingeschworenes Team. Sie unterhielten sich über Materialien und Designs, überlegten gemeinsam, was machbar war und was nicht. Mark verstand es wie kein anderer, Brandons Entwürfe nach seinen Vorstellungen umzusetzen und seine Visionen Realität werden zu lassen.

»Ich warte noch auf die Schieferplatten für den Snookertisch«, sagte Mark plötzlich und deutete auf ein fertiges Untergestell weiter hinten in der Werkhalle. »Ich habe deswegen schon mit Kate gesprochen.«

Brandon leitete eine Liste der zu bestellenden Materialien immer an seine kleine Schwester weiter. Sie war im Gegensatz zu ihm sehr gut organisiert. Sie vergaß nie einen Termin und war großartig darin, mit den Lieferanten die besten Preise auszuhandeln. Für den Zwölf-Fuß-Snookertisch benötigten sie besonders große Platten. Auf das Schieferbergwerk in Knightstown war sonst immer Verlass gewesen. Er hatte doch nicht bei der Bestellung einen Fehler gemacht? In letzter Zeit war er ständig durch den Wind. Sein Vater würde ihm die Hölle heißmachen, wenn der Tisch nicht rechtzeitig fertig wurde. Der Kunde war vermögend. Nicht jeder konnte sich einen Snookertisch im Wert von zwanzigtausend Euro leisten. Brandon hatte auch bei diesem Stück viel Arbeit ins Design gesteckt. Er gab immer sein Bestes. Aber das allein schien seinen Vater nicht zufriedenzustellen. Brandons Laune verdüsterte sich. Er war ein erwachsener Mann! Warum kümmerte es ihn so sehr, was sein Vater von ihm hielt?

Sein Handy klingelte, und Brandon zog es aus der Hosentasche. Er vermisste seine bequemen Jeans! Diese Anzughosen kniffen und zwickten überall.

Craig hatte ihm eine Nachricht geschrieben.

Wo bleibt ihr?

Es war bald halb sieben. Normalerweise trafen sie sich um diese Zeit im Pub, spielten Billard und tranken ein *Guinness*. Oder zwei.

Wir sind gleich da!, schrieb er zurück.

»Craig wartet auf uns«, sagte er zu Mark.

»Ich kann heute nicht kommen.«

»Warum nicht?«

»Ich habe Amy versprochen, mit ihr ins Theater zu gehen.«

Brandon zog ein hässliches Gesicht. Genau deswegen war er nicht verheiratet.

»Du hasst doch das Theater …«, brummte er.

»Aber ich liebe meine Frau!« Mark grinste breit und klopfte Brandon auf die Schulter. Es war ein kräftiger Schlag. »Ihr werdet auch mal ohne mich auskommen!«

Mark wäre perfekt für den Job als Türsteher geeignet gewesen. Er war groß und stark. Mit seinem Aussehen schüchterte er andere ein. Aber im Grunde war er ein richtiger Pantoffelheld und konnte keiner Fliege was zuleide tun. Seine Frau, die ihm gerade mal zur Schulter reichte und knapp die Hälfte seines Gewichtes auf die Waage brachte, liebte er abgöttisch. Er hatte ihr noch nie einen Wunsch abschlagen können.

Brandon schlenderte zurück in sein Büro, wo wie immer das pure Chaos herrschte, und setzte sich an den Schreibtisch. Bevor Mark sich auf den Nachhauseweg machte, schaute er noch mal kurz zur Tür herein.

»Bis morgen!«, rief er ihm fröhlich zu.

»Viel Spaß im Theater«, entgegnete Brandon spöttisch.

»Den werde ich haben. Zwar nicht im Theater, aber später ganz bestimmt.« Er zwinkerte ihm zu, und Brandon schüttelte amüsiert den Kopf. Zumindest würde sich seine Frau erkenntlich zeigen.

Seufzend versuchte er Ordnung ins Chaos zu bringen, was ihm stets schwerfiel. Eine Menge Arbeit war wieder liegengeblieben. Er kam einfach nicht voran. Bestimmt dauerte es nicht lange, bis Kate auffiel, dass er seinem Zeitplan hinterherhinkte. Er wusste genau, dass sie ständig seine Arbeit überwachte – um ihm rechtzeitig einen Schubs zu geben, wenn seine Motivation nachließ. Es war peinlich, zu wissen, dass ihm seine kleine Schwester auf die Finger schaute.

Manchmal wollte er einfach alles hinschmeißen, seinen Rucksack packen – und abhauen. Ob Craig mitkommen würde? Vielleicht sollten sie mal den Dingle Way entlangwandern und die Aussicht auf die Slieve Mish Berge und den Mount Brandon genießen. Seine Mom hatte ihm erzählt, sie wäre mit seinem Dad dort herumgeklettert, als sie frisch verliebt gewesen waren! Da war ihnen dann wohl auch die Idee gekommen, ihren Sohn nach dem imposanten Berg zu benennen.

Brandon war müde – und er konnte sich schlecht konzentrieren. Ins *The Loophole* ging er nicht nur, um seine Freunde zu treffen, sondern auch, um mit ihnen Billard zu spielen. Er hatte eine ganz besondere Beziehung zu diesem Spiel. Billard half ihm dabei, zur Ruhe zu kommen. Das war ihm nämlich immer schwergefallen. Er konnte ein Spiel nur gewinnen, wenn er sich nicht ablenken ließ und keine Fehler machte. Beim Billard musste er von Anfang bis Ende bei der Sache bleiben, alles ständig im Blick haben, die Position der Kugeln prognostizieren, die Dynamik verstehen und seinen nächsten Stoß planen. Das Billardspiel hatte ihn gelehrt, nichts zu überstürzen, sich Zeit zu lassen und seine Konzentration zu bündeln.

Energisch stützte er die Hände an der Tischplatte ab, um sich vom Schreibtisch zu erheben, als seine Mutter zur Tür hereingeschneit kam.

»Mom?«, fragte er erstaunt und sank zurück in den Sessel. Es kam nicht oft vor, dass sie ihm in seinem Büro einen Besuch abstattete. Wie immer sah sie großartig aus. Der Hosenanzug in ihrer Lieblingsfarbe Koralle stand ihr hervorragend. Die Farbe passte perfekt zu ihrem dunklen Hautton und dem brünetten Haar, das ihr bis zur Schulter reichte. Genau wie Kate trug sie zu ihren Business-Outfits immer schicke Sneakers. Seine Mom verstand es, Eleganz mit Lässigkeit zu kombinieren. Zudem sah sie keinen Tag älter aus als vierzig! Wie schaffte sie das nur?

»Gut, dass ich dich noch erwische!« Sie stellte die Handtasche – eine cremefarbene *Kelly Bag* von *Hermès* – auf seinen Schreibtisch, genau auf einen Stapel Designentwürfe und Skizzen. Brandon und Kate hatten ihr das Ding zum fünfzigsten Geburtstag gekauft. Seine Mom liebte diese Handtasche.

»Was ist los?«, fragte Brandon überrascht.

»Du weißt doch, dass ich meine Leidenschaft fürs Bingo

entdeckt habe ...«

»Ja ... Ich habe davon gehört ... Und weiter?«

»Beim Bingospielen habe ich jemanden kennengelernt«, sagte sie ungeniert.

»Meine Güte! Wenn Dad davon erfährt«, scherzte Brandon. »Du willst dich doch nicht von ihm scheiden lassen?!«

»Sehr witzig!« Seine Mutter steckte lässig die Hände in die Hosentaschen, unbeeindruckt von Brandons Bemerkung.

»Meine neue Freundin heißt Catherine, und sie hat eine sehr nette Tochter«, erzählte sie beiläufig.

»Worauf willst du hinaus?« Er schaute gespannt zu ihr auf.

»Versprich mir, dass du bis zum Ende zuhörst!«

»Mach ich doch immer.« Brandon grinste breit.

»Catherine wünscht sich, dass ihre Tochter endlich einen netten Mann kennenlernt, der ...«

Er lachte laut auf. »Das ist ein Scherz?!«

»Nein, ist es nicht! Sie hat auf mich einen sehr verzweifelten Eindruck gemacht! Ihre Tochter tut sich angeblich schwer, jemanden zu finden. Und da du im Moment Single bist ...«

»Ich habe keine Zeit für so was«, brummte er missmutig und zog einen der Entwürfe aus dem Stapel hervor, auf dem seine Mom die Handtasche abgelegt hatte.

»Leider habe ich Catherine bereits versprochen, dass du dich mit ihrer Tochter treffen wirst.«

»Hast du nicht ...!« Er würde doch nicht auf ein Blind Date gehen! So was hatte er nicht nötig.

»Doch! Und jetzt stell dich nicht so an! Weißt du, wie lange ich deinetwegen in den Wehen lag?«

»Diese alte Leier wieder?«

»Ich habe dich noch nie um etwas gebeten!«

Brandon wollte Einspruch erheben, aber leider hatte seine Mutter völlig recht. Sie hatte ihn nie unter Druck gesetzt, ihn nie zu etwas gedrängt – nicht so wie sein Vater! Seine Mom war immer auf seiner Seite. Sie hatte ihn stets unterstützt. Das tat sie noch. Er konnte sich auf sie verlassen.

»Hast du ein Foto?«, hakte er nach. Die Frau war sicher hässlich wie die Nacht, wenn ihre eigene Mom schon Amor spielen musste.

»Nein, aber wenn sie nach ihrer Mutter kommt, ist sie bestimmt ein sehr nettes und hübsches Mädchen!«

»Du lässt mich also ins offene Messer laufen?«

»Mit Catherines Tochter einen Abend zu verbringen, wird dich nicht umbringen!«

»Das kannst du nicht wissen!« Er klang weinerlicher, als ihm lieb war.

»Sei nett zu der Frau, okay?«

»Ich bin doch immer nett.«

»Nein, bist du nicht. Blamier mich nicht!«

Brandons Mund klappte auf. »Was meinst du denn damit?«

Energisch stand er vom Schreibtisch auf.

»Verhalte dich zivilisiert, zieh was Anständiges an und geh nicht so gekrümmt, sondern stell dich gerade hin! Die Glatze ist schon schlimm genug ...« Sie guckte besorgt auf seinen kahlgeschorenen Kopf.

»Mom ...!« Er umrundete den Tisch und ging auf sie zu.

»Ich habe bereits zugesagt.«

»Das ist nicht mein Problem.«

Seine Mutter seufzte tief. »Ich will Catherine nicht enttäuschen. Sie will doch bloß, dass ihre Tochter einen anständigen Mann kennenlernt.«

»Deiner Freundin Catherine wird es aber nicht gefallen,

wenn ich ihrer Tochter das Herz breche! Ich werde nämlich nicht so tun, als wäre ich interessiert an ihr!«

»Du musst dich nur nett mit ihr unterhalten, das ist alles. Wenn es nicht funkt, dann funkt es eben nicht.«

Brandon verdrehte die Augen. Dann stellte er sich resigniert gerade hin und streckte die Brust raus – wie es sich seine Mutter wünschte.

»Gut so?«, witzelte er.

Seine Mom kam näher. Nun, da sie genau vor ihm stand, reichte sie ihm nur bis zur Schulter. Sie kniff ihm in die Wange, und Brandon beschwerte sich lautstark.

»Du bist ein hübscher Junge. Also lass dich nicht so gehen!«

»Bin ich nicht etwas zu alt dafür, dass du mir sagst, was ich tun und lassen soll?«

»Damit werde ich *nie* aufhören. Irgendwann bleibt hoffentlich was hängen.« Seine Mutter war hartnäckig – eine ihrer lästigsten und auch besten Eigenschaften.

»Aber gib mir bloß nicht die Schuld, wenn die Frau mich nicht mag«, brummte er.

»Wenn du dich von deiner besten Seite zeigst, wird sie dich bestimmt mögen.«

»Das ist ja noch schlimmer!«

Es gruselte ihn etwas. Sie war doch nicht der anhängliche Typ? Vielleicht würde sie sich in ihn verlieben, ihn stalken – und dann? Im schlimmsten Fall wurde er sie nie wieder los! Brandon bekam Panik. Er wusste doch gar nichts über diese Frau.

»Ich habe echt keine Lust auf diesen Quatsch, Mom!«, jammerte er.

»Und ich hatte echt keine Lust, zwanzig Stunden im Kreißsaal zu liegen, und dennoch habe ich es getan.«

Er schnappte nach Luft wie ein Fisch auf dem Trockenen.

»Was kann ich dafür, dass du mich auf die Welt gebracht hast?«

Sie lachte leise. Brandon mochte ihr Lachen. Es wärmte sein Herz. Seufzend strich er sich über den kahlen Schädel. Mittlerweile spürte er bereits die Stoppeln. Seine Mom würde nicht nachgeben. Das tat sie nie!

»Okay. Ich mach's. Ich zeig mich von meiner besten Seite.« Seiner Mutter konnte er nichts abschlagen. »Gib mir die Telefonnummer von dieser Frau«, murrte er. Sie wirkte zufrieden und holte ihr Handy aus der Handtasche. Das goldfarbene iPhone komplettierte ihren Look und passte zu den Ringen an ihren Fingern. Prompt sendete sie ihm den Kontakt.

»Danke schön!« Brandon seufzte. »Wie heißt sie überhaupt?«

»Riley«, erwiderte seine Mutter knapp. Den Namen hatte er doch erst kürzlich irgendwo gehört, aber ihm wollte nicht einfallen, wo.

»Ärgere dich nicht und hab einfach Spaß! Sie ist bestimmt nett!« Mit diesen Worten schnappte sich seine Mutter die Handtasche und rauschte aus dem Büro. Sie war so schnell verschwunden, wie sie gekommen war. Kopfschüttelnd schaute Brandon ihr hinterher. Dann setzte er sich wieder hin. Craig wunderte sich bestimmt, wo er blieb. War es klüger, nach Hause zu fahren und nicht im Pub abzuhängen? Er hatte etwas Schlaf bitter nötig.

Seufzend speicherte er die Nummer von seinem Blind Date. Sollte er sie einfach anrufen? Was sollte er sagen? Brandon war ganz aus der Übung. Schließlich legte er die Daumen auf die Handytastatur und beschloss, ihr zu schreiben. ›Blamier mich nicht‹, hatte seine Mom gesagt. Was sich diese Riley wohl erwartete?

Hi, ich bin Brandon, tippte er. *Lust auf ein Date? Sag mir, wann und wo. Ich habe die Nummer von meiner Mom, und die hat sie von deiner Mom.*

Die Nachricht klang dämlich. Aber Brandon kam immer schnell zum Punkt. Rasch klickte er auf *Senden* – bevor er es sich noch anders überlegte! –, dann steckte er das Handy zurück in die Hosentasche. Brandon kam sich vor wie im Kindergarten. Da hatte er auch mit den Kindern der Mütter spielen müssen, mit denen seine Mom sich gut verstanden hatte. ›Freunde dich mit Craig an, ihr werdet euch bestimmt mögen!‹, hatte sie zu ihm gesagt – und sie hatte recht gehabt.

Sein Handy klingelte. Erschrocken zuckte er zusammen. Hatte ihm Riley schon zurückgeschrieben? Die Frau musste wirklich verzweifelt sein! Worauf hatte er sich da nur eingelassen?

Zum Glück war es nur Craig.

Mann, wo bleibst du? Mark hat mir geschrieben, er kann nicht kommen.

Brandon hatte ein Bier bitter nötig. Aber Craig würde ihn bestimmt aufziehen, wenn er ihn in diesem Aufzug sah: mit Hemd und Anzughose!

Vermisst du mich etwa?, schrieb Brandon frech zurück.

Er wollte das Handy wieder in die Hosentasche schieben. Doch das Ding klingelte erneut. Craig war dran, und Brandon hob ab.

»Ich kann heute nicht«, fiel er mit der Tür ins Haus.

»Servierst du mich ab?«, witzelte Craig. Brandon grinste schief, und sein Freund wurde ernst: »Stress bei der Arbeit? Oder Stress mit deinem Dad?«

»Nein, alles cool.« Brandon seufzte tief. »Meine Mom hat für mich ein Blind Date organisiert«, rutschte es ihm heraus.

»Was?!«

»Ein Blind Date.«

Craig lachte gackernd. Er wollte sich am anderen Ende der Leitung gar nicht mehr einkriegen. »Sieht deiner Mom doch gar nicht ähnlich!«

»Sie hat wohl eine neue Bingofreundin, und die hat eine Tochter …« Brandon stöhnte auf, woraufhin Craig noch lauter lachte.

»Bestimmt ist sie fett und hässlich«, sagte er. »Wie heißt sie denn?«

»Riley …«

»Und es handelt sich wirklich um eine Frau?«

»Glaubst du, meine Mom will mich mit einem Kerl verkuppeln?«

»Warum nicht? Weißt du noch, als unsere Mütter dachten, wir zwei wären ein Paar?«

Brandon prustete los. Das hatte er bestimmt nicht vergessen! Er wischte sich die Lachtränen aus den Augen. Craig hatte es geschafft, dass er sich besser fühlte.

»Echt, Mann, wie kann jemand glauben, *ich* sei schwul?«, beschwerte sich sein Freund.

Sie kannten sich ewig! Brandon wusste noch, wie sie um die Schaufel gestritten hatten, als sie im Sandkasten Burgen gebaut hatten. Es hatte eine Zeit gegeben, da hatten sie ständig zusammen herumgehangen. Im Grunde war das noch immer so. Aber Craig stand nicht auf Brandon – er stand auf Kate.

»Kommst du jetzt oder nicht?«

»Ich muss nach Hause, mich umziehen, duschen … und schlafen.«

»Hey, schlafen kannst du, wenn du tot bist.«

Brandon lachte wieder. »Im Ernst! Ich muss morgen fit sein. Zu viel Arbeit ist liegengeblieben.«

»Schon gut! Dann ein andermal!«

Brandon legte auf, und Craig schickte ihm ein Emoji mit Kussmund.

Erhol dich gut, Schatz, schrieb er darunter.

Du mich auch!, antwortete Brandon.

Mit einem breiten Grinsen im Gesicht stopfte er das Handy in die Hosentasche und machte sich auf den Weg nach Hause.

4

Riley schaute kritisch in den großen Wandspiegel in ihrem Schlafzimmer. Patricia saß derweil auf dem Bett, die Beine übereinandergeschlagen und die Stirn in Falten gezogen.

»Ich habe dir doch gesagt, meine Sachen stehen dir nicht!«

Riley trug ein buntes Wickelkleid. Ihre Beine waren zu kurz, weswegen der Rock unter den Knien endete und nicht oberhalb, wie es eigentlich sein sollte. Außerdem waren ihre Hüften viel zu schmal. Sie sah aus wie ein Zahnstocher mit riesigen Brüsten. Auch war der Ausschnitt zu groß. Man konnte ihren BH sehen. Riley versuchte, das Kleid anders zu binden, aber das half nicht. Sie trug einen schlichten Büstenhalter, schwarz, ohne Bügel und ohne Spitze, mit breiten Trägern. Deprimiert betrachtete sie sich im Spiegel. An Patricia sah das Kleid wahnsinnig hübsch aus – an ihr aber nicht.

Ihre Freundin stand auf, stellte sich vor Riley und nestelte am Ausschnitt herum.

»Willst du wirklich so ein langweiliges Ding darunter anziehen?« Sie meinte wohl Rileys BH, bei dem es sich wirklich nicht um das beste Stück in ihrem Schrank handelte! Riley hatte eine recht ansehnliche Sammlung. Sie mochte kräftige Farben und trug meist BHs mit Spitze, da diese sich am angenehmsten auf der Haut anfühlten.

»Wer weiß, wie der Abend enden wird?« Patricia grinste dreckig, aber Riley schüttelte energisch den Kopf. Sie hatte noch nie beim ersten Date Sex gehabt.

Riley war nicht leicht zu haben.

Seufzend stemmte sie die Arme in die Hüften und betrachtete sich kritisch von allen Seiten. Während andere Frauen ihre Büstenhalter ausstopften, sollte Riley lieber ihren Rock auf Hüfthöhe polstern. Diese schrecklich schmalen Hüften hatte sie von ihrer Mom! Zum Glück war auch ihre Taille schmal, sonst sähe sie aus wie ein Kerl. So hatte sie doch noch Kurven. Sie drehte sich auf die Seite und betrachtete ihren Po im Spiegel. Auch ihr Hintern machte nichts her. Das Kleid hing fad an ihrem Körper hinab. Riley neigte nicht dazu, über ihr Aussehen unglücklich zu sein. Aber wenn sie hübscher wäre, hätte sie mit den Männern bestimmt leichtes Spiel. So musste sie sich ständig ins Zeug legen. Riley war erschöpft – nach drei gescheiterten Beziehungen, etlichen ersten Dates und einigen zweiten war ihr die Puste ausgegangen. Vielleicht sollte sie es sein lassen. Aber das würde ihrer Mom das Herz brechen! ›Ich will nicht, dass du allein bleibst‹, sagte sie ständig. Aber Riley war doch immer allein gewesen. Sie hatte sich allein so viel aufgebaut. Am Alleinsein war nichts Schlimmes.

»So kann ich nicht gehen. Der Typ wird mich auslachen«, brummte sie. Das tat er vermutlich sowieso. Was ihre Mom wohl seiner Mom erzählt hatte? Das Ganze war zu lächerlich. »Soll ich ihm absagen?«, fragte Riley todernst.

»Spinnst du? Wenn dein Date wirklich dieser Brandon Walsh ist … So eine Chance wirst du dir doch nicht entgehen lassen?!«

»Der Kerl wird mich niemals mögen«, rutschte es Riley heraus, während sie ächzend und stöhnend versuchte, ihr Haar in Ordnung zu bringen. Ihre Naturlocken waren trocken und farblos. Mit etwas Haargel war es ihr gelungen, sie zu zähmen. Der Schnitt war hässlich, aber sie hatte mal was anderes ausprobieren wollen. Als sie aus dem Friseurladen getreten war, hatte die Frisur noch ganz okay ausgesehen!

»Ich erkenne dich gar nicht wieder!«, schimpfte Patricia. »Was ist aus der selbstbewussten Riley geworden, die sich nicht darum schert, was andere denken?«

»Die wird bald dreißig. *Dreißig* – und ist immer noch Single. Bald kriege ich Falten!«

Patricia lachte schallend. Auch Riley konnte sich ein Grinsen nicht verkneifen. Sie setzte sich zu ihrer Freundin aufs Bett, schlang die Arme um sie und legte den Kopf auf ihre Schulter. Patricia strich ihr tröstend übers Haar.

»Das wird schon«, meinte sie ernst. »Du findest deinen Traumprinzen.«

Riley hob den Kopf. »Ich glaube, ich bleibe lieber allein. Für immer.«

»Auch gut! Aber vorher triffst du dich mit Brandon Walsh! Das ist doch wie im Film! Ein Blind Date mit dem Prinzen!«

»Ein Prinz ist er bestimmt nicht ...«

»Er sieht gut aus, seine Familie ist wohlhabend ... Das klingt für mich sehr nach einem Prinzen!«

»Willst du mitkommen?«, witzelte Riley.

»Darf ich?« Patricias Augen leuchteten auf.

»Wusste ich es doch! Du willst dir diesen Kerl unbedingt ansehen!«

»Ich kann mir das doch nicht entgehen lassen!« Patricia grinste hämisch.

»Du denkst, das Date wird ein Desaster.« Riley versuchte beleidigt zu gucken, aber es wollte ihr nicht gelingen.

»Wo trefft ihr euch überhaupt?«

»In einem Pub, nicht weit von hier. Es heißt *The Loopho-*

le. Ich habe es ihm überlassen, den Ort auszuwählen.«

»*The Loophole?* Kenne ich nicht. Ich dachte, ihr trefft euch in einem schicken Restaurant?« Patricia klang enttäuscht.

»Ich sag doch: Der Kerl ist fake! Vielleicht heißt er wirklich Brandon Walsh, aber es ist bestimmt nicht der Brandon Walsh von der *Walsh Company.*«

»Und trotzdem gehst du hin ...«

»Weil meine Mom mich darum gebeten hat!« Außerdem hatte Riley mal wieder Lust auf ein Date. Seit sie die Boutique eröffnet hatte, verbrachte sie ihre Abende im Nähzimmer – oder vor dem Fernseher. Sie hatte schon lange kein Date mehr gehabt. Vielleicht war der Kerl ganz okay? Es sprach nichts dagegen, neue Leute kennenzulernen.

Riley stand wieder vom Bett auf und betrachtete sich ein letztes Mal kritisch im Spiegel. »Was soll ich jetzt machen?« Sie klang weinerlich. Aber Patricia konnte ihr bestimmt nicht helfen! Ihre Freundin sah immer toll aus – ohne viel dafür tun zu müssen!

Die Welt war unfair.

Grimmig öffnete Riley ihren Kleiderschrank und zog eine dunkle Jeans daraus hervor. Wann war sie zuletzt einkaufen gewesen? Die Oberteile nähte sie sich meist selbst. Shirts und Pullis von der Stange saßen auf Brusthöhe zu eng.

Eilig zog sie sich um. Sie löste den Gürtel des Wickelkleides und schlüpfte in die bequeme Jeans. Patricia holte derweil hübsche Stiefeletten aus der großen Jutetasche hevor, die sie mitgebracht hatte. Zum Kleid hätten die Schuhe super gepasst.

»Ich leih dir auch meine Handtasche. Was sagst du?« Das Ding war von *Louis Vuitton*. Patricia liebte dieses Designerzeug. Mit ihrem ersten Gehalt hatte sie sich damals ein

Paar Pumps von *Jimmy Choo* zugelegt. Da konnte Riley mit ihren *Crocs* nicht mithalten. Mit denen ging sie sogar in den Supermarkt!

»Die Tasche passt zu den Schuhen und zu den Jeans«, stellte sie erleichtert fest. »Jetzt brauche ich nur noch ein Oberteil.« Sie zwinkerte ein paarmal. Ihre Augen waren trocken. Ausnahmsweise trug sie Kontaktlinsen. Daran war sie nicht gewöhnt. Patricia wühlte derweil in Rileys Schrank.

»Irgendwas finden wir bestimmt«, sagte sie zuversichtlich. »Wow ... Guck mal!« Sie hielt ein goldfarbenes Oberteil mit Puffärmeln hoch. »Das kenne ich gar nicht! Passt doch super!«

»Spinnst du? Das Ding habe ich vor Jahren aus einem alten Vorhang genäht!« Riley verschwendete nie ein gutes Stück Stoff – selbst wenn es sich dabei um ein Laken, eine Tischdecke oder eben einen Vorhang handelte.

»Echt?« Patricia schaute sich das Material genauer an. »Merkt doch keiner!«

Riley guckte skeptisch. Farblich passte das Oberteil zu ihrem restlichen Outfit. Also probierte sie es an. Dann schwang sie noch den Gurt der Handtasche über ihre Schulter und betrachtete sich im Spiegel.

»Nicht schlecht!«, sagte Patricia anerkennend. Riley stemmte die Hände in die Hüften und war selbst überrascht.

»Probier noch die Schuhe an!«, sagte ihre Freundin.

»Mach ich, mach ich!« Die braunen Stiefeletten waren an der Seite offen. Ihre bunten Ringelsocken konnte sie darunter nicht anziehen! Wieder schaute sie in den Spiegel. Diesmal posierte sie, als wäre sie bei einem Fotoshooting. Sie drehte sich nach links, dann nach rechts. Patricia lachte herzhaft.

»Ist echt nicht schlecht!« Riley hob die Hand, um sich ein High-Five abzuholen. Patricia war sofort zur Stelle.

»Wir sind eben Profis«, meinte sie und zog ihre Nase hoch.

»Absolute Profis.« Jetzt kicherten sie beide gleichzeitig los. »Wie spät ist es?«

»Halb sechs.«

»Was? Um sechs habe ich mein Date! Ich muss los!« Riley wollte an Patricia vorbeieilen, als sie beinahe hinfiel. Im letzten Moment hatte sie sich an der offenen Kleiderschranktür festhalten können. Sie war es nicht gewöhnt, mit hohen Absätzen zu laufen.

»Pass auf«, rief Patricia sogleich.

»Kannst du mich fahren? Dann schaffe ich es noch pünktlich.«

»Sicher.«

Riley ging voraus. Sie hielt sich gut am Treppengeländer fest, während sie vorsichtig einen Fuß vor den anderen setzte. Patricia kriegte sich vor Lachen kaum mehr ein.

»Bist du sicher, dass du das schaffst?«

»Ich kann mich nicht mit meinen schmutzigen Sneakers zu meinem Date aufmachen. Bei meiner Hochzeit werde ich auch hohe Schuhe tragen, also muss ich das Laufen damit üben.«

»Du machst das großartig«, witzelte Patricia, während Riley eine Stufe nach der anderen zu bewältigen versuchte. Sie hatte das Ende der Treppe erreicht, ohne hinzufallen. Die Wohnungstür war ihr nächstes Ziel. Unterwegs schnappte sie sich rasch die Schlüssel und den Drehtabak – nach dem Date würde sie sicher eine rauchen. Dann warf sie einen letzten prüfenden Blick in den Garderobenspiegel. Das Make-up saß perfekt.

»Du siehst gut aus! Komm schon!« Patricia schob sie aus

der Wohnung, und Riley musste gleich die nächste Treppe in Angriff nehmen. Ihre Fußballen schmerzten bereits! Sie huschten an den Brautkleidern vorbei, zur Tür hinaus. Dort stand gleich am Straßenrand Patricias Wagen. Riley eilte zur Beifahrertür, während sich ihre Freundin hinters Steuer setzte.

»Das Pub ist gleich in der Nähe, sagst du?«

»Sieht so aus. Ich war da noch nie.« Riley guckte in ihrer Karten-App nach und wies Patricia den Weg. Die Fahrt dauerte nur zwei Minuten. »Wir sind da«, sagte Riley und schaute sich um.

»Wir sind ... wo?«, entgegnete Patricia.

The Loophole – der Name passte! Es handelte sich wirklich um ein Schlupfloch. Das Pub war winzig. Es gab nur eine schmale Tür und zwei breite Fenster links und rechts davon. Gleich daneben war ein Schnellimbiss, auf der anderen Seite ein Elektrogeschäft.

»Und? Kommst du nun mit oder nicht?«, fragte Riley.

»Ich will bestimmt nicht das fünfte Rad am Wagen sein«, erwiderte Patricia. »Du schaffst das schon allein!« Sie lachte hell.

»Wünsch mir Glück!« Riley seufzte und stieg aus. Wie dieser Abend wohl verlaufen würde? Aufgrund ihrer bisherigen Erfahrungen mit Blind Dates war sie auf das Schlimmste vorbereitet.

»Erzähl mir später alle schmutzigen Details!«, rief Patricia ihr hinterher.

»Sicher doch!« Riley grinste breit und winkte ihrer Freundin noch schnell zu, bevor sie sich auf den Weg machte. Dabei bemühte sie sich, den Kopf hochzuhalten und den Rücken durchzustrecken. Sie wollte selbstbewusst auftreten. Die Eingangstür war schwer, und Riley musste Kraft anwenden, um sie aufzuschieben. Drinnen war es erstaunlich geräumig. Gespannt schaute sich Riley um. Sie setzte sich an einen der freien Tische. Die Sitzbänke waren mit rotem Leder gepolstert, was gut zum dunklen Holzmobiliar passte und zum Boden in Schachbrett-Optik. Die Wände waren mit Kneipenspiegeln zugepflastert, und hinter dem Tresen stapelten sich die Getränkeflaschen. Die Auswahl konnte sich sehen lassen! Im Radio spielten sie ein Lied von *The High Kings*. Riley mochte diese Band und besonders den Song *Raglan Road*. Die Atmosphäre gefiel ihr. Im hinteren Teil des Pubs stand ein imposanter Billardtisch. Zwei Männer spielten dort eine Partie. Riley lauschte dem Geräusch der aufeinanderprallenden Kugeln.

Als sie dann noch einen Song von *The Dubliners* spielten, musste Riley an ihren Onkel Sam denken. Er hatte einen Partykeller gehabt und ihr das Billardspielen beigebracht. Auch er war, genau wie ihr Vater, viel zu früh verstorben. Die Männer in der O'Connor-Familie wurden nicht alt. Zu *Whisky in the Jar* und *Irish Rover* hatte er immer laut mitgesungen. Riley hatte schon lange nicht mehr an ihn gedacht. Die Billardkugeln stießen erneut aufeinander, und ein Lächeln schlich sich in ihr Gesicht. ›Billard befreit die Seele‹, hatte Onkel Sam stets gesagt. ›Und Alkohol legt sie schlafen!‹ Dann hatte er immer sein Glas Whisky in einem Zug leer getrunken. In der O'Connor-Familie war jeder trinkfest!

Ein Kellner kam an den Tisch, und Riley erklärte rasch, sie würde auf jemanden warten und später etwas bestellen. Er nickte kurz und ging wieder hinter den Tresen. Riley ertappte sich dabei, wie sie ihn beobachtete. Er war genau der Typ Mann, der in einem Anzug super aussehen würde! Groß gewachsen, breite Schultern; das Gesicht war auch nicht von schlechten Eltern! Dazu die blonden Haare und das glattrasierte Kinn. Die Haut war sonnengebräunt, dabei standen die wirklich heißen Tage erst bevor. Am auffälligsten waren seine tätowierten Arme. Die Hände hingegen waren frei von jeglicher Körperkunst. Wenn er ein langärmeliges Hemd trug, hätte Riley einen solchen Mann ihrer Mom vorstellen können. Sonst wohl eher nicht. Sie schmunzelte und musste sich erinnern, nicht zu sehr zu starren – sonst fiel es ihm noch auf! Riley hoffte sehr, dass ihr Date nur halb so gut aussah.

Die schwere Eingangstür öffnete sich, und ein Mann betrat das Pub. Er trug einen grauen Hoodie. Die Kapuze hatte er über den Kopf gezogen, die Hände in den Taschen vergraben, den Rücken leicht gebeugt – wenn sie dem Kerl draußen auf der Straße so begegnet wäre, hätte sie geglaubt, er würde sich vor der Polizei verstecken.

Seufzend schaute sie auf die Uhr. Wo blieb ihr Date? Der Mann, der wie ein Kleinkrimineller aussah, stand nun am Tresen und hatte zwei Bier bestellt. Er umklammerte mit nur einer Hand die beiden Flaschenhälse und kam auf Riley zu. Sie schaute gespannt auf. Er zog die Kapuze vom Kopf und lächelte frech. Dann setzte er sich unaufgefordert zu ihr.

»Tut mir leid, aber ich warte auf jeman–«

Sie brach ab, und ihr Mund klappte auf. Sie kannte den Typen!

»Das ist das beste Bier in ganz Irland«, sagte er und schob ihr die Flasche hin. Er hatte keine Gläser mitgebracht.

Riley griff nach ihrem Handy und rief den Browser auf. Das Foto der Familie Walsh erschien am Bildschirm. Irritiert zog sie die Stirn in Falten. Neben den Eltern stand rechts die Tochter. Es handelte sich um Kate Walsh, die vor Kurzem mit ihrem Bruder in Rileys Boutique gewesen war! Wie hatte Riley sie nicht erkennen können? Sie schaute auf

– geradewegs in Brandons Gesicht. Dann guckte sie wieder auf das Foto. Die dunklen Augen waren dieselben, auch das Kinn und die erstaunlich gerade Nase. Er hatte ein schönes Gesicht, aber blass sah er aus. Das Haar war offenbar tiefbraun. Trotzdem war der Bartschatten kaum zu erkennen. Wieder hob sie den Kopf und schaute ihn an. Ihr Blick wanderte hoch zu seinem kahlen Schädel. Die Stoppeln zeigten sich bereits.

»Hab 'ne Wette verloren!«, meinte er lapidar und strich sich über die Glatze, als könnte er ihre Gedanken lesen. »Ich bin übrigens Brandon.«

»Riley ...«, gab sie leise zurück. Sein Lächeln erlosch. Er beugte sich über den Tisch zu ihr hin.

»Du bist doch ...!« Endlich schien er sie auch zu erkennen!

»Du warst mit deiner Schwester in meiner Boutique.«

Er legte den Kopf etwas schief und inspizierte sie nun mit unverhohlenem Interesse. Ohne Brille und mit Make-up, die Haare gestylt, sah Riley ganz anders aus.

»Ich hoffe, deine Schwester ist mit ihrem Einkauf zufrieden«, sagte sie höflich.

»Die ist superglücklich«, erwiderte er knapp und starrte weiterhin. Riley seufzte und steckte das Handy weg.

»Meine Mom ist etwas schrullig ... Ich meine ...« Sie holte tief Luft und wusste gar nicht, wie sie den Satz beenden sollte. Er lächelte verschmitzt, und Riley brauchte jetzt einen Schluck Bier. Sie griff nach der Flasche und trank gierig. Er schien sich über sie zu amüsieren. Während Riley darüber nachdachte, wie sie mit ihm ein Gespräch beginnen sollte, trat plötzlich der Kellner an den Tisch.

»Deine neue Freundin?«, fragte er grinsend und legte die Hand auf Brandons Schulter. Dann zog er die schwarze Schürze aus, die er über dem olivgrünen T-Shirt trug.

»Mein Blind Date!«

»Lust auf ein Spiel, *Ms Blind Date*?«

»Ein Spiel?«

»Billard!« Er deutete in den hinteren Teil des Pubs.

»Kannst du spielen?«, wollte Brandon wissen.

»Nein«, log Riley, ohne rot zu werden. Sie *konnte* spielen – zumindest hatte sie es mal gekonnt. Aber vermutlich war sie aus der Übung.

»Dann ist es höchste Zeit, es zu lernen!« Er sprang vom Tisch auf – das Bier nahm er mit – und wies Riley den Weg. Der Kellner legte die zerknüllte Schürze auf den Tresen.

»Wir haben noch nicht Feierabend«, schimpfte eine ältere, sehr schlanke Frau mit kurzen grauen Haaren.

»Ich mach nur 'ne Pause, Mom!«

»Das ist heute schon deine dritte Pause!«

Riley folgte den beiden Männern zu dem stattlichen Billardtisch. Hier schien sich jeder zu kennen.

»Das ist Mark«, stellte Brandon den Mann vor, der gerade die Kreide auf der Pomeranze am Queue auftrug. Der Kerl war riesig! Riley guckte gespannt zu ihm hoch. Er unterbrach seine Arbeit, reichte Riley die große Hand und lächelte freundlich. Seine Gesichtszüge waren erstaunlich sanft. Sein Händedruck auch.

»Und ich bin Craig«, stellte sich der Kellner vor.

»Hi«, meinte Riley und fühlte sich überrumpelt.

Wie war sie in diese Männerclique nur hineingeraten? Sie hielt die Bierflasche noch immer in der Hand, während sie sich den Billardtisch genau anschaute. Das Ding war auffällig! Die Tischbeine waren äußerst robust. Ein edles Messingschild prangte auf dem Holz. *Walsh Pool Tables* stand darauf.

»Dann mal los!«, meinte Brandon.

Riley stellte die Bierflasche auf der langen Bank ab, die

an der Wand stand. Er reichte ihr einen Queue, und Riley grinste schelmisch. Sie hoffte, dass sie es noch draufhatte!

5

Brandon beobachtete sein Blind Date gespannt. Er konnte noch immer nicht fassen, dass es sich um dieselbe Frau handelte, die vor wenigen Tagen mit einem Maßband um den Hals, komischen Jeans, bunten Ringelsocken und gelben *Crocs* seiner Schwester das wunderhübsche Brautkleid verkauft hatte. Das hässliche Entlein hatte sich in einen Schwan verwandelt. Die Frisur blieb zwar gewöhnungsbedürftig, aber das Gesicht war ohne Brille ganz hübsch, und die Brüste konnten sich echt sehen lassen.

Trotzdem war sie nicht sein Typ. So gar nicht.

»Ich überlasse dir den Anstoß!«, sagte er höflich. Riley begutachtete den Queue. Derweil platzierte Craig die fünfzehn Billardkugeln im Dreieck. Sie spielten Blackball mit sieben gelben Kugeln, sieben roten und der schwarzen Acht.

»Soll ich dir zeigen, wie es geht?«, fragte Brandon charmant. Während Riley sich mit dem Queue in der Hand über den Tisch beugte, stellte er sich hinter sie. Er war immer hilfsbereit und freundlich. Vielleicht nicht *immer*, aber meistens schon. Dieses Date hatte sie sich bestimmt anders vorgestellt. Normalerweise lud er die Frauen in ein schickes Restaurant ein.

Sie guckte über ihre Schulter zurück. Erst jetzt fiel ihm auf, wie nahe er ihr war. Ihr winziger Po streifte seinen Oberschenkel. Brandon machte sofort einen Satz zurück.

»Ich krieg das schon hin!«, gab sie mit einem selbstbewussten Grinsen zurück. Brandon presste die Lippen zusammen. Keinesfalls wollte er, dass ihre Mom seiner Mom erzählte, er hätte Riley plump angemacht. Sie konzentrierte sich auf den Stoß, und Brandon konzentrierte sich auf Riley. Wie sie sich mit dem Queue über den Tisch beugte, war schon mal richtig. Auch die Handhaltung stimmte. Die geschlossene Bockhand wirkte routiniert. Dennoch machte sie einen hibbeligen Eindruck, als würde sie sich unwohl fühlen. Auf einmal stellte sie sich gerade hin und seufzte tief.

»Du schaffst das!«, meinte Brandon aufmunternd.

»Nicht mit diesen Schuhen!«, grummelte sie. Im nächsten Moment drückte sie ihm den Queue in die Hand mit den Worten »Hier, halt mal!«, zog die Stiefeletten aus und stellte die Dinger unter den Tisch. Daraufhin verlangte sie den Queue zurück und versuchte barfuß ihr Glück. Ihre Körperhaltung wirkte nun um einiges stabiler. Ruhig bereitete sie ihren Stoß vor – und dann barsten die Kugeln in alle Richtungen auseinander. Zwei gelbe hatte sie versenkt. Brandon zog überrascht die Augenbrauen hoch. Sie spielte bestimmt nicht zum ersten Mal! Amüsiert stützte er sich an seinem Queue ab, während Mark und Craig neben dem Tisch standen und das Geschehen gespannt mit verfolgten. Sie versuchte, die nächste Kugel einzulochen. Der Stoß war nicht ganz einfach, aber zu schaffen. Die Kugel rollte in die linke Mitteltasche. Mit einem schiefen Grinsen schaute er zu, wie sie auch die nächste bravourös versenkte und daraufhin einen kleinen Siegestanz aufführte. Sie hatte ziemlich Schwung in den schmalen Hüften. Craig und Mark amüsierten sich köstlich, johlten und klatschten in die Hände. Im Radio spielten sie den Song *The Parting Glass* von *Peter Hollens*. Brandon liebte die Atmosphäre in diesem Pub. *The Loophole* gehörte Craigs

Mutter. Wenn Brandon nicht im Büro oder zu Hause war – dann hielt er sich hier auf.

»In die Kopftasche rechts«, sagte Riley mit ruhiger Stimme. Dieser Stoß war schwierig.

»Wir haben es mit einem Profi zu tun«, schmunzelte Mark.

Riley wirkte sehr fokussiert, während sie den Stoß ausführte. Leider lochte sie die weiße Kugel ein – und beging somit ein Foul –, die gelbe verfehlte jedoch ihr Ziel.

»So ein Pech!«, meinte sie schulterzuckend. Wahrscheinlich hatte sie gewusst, dass ihr der Stoß nicht gelingen würde. Riley spielte ganz ordentlich, aber sie war kein Profi.

»Dann zeig mir mal, wie man es richtig macht!«, forderte sie ihn auf. Brandon ließ sich nicht zweimal bitten. Er stellte sich an den Billardtisch, beugte sich vornüber und versenkte eine rote Kugel, da Riley die gelben spielte. Wenn er das Spiel gewinnen wollte, durfte er keinen Fehler machen. Brandon war gut darin, die Positionen der Spielbälle zu analysieren. Bald war nur noch eine rote Kugel übrig, bevor er die schwarze Acht einlochen konnte. Er würde die Kugel über die Bande spielen müssen, um sie in der Mitteltasche zu versenken.

»In die rechte Mitteltasche«, sagte er.

»Ist nicht dein Ernst …!«, japste Riley. Brandon schaute auf, und ihre Blicke trafen sich. Sein Blind Date guckte grimmig drein, woraufhin Brandon sich ein schiefes Lächeln nicht verkneifen konnte.

»Blamier dich bloß nicht!«, sagte Mark und lachte. Der Stoß gelang. Alle schauten sie gespannt, wie die Kugel an den Banden abprallte und langsam in die Mitteltasche rollte. Die Spannung war spürbar – und dann brach ein Johlen aus.

»Angeber.« Sein Date guckte trotzig. Craig und Mark klatschten anerkennend. Auch Riley klatschte verdrießlich mit.

»Zumindest lüge ich nicht«, sagte er und ging kühn auf Riley zu, während Craig die Kugeln einsammelte und im Dreieck anordnete.

»Soll das heißen, dass *ich* lüge?«, meinte sie herausfordernd.

»Du bist ziemlich gut! Dabei dachte ich, du kannst nicht spielen.« Er stand nun genau vor ihr. Da sie barfuß war, reichte sie ihm gerade mal bis zur Nasenspitze. Wieder guckte er auf ihren Busen – und dann sofort hoch in ihr Gesicht. Die Brust war nun mal das Auffälligste an ihr! Leider hatte sie es bemerkt.

»Man soll beim ersten Date nicht allzu viel verraten«, gab sie schlagfertig zurück. Brandon gab Mark den Queue, bevor er sich kopfschüttelnd auf die lange Bank setzte. Riley gesellte sich zu ihm.

»Nimm's dir nicht zu sehr zu Herzen«, sagte Craig zu ihr. »Brandon ist ein absoluter Profi. Er ist mit Billard groß geworden!«

Sie verhakte die Beine im Schneidersitz und nahm einen Schluck von ihrem Bier. Die Niederlage schien ihr nichts auszumachen.

Den Tisch überließen sie nun Mark und Craig. Brandon hatte keine konkreten Pläne für diesen Abend gehabt. Vorerst lehnte er sich entspannt zurück. Eigentlich hatte er gedacht, sein Date würde schnell das Weite suchen. Seit er eine Glatze trug, hatte er seine Wirkung auf Frauen verloren. Auch sonst hatte er es verlernt, mit ihnen zu flirten. Sein Kopf war leer. Was sollte er zu ihr sagen? Brandon hatte schon viele Freundinnen gehabt. Irgendwie hatte er keine Lust mehr auf Beziehungen. Seit Monaten stand er unter Stress – und es wurde immer schlimmer.

Verstohlen schielte er zu Riley, die keinerlei Notiz von ihm nahm. Sie schien aufs Spiel fixiert. Bei genauerer Beobachtung merkte er, dass es doch eher Craig war, der sie in den Bann zog. Brandon grinste gequält. Sie hatte an ihm genauso wenig Interesse wie er an ihr.

Plötzlich hob Riley die Bierflasche hoch und schüttelte sie, als könnte sie nicht glauben, dass das Ding schon leer war.

»Willst du noch eins?«, fragte er sogleich. Bevor sie antworten konnte, zog er los. Craigs Mom stand hinterm Tresen, und er schwang sich auf einen der Hocker.

»Noch mal zwei *Guinness.*« Brandon hob zwei Finger hoch.

»Deine neue Freundin?«, wollte Mrs Nolan wissen und nickte Richtung Billardtisch.

»Quatsch. Mein Blind Date!« Er grinste breit. »Das ist die Tochter von Moms neuer Bingofreundin.«

»Claire spielt Bingo?« Craigs Mom lachte.

»Ihr ist wohl langweilig, da kommt sie auf dumme Ideen.«

Sie stellte die zwei Bierflaschen auf den Tresen. Brandon bezahlte immer am Monatsende. Da kam so einiges zusammen.

Sein *Guinness* trank er am liebsten aus der Flasche, auch wenn Craig fand, das sei ein Verbrechen. Denn ein *Guinness* schmeckte nur dann so, wie es schmecken sollte, wenn es frisch vom Fass gezapft war.

Mit den zwei Bier kehrte er zu seinem Date zurück. Riley hockte immer noch im Schneidersitz auf der langen Bank und verrenkte sich beinahe den Hals, um das Geschehen am Tisch mitverfolgen zu können. Dass sie Craig anhimmelte, war nicht mehr zu übersehen. Mark beachtete sie nämlich kaum. Dabei war er der bessere Spieler.

»Hier!« Brandon setzte sich wieder neben sie und reichte ihr die Bierflasche.

»Danke!« Riley nahm, ohne zu zögern, einen kräftigen Schluck. Sie vertrug eine Menge Alkohol. Viele seiner Freundinnen waren nach einem Bier schon leicht beschwipst gewesen. Riley hingegen wirkte absolut nüchtern.

»Du stehst nicht auf mich, oder?«, fragte Brandon geradeheraus, während sein Date jede von Craigs Bewegungen genauestens verfolgte. Ruckartig drehte sie ihr Gesicht in seine Richtung.

»Stehst du denn auf mich?«

Er zögerte, da er ihr nicht direkt eine Abfuhr erteilen wollte.

»Was erzählen wir jetzt unseren Müttern?«, fragte Riley.

»Sagen wir ihnen einfach, dass ...«, begann Brandon.

»Dass ...?«, hakte sie nach und guckte ihn gespannt an. Ihre Augen waren braun – oder grün? Jedenfalls waren sie ziemlich hübsch. Hibbelig fuhr er über seine Glatze.

»Steht dir nicht«, meinte sie grinsend.

»Weiß ich.« Er lachte leise.

»Was war das für eine Wette?«, wollte sie plötzlich wissen.

»Es ging um Billard ...«

»Es geht immer um Billard!«, rief Mark, der eine rote Kugel in die linke Kopftasche spielte und dem Gespräch wohl gelauscht hatte.

»Und du hast verloren«, stellte sie fest.

»Wir haben Snooker gespielt, und ich habe gewettet, dass ich ein Maximum schaffe, also hundertsiebenundvierzig Punkte.«

»Rasierst du dir jedes Mal den Schädel, wenn du eine Wette verlierst?«

»Ich habe noch nie zuvor eine Wette verloren.« Er grinste breit. »Hatte echt einen schlechten Tag!«

»Er pokert immer hoch, weil er weiß, dass er gewinnt!«, mischte sich Craig ein. Rileys Augen waren sofort wieder auf ihn gerichtet. Brandon stutzte. Craig sah gut aus – aber doch nicht besser als er! Oder stand Riley auf Tattoos? Craig hatte seine wilde Phase schon lange hinter sich. Das letzte Tattoo hatte er sich vor fünf Jahren stechen lassen.

Wahrscheinlich hatte Brandon seinen Charme verloren. Deswegen war Riley nicht interessiert an ihm. Lag es nur an der Glatze – oder sollte er nicht länger diese Jeans tragen, die an den Knien aufgerissen waren? Sogar Kate meinte, dafür wäre er zu alt.

»Woher kannst du so gut spielen?«, fragte er Riley, während Mark wieder die Kugeln einsammelte und Craig zum Tresen ging, da seine Mutter nach ihm gerufen hatte.

»Ich bin nur ein Amateur im Vergleich zu dir.« Sie schüttelte die Bierflasche und stutzte. »Schon wieder leer?«

»Ist nicht dein Ernst?!«, japste Brandon. »Und woher kannst du so gut trinken?«

»Die O'Connor-Gene! Mein Onkel vertrug auch eine Menge.« Sie grinste von einem Ohr zum anderen. »Er hat mir das Billardspielen beigebracht. Mein Vater und er waren sich sehr ähnlich – das sagt jedenfalls meine Mom. Ich kann mich an meinen Dad nicht erinnern. Er starb sehr früh.«

Sie plauderte unbekümmert drauflos.

»Hast du Geschwister?«, fragte Brandon.

»Nein. Es gibt nur meine Mom und mich. Wir zwei gegen den Rest der Welt – so war das immer!« Sie blies Luft in ihre Backen wie ein Frosch in der Balz. »Ich will sie nicht enttäuschen. Kann ich ihr erzählen, dass das Date gut gelaufen ist, und dass wir uns vielleicht mal wieder treffen?« Neugierig wartete sie auf seine Antwort.

»Klar!« Er fand sie eigentlich ganz nett.

Riley lächelte glücklich, löste daraufhin die Verschränkung ihrer Beine und stand auf. Sie machte ein paar Dehnübungen, bevor sie sich energisch an den Tisch stellte, den Queue in der Hand, bereit für die nächste Partie.

»Komm schon! Ich fordere dich heraus!«, sagte sie. Mit der Queuespitze tippte sie auf die linke Seite seines Brustkorbs, als wollte sie sein Herz durchbohren.

»Wenn das mal keine Kampfansage ist!« Er lächelte spitzbübisch und gesellte sich zu ihr. Sie spielten eine weitere Partie. Brandon versaute absichtlich zwei Stöße. Beim ersten Fehlstoß lächelte Riley noch überlegen, beim zweiten schien sie schon misstrauisch zu werden.

»Lässt du mich etwa gewinnen?«, fragte sie, als er zum dritten Mal eine Kugel nicht in die angesagte Tasche beförderte.

»Brandon lässt nie jemanden gewinnen«, versicherte ihr Mark. Er stutzte. Sein Freund hatte völlig recht: Noch nie zuvor hatte er jemanden gewinnen lassen. Heute zeigte er sich wirklich von seiner besten Seite! Seine Mom würde keinen Grund haben, ihm Vorwürfe zu machen.

»Dann bist du doch nicht so gut, wie ich dachte!« Sie lächelte ihn an. Riley war wirklich nicht sein Typ. Er ging sonst immer mit ganz anderen Frauen aus. Aber dieses Blind Date hätte bestimmt schlimmer verlaufen können.

Am Ende gewann er das Spiel doch noch. Marks Handy klingelte, und schnell hob er ab.

»Ja, Schatz, ich komme gleich. In zehn Minuten bin ich zu Hause.« Als er auflegte, konnte sich Brandon eine dumme Bemerkung nicht verkneifen.

»Bloß kein Neid!«, sagte Mark. »Wir sehen uns morgen!« Er guckte zu Riley. »War nett, dich kennenzulernen!« Sie winkte ihm rasch zu, dann spielte sie weiter. Auch die nächste Partie gewann Brandon. Craig brachte ihnen noch mal zwei Bier, bevor er sich wieder um die anderen Gäste kümmerte.

Riley bemühte sich sehr. Es war offensichtlich, dass sie eine Leidenschaft fürs Spiel hatte, und das imponierte Brandon. Zudem wurde sie immer besser. Wahrscheinlich hatte sie schon lange nicht mehr gespielt und war einfach aus der Übung gewesen.

»Wie spät ist es?«, fragte sie irgendwann. Kein einziges Mal hatte sie gegen ihn gewonnen, aber einmal war es richtig knapp gewesen.

»Zehn nach elf.« Das Pub schloss in zwanzig Minuten. »Lassen wir es gut sein?«

»Ich sehe die Kugeln schon doppelt«, meinte sie müde. Er lachte herzhaft. Die letzten beiden Bier hatte er ihr überlassen, und sie hatte sie bis zum letzten Tropfen ausgetrunken! Er konnte kaum fassen, dass sie noch immer in der Lage war, aufrecht zu stehen.

»Ich fahr dich nach Hause«, bot er ihr an.

»Musst du nicht!« Sie lächelte breit.

Den Queue legte sie in die Wandhalterung. Dann hob sie die Stiefeletten vom Boden hoch und schnappte sich ihre Handtasche.

»Ich sollte jetzt wirklich gehen.« Sie gähnte ungeniert.

»Bist du dir sicher, dass ich dich nicht nach Hause fahren soll?«, fragte er.

»Nein, ich gehe lieber zu Fuß!« Sie quetschte sich an ihm vorbei, winkte ihm kurz zu und hastete dann zum Tresen, wo sich Craig befand. Die beiden flüsterten miteinander. Brandon sammelte die Kugeln ein und trabte dann gemächlich zu ihnen hin. Riley legte zwanzig Euro auf den Tresen und eilte aus dem Pub. Mit offenem Mund schaute

Brandon ihr hinterher.

»Willst du sie nicht nach Hause fahren?«, fragte Craig.

»Sie meinte, dass sie lieber zu Fuß geht.« Er starrte auf die zwanzig Euro, als Craig den Geldschein nahm und ihn in die Kasse legte. Natürlich hätte Brandon für die Bier bezahlt! Bedröppelt schaute er zur Tür, durch die sie vor wenigen Sekunden gerauscht war.

»Hat wohl nicht gefunkt?«, witzelte Craig. »Glaubst du, sie kommt noch mal vorbei?«

Brandon rieb sich seufzend den Nacken. »Keine Ahnung. Magst du sie etwa?«

»Ich? Sie war doch mit dir verabredet!«

»Aber sie hat ständig *dich* angestarrt.«

Craig lachte. »Du magst sie!«, flötete er.

»Quatsch ...« Aber es hatte Spaß gemacht, mit ihr herumzuhängen. »Ich muss jetzt auch los.«

Brandon verabschiedete sich und verließ das Pub. Er stieg in seinen Wagen und fuhr Richtung Süden. Die Straßen waren so gut wie leer – als er eine Frau entdeckte, die allein den Gehsteig entlangschlenderte. Er konnte seinen Augen kaum trauen: Sie lief barfuß! Die hagere Gestalt stieß zudem in regelmäßigen Abständen kleine Rauchwolken aus. Er hupte, bevor er an den Straßenrand fuhr. Sie schrak hoch, und Brandon stieg aus. Riley war nicht nur trinkfest – sie rauchte auch noch?

Als er näher trat, holte sie sofort mit der Hand aus, mit der sie die Stiefeletten festhielt. Brandon duckte sich instinktiv, weil er fürchtete, sie würde ihm mit ihren Schuhen eins überziehen.

»Hey!«, rief er. »Ich bin's.« Sie beugte ihren Kopf nach vorne und verengte die Augen zu Schlitzen.

»Ah, Brandon!«, rief sie fröhlich. »Ich habe die Kontaktlinsen rausgenommen, weil meine Augen so trocken waren. Jetzt bin ich blind wie ein Maulwurf.« Sie lachte gackernd – und Brandon verschlug es die Sprache. Riley lief allein, blind und barfuß um Mitternacht durch die Straßen? Hatte sie denn keine Angst, dass sie jemand überfiel?

»Hättest du damit nicht warten sollen, bis du sicher zu Hause ankommst?« Das Herz schlug ihm bis zum Hals.

»Warum?« Sie zuckte nur mit den Schultern und zog gierig an ihrer Zigarette. Riley hatte einen Knall – eindeutig.

»Du rauchst auch noch ...«, murmelte er.

»Davon werde ich wieder nüchtern. Ich fürchte, ich bin etwas beschwipst!«

Brandon rieb sich ungläubig die Stirn. »Steig ein! Ich fahr dich nach Hause!«, meinte er unwirsch. Er guckte auf ihre nackten Füße. »Warum bist du barfuß?!«

»Die Schuhe sind nur geliehen – und meine Füße sind schmutzig!«

Brandon wollte etwas erwidern, aber ihm fiel nichts ein. Riley schaute gespannt zu ihm hoch.

»Steig endlich ein«, meinte er kopfschüttelnd.

»Ich soll nach Mitternacht zu einem fremden Mann ins Auto steigen?«, witzelte sie. Dann kickte sie die aufgerauchte Zigarette auf den Boden, wo sie rasch verglühte.

»Kommst du jetzt oder nicht?«, fragte er.

Breit lächelnd hakte sie sich bei ihm ein.

»Du bist jetzt mein Blindenhund«, verkündete sie fröhlich.

»Siehst du wirklich so schlecht?«

»Quatsch! Es war dunkel, deswegen habe ich dich nicht erkannt!« Sie log eindeutig. Er öffnete für sie die Beifahrertür. Riley stieg unbekümmert ein und machte es sich gemütlich.

»Danke fürs Fahren!«, trällerte sie. »Meine Füße hätten das fast nicht mehr geschafft.«

»Kein Problem. Wo wohnst du?«

»Gleich über der Boutique! Den Weg kennst du ja.«

Er startete den Motor, und zwei Minuten später schaltete er ihn wieder aus. »Wir sind hier.«

»Super!« Sie lächelte ihn ein letztes Mal an, bevor sie aus dem Auto stieg. Riley war quirlig – und schräg. Echt schräg.

Kurz steckte sie den Kopf noch mal zu ihm herein.

»Dann mach's gut und träum was Schönes! Vielleicht sehen wir uns bald mal wieder!«

Sie winkte energisch und schlug dann die Autotür zu. Brandon beobachtete Riley dabei, wie sie zum Eingang taumelte und in ihrer Handtasche nach den Schlüsseln kramte. Erst als sie die Boutique betrat und die Tür hinter sich schloss, fuhr er los.

6

Riley setzte die Kaffeemaschine in Gang. Sie drückte auf den Knopf, der nun rot aufleuchtete, und klatschte dann mit beiden Händen gegen ihre Wangen. Sie fühlte sich, als hätte sie ein Bus überfahren. Hatte sie es gestern mit dem Alkohol übertrieben? Riley war kopfüber ins Bett gefallen. Sie hatte es gerade noch geschafft, sich ihrer Anziehsachen zu entledigen und ihr großes Schlafshirt überzustreifen. Mit schmutzigen Füßen hatte sie sich unter der Bettdecke eingerollt. Vor wenigen Minuten war sie aus einem äußerst unruhigen Schlaf erwacht, und nun stand sie vor der Kaffeemaschine und gähnte ungeniert. Riley würde endlich duschen müssen. Heute hatte sie viel zu tun. So wie immer. Sie musste an einem Brautkleid arbeiten, das die Kundin morgen früh abholen wollte.

Aber bevor sie sich ins Bad aufmachte, setzte sie sich mit ihrem Handy an den Küchentisch und schaute nach, ob ihr jemand geschrieben hatte. Ihre Mom sendete ihr jeden Morgen eine Nachricht.

Sei du selbst, alle anderen gibt es schon, las Riley und lächelte. Darunter stand: *Ich wünsch dir einen wundervollen Tag, Schatz!*

Den werde ich haben, Mom!, schrieb Riley zurück und gähnte wieder. Sie rieb sich die müden Augen, während sie aufstand und sich Kaffee einschenkte. Das Handy bimmelte erneut.

Wie lief das Date?, wollte ihre Mom wissen. Riley hatte

schon auf diese Frage gewartet! Schmunzelnd legte sie die Daumen auf die Handytastatur, als sie zögerte. Was genau sollte sie ihrer Mutter schreiben?

Hat Spaß gemacht, tippte sie schließlich und setzte sich wieder an den Küchentisch.

Gefällt er dir?

Er hat 'ne Glatze, schrieb sie zurück. Ihrer Mom gefielen keine glatzköpfigen Männer. Rileys Dad hatte volles Haar gehabt – wie jeder in der Familie.

Daraufhin klingelte das Telefon. Natürlich war ihre Mutter dran.

»Hi Mom!«, trällerte Riley.

»Er ist glatzköpfig?!«, fiel sie empört mit der Tür ins Haus.

»Wegen einer verlorenen Wette hat er sich den Kopf kahl geschoren«, erklärte Riley.

»Was ist denn das für einer?«, kam zurück.

»*Du* wolltest mich doch mit ihm verkuppeln!« Riley lachte herzhaft.

»Da wusste ich noch nicht, dass der Kerl nicht alle Tassen im Schrank hat! Meine neue Freundin Claire ist doch so sympathisch und wirkt so seriös!«

»Er ist okay«, gab Riley schmunzelnd zu. Ihre Mom schwieg am anderen Ende der Leitung. »Ist er wirklich!«, rief Riley.

»Triffst du dich noch mal mit ihm?«

»Mal sehen …« Riley gab sich geheimnisvoll.

»Den Kerl muss ich mir anschauen«, brummte ihre Mom.

»Mach das! Ruf ihn an und verabrede du dich mit ihm! Du hast doch seine Nummer!« Kurz war es still am anderen Ende der Leitung.

»Ich habe verstanden!«, meinte ihre Mutter seufzend. »Keine Blind Dates mehr … Ich dachte nur …«

»Mom, ich muss jetzt auflegen. Ich habe eine Menge zu tun! Wir telefonieren später, okay?«

»Ist gut, Schatz! Komm mal wieder nach Hause, wenn du Zeit hast!«

»Sicher. Hab dich lieb, Mom!«

»Ich dich auch.«

Riley legte auf und trabte mit hängenden Schultern ins Bad. Sie war seit zwei Monaten nicht mehr zu Hause gewesen. Am Wochenende war sie ständig beschäftigt. Riley hatte so viel zu erledigen! Sie kam mit der Arbeit kaum hinterher.

Bevor sie das Wasser in der Dusche aufdrehte, hob sie ein Bein an und guckte sich die schmutzige Fußsohle an. Als Kind war sie immer barfuß gelaufen: ob im Gras oder über Pflastersteine. Wann hatte sie sich das abgewöhnt? Plötzlich war sie erwachsen geworden – ohne es zu merken. Jetzt hatte sie sogar eine eigene Boutique.

Sie trocknete sich ab und trottete müde ins Schlafzimmer. Rasch zog sie sich um. Am liebsten trug sie bequeme Shorts und weite Pullis. Und selbstverständlich vergaß sie ihre Glückssocken nicht! Sie hatte eine ganze Sammlung von bunten Ringelsocken. Mit ihren *Crocs* schlurfte sie die Treppen hinunter in ihr Nähzimmer. Sonntags war die Boutique geschlossen. Riley wollte sich an die Arbeit machen, als es klingelte. Sie ging nachsehen, wer draußen stand. Meist nahm sie den Weg durch die Boutique, obwohl gleich daneben ein schmaler Gang zur Eingangstür führte. Patricia guckte durch die Fensterscheiben zu ihr herein. Mit den Händen faltete sie ein Zelt über den Augen. Sie winkte enthusiastisch, als sie Riley erblickte, die sofort die Tür öffnete.

»Was machst du denn hier?«

»Was wohl? Ich will wissen, wie das Date verlaufen ist!«

»Du hättest mich auch anrufen können!«

Patricia hatte eine Schachtel bei sich. *Sticky Fingers* stand in blauer Schrift darauf. Daneben war ein Donut mit Kochmütze aufgemalt.

»Die Dinger liebe ich! Komm rein!«

»Weiß ich doch!«

Riley trat beiseite. Dann schloss sie die Tür, während Patricia bereits die Treppen hoch in die Wohnung ging. In der kleinen Küche machten sie es sich zu zweit gemütlich.

»Ich habe noch Kaffee!«, sagte Riley.

»Super!«

Sie schenkte Patricia ein. Gemeinsam verputzten sie die leckeren Donuts. Riley schnappte sich einen mit Schokoladenüberzug und Streuseln.

»Jetzt erzähl schon!«, meinte ihre Freundin ungeduldig, während Riley sich die klebrigen Finger leckte.

»Er ist cool«, sagte sie unbekümmert.

»Cool?« Patricia verdrehte die Augen. »Jetzt mach's nicht so spannend! War er wirklich dieser Brandon Walsh?«

»Ja!«, sagte Riley mit vollem Mund. Etwas Erdbeermarmelade war an ihrem Mundwinkel, die sie sorgsam mit der Serviette wegwischte.

»Wirklich?«, hakte Patricia nach.

»Wir haben mit seinen Freunden Billard gespielt. Den Tisch hat die *Walsh Company* hergestellt.«

Patricia machte große Augen. »Du hast dir also tatsächlich einen dicken Fisch an Land gezogen?«

Riley schmunzelte.

»Er steht nicht auf mich«, sagte sie nüchtern.

»Woher willst du das wissen?«

Der Donut war aufgegessen, und Riley schnappte sich den nächsten. Diesmal einen mit Vanillefüllung. Die Dinger waren lecker!

»So was merkt man doch!« Er hatte sie nach Hause gefahren. Weil er ein Gentleman war? Riley fand ihn ganz okay – aber ein Mann zum Heiraten war er bestimmt nicht. Auch wenn sie es nur sehr ungern zugab: Manchmal fühlte sich Riley einsam. Sie wollte ihr Leben mit jemandem teilen. Was war nur los mit ihr? Lag es am Alter? Seit sie eine eigene Boutique eröffnet und sich somit ihren Traum erfüllt hatte, wollte sie ein neues Projekt in Angriff nehmen. Sie wollte nicht nur beruflich, sondern auch privat ihr Glück finden. Erwartete sie sich zu viel vom Leben? Es gab doch eine Menge, wofür sie dankbar sein sollte: Sie hatte eine tolle Mom, die sie liebte; eine beste Freundin, die immer für sie da war; einen Job, der ihr Spaß machte.

»Wirst du ihn wiedersehen?« Patricia ließ nicht locker.

»Kann sein«, erwiderte Riley lapidar. Sie hatte große Lust, noch mal mit ihm Billard zu spielen. Vielleicht würde sich auch Craig auf eine Partie mit ihr einlassen?

»Sein Freund hat mir besser gefallen«, gab sie unverblümt zu.

Patricia lachte. »Dann schnapp dir den!«

»Ich schnapp mir vorerst niemanden.«

»Du musst resoluter vorgehen, Riley!«

»Schon klar!« Die Kaffeetasse war leer, und Riley schenkte sich erneut nach. Sie wollte nicht richtig wach werden. »Danke für das Frühstück! Hat lecker geschmeckt!«

»Mach ich doch gerne! Soll ich dir helfen, dein Nähzimmer aufzuräumen? Da sieht's nämlich aus, als hätte eine Bombe eingeschlagen!« Patricia hatte vorhin beim Vorbeigehen wohl einen Blick hineingeworfen. Auch in Rileys Wohnung sah es nicht besser aus!

»Nein, ich schaff das schon alleine.« Das Handy klingelte, und Riley schaute rasch auf das Display. Es war Brandon. Sie hatte seine Nummer gespeichert.

»Was ist?«, fragte Patricia, als Riley belämmert guckte.

»Mein Blind Date hat mir geschrieben ...«

»Er steht ja doch auf dich!«

Riley hob das Handy hoch und las gespannt die Nachricht.

Gut geschlafen?, stand da. Sie stutzte. Sollte sie antworten? Riley überlegte noch, als eine zweite Nachricht eintrudelte.

Ich werde meiner Mom erzählen, dass das Date gut verlaufen ist.

»Was hat er geschrieben?«, wollte Patricia wissen und versuchte, auf das Display zu lugen. Riley tippte in Lichtgeschwindigkeit.

Ich habe meiner Mom erzählt, dass du eine Glatze hast. Jetzt findet sie dich nicht mehr so toll, schrieb sie zurück und drückte auf *Senden*.

Ein lachendes Emoji kam als Antwort.

Muss ich deiner Mom gefallen oder dir?

Flirtete er mit ihr? Riley war ganz durcheinander.

»Lass mal sehen!«, rief Patricia, woraufhin Riley ihr das Handy hinschob. Ihre Freundin las gespannt und kreischte aufgeregt. »Er mag dich eindeutig!«

Riley rutschte nervös auf dem Stuhl hin und her.

»Was ist? Brandon Walsh mag dich! Das ist doch cool! Ich will ihn unbedingt kennenlernen!«

»Du kennst ihn schon«, sagte Riley. Patricia guckte verwundert. »Du erinnerst dich doch an den Kerl, der seine Schwester begleitet hat?«

»Ist nicht dein Ernst?!«

»Doch ...«

»Der Typ, der auf deine Titten gestarrt hat?«

Riley nickte.

Patricia saß mit offenem Mund da. Es dauerte eine Weile,

bis sie ihn endlich schloss. »Ich habe dir doch gesagt, der Kerl sieht gut aus!« Rileys Freundin lachte schallend. »Zufälle gibt's! Das ist doch wie im Film.« Plötzlich wurde sie ernst. »Was hast du zu verlieren?«

»Nichts ...«

Riley nahm das Handy und schrieb ihm zurück.

Du musst meiner Mom gefallen! Sonst wird das nichts! Sie fügte einen Smiley mit herausgestreckter Zunge hinzu. Dann wartete Riley gespannt, aber er meldete sich nicht mehr. Enttäuscht legte sie das Handy weg.

»Ich muss jetzt los!«, sagte Patricia auf einmal. »Wenn du meine Hilfe nicht brauchst, dann sollte ich lieber nach Hause fahren und mich um Sean kümmern.« Sie seufzte tief.

»Bei euch hängt doch nicht meinetwegen der Haussegen schief?« Patricia machte viele Überstunden. Sie half Riley, wo sie nur konnte.

»Aber nein! Mach dir keine Gedanken!«

Sie stand vom Tisch auf, drückte Riley ganz fest und verließ die Wohnung.

Der Kaffee war kalt und schmeckte grässlich. Ein Donut war noch übrig, und Riley verputzte auch diesen. Ihr Magen hielt was aus! Ob Kaffee, Alkohol oder Schokolade – ihr wurde nie übel.

Ächzend erhob sie sich und spülte rasch die Kaffeetassen ab. Sie war zwar unordentlich, aber schmutziges Geschirr stapelte sich nie in ihrer Küche. Als sie fertig war, ging sie nach unten in ihr Nähzimmer. Das Handy hatte sie dabei. Hoffte sie etwa, dass Brandon sich doch noch meldete? Im Grunde hatten sie sich richtig gut verstanden – aber gefunkt hatte es nicht. Normalerweise merkte es Riley immer, wenn Männer ein Auge auf sie geworfen hatten, was sehr selten vorkam.

Gähnend setzte sie sich an den Nähtisch. Es war dumm, sich zu sehr den Kopf darüber zu zerbrechen. Riley schaute sich um. Sie sollte zuerst aufräumen, bevor sie sich an die Arbeit machte. Beinahe liebevoll klopfte sie auf ihre Nähmaschine. Das Ding hatte schon etliche Arbeitsstunden auf dem Buckel. Sie hatte ihrer Mom gehört! Als Riley sich dazu entschlossen hatte, in Cork City ein Brautmodengeschäft zu eröffnen, hatte ihre Mom ihr diese Nähmaschine überlassen. Ihre Mutter hatte eine eigene Schneiderei gehabt – die hatte sie noch, auch wenn sie in letzter Zeit nur selten Aufträge annahm. Riley hatte seit ihrem dreizehnten Lebensjahr mitgeholfen. Abends, nachdem sie mit den Hausaufgaben fertig gewesen war, hatte sie noch eine Stunde lang genäht: Säume eingefasst, Röcke gekürzt und Brustabnäher verlegt. Sie und ihre Mom hatten es nicht leichtgehabt, also hatte Riley ihren Beitrag leisten wollen.

Manchmal war sie neben der Nähmaschine eingeschlafen. Dann hatte ihre Mom sie aufgeweckt und ihr eine Tasse mit heißer Milch und Honig hingestellt. Danach hatte sie eine Woche lang Nähverbot gehabt! Ihre Mutter hatte es nicht gerne gesehen, dass Riley so viel gearbeitet hatte.

Das Telefon klingelte. Ihre Mom war dran. Riley stellte das Handy auf Lautsprecher. So konnte sie mit ihrer Mutter reden und gleichzeitig das Nähzimmer in Ordnung bringen.

»Habe ich nicht gesagt, wir telefonieren später?« Riley bemühte sich um einen anklagenden Ton.

»Störe ich dich?«

»Nicht wirklich.« Sie lächelte, was ihre Mom am Telefon natürlich nicht sehen konnte.

»Ich wollte dich nur daran erinnern, dass du nicht so viel arbeiten sollst!«

»Die Kleider nähen sich nicht von allein!«

»Isst du auch genug?«

»Tricia hat leckere Donuts vorbeigebracht!«

»Trink bloß nicht zu viel Kaffee!«

»Ich hatte nur eine Tasse ... oder zwei.«

Riley seufzte tief, während sie die Stoffreste zusammenlegte und die Schnittmuster in den Hängeordner packte, den sie dann in einer Box verstaute. Überall lagen Musterkataloge und Modemagazine, die sie häufig durchblätterte. Sie wusste alles über Brautmode, was es darüber zu wissen gab.

»Und rauch nicht zu viel! Das solltest du dir wirklich abgewöhnen«, fuhr ihre Mom fort. Das sagte sie ihr mindestens zweimal täglich. Riley liebte ihre Mutter, aber sie war auch froh, nicht mehr zu Hause zu wohnen. Wenn sie abends auf der Dachterrasse rauchte oder bis in die frühen Morgenstunden nähte, wusste niemand davon. Und deswegen machte sich auch niemand Sorgen.

»Ich komme dich am nächsten Wochenende besuchen«, sagte sie bestimmt. Von Kinsale bis Cork war es nicht weit. Ihre Mom hatte in den letzten drei Monaten schon etliche Male bei ihr vorbeigeschaut. Jedes Mal brachte sie ihr eine hübsche Zimmerpflanze mit, weswegen es in Rileys Wohnung grünte und blühte.

»Musst du nicht! Ich komme nach Hause.«

»Wirklich?«

»Klar! Auf mein Wort ist Verlass!« Es würde Riley bestimmt guttun, mal abzuschalten, die Arbeit zu vernachlässigen und zwei Tage in Kinsale zu entspannen. Das Geschäft lief ganz ordentlich. Sie hatte schon etliche Kleider verkauft. Patricia verstand es zudem, tolle Fotos ins Internet zu stellen. Die meisten Kunden hatten *Riley's Bridal Salon* online gefunden. Patricias Freund Sean kannte sich mit Webdesign aus und hatte ihnen bei der Erstellung der

Internetseite geholfen.

»Dann backe ich die Cupcakes, die du so gerne hast!«, sagte ihre Mom.

»Klingt super! Ich freu mich darauf!«

Ob ihre Mutter einsam war, seit Riley nicht mehr zu Hause wohnte? Hatte sie deswegen mit dem Bingospielen angefangen? Aber sie kannte doch so viele Leute! In Kinsale kannten sich sowieso alle. Es gab kaum jemandem in dem Fischerdorf, der noch *nicht* in ihrer Schneiderei erschienen war, um eine Hose kürzen zu lassen oder ein Kleid enger zu machen.

»Du kennst doch Henry«, begann ihre Mom.

»Henry McDoyle?«

»Genau! Ihm gehörte doch das *Mellow Café*, bevor Grace Donnelly es übernommen hat!«

»Was ist mit ihm?«

Riley hatte es geschafft, den Tisch aufzuräumen. Für die Stoffballen hatte sie ein Regal gekauft. Letzte Woche hatten sie es geliefert. Patricia hatte ihr bei der Montage geholfen. Sie hatte ihre besten Entwürfe einrahmen und an die Wand hängen wollen. Nach drei Monaten war es ihr noch immer nicht gelungen, sich richtig einzurichten. Die größenverstellbare Schneiderpuppe sah ziemlich malträtiert aus. Sie würde sich eine neue zulegen müssen.

»Henrys Tochter hat letzte Woche geheiratet«, erzählte ihre Mom aufgeregt. Sie wusste immer über alles Bescheid, was in Kinsale vor sich ging.

»Ich wusste gar nicht, dass Emma einen Freund hat …«

»Ich auch nicht! Sie kennen sich wohl noch nicht lange.«

Riley lauschte gespannt, wie ihre Mom sie über die Neuigkeiten und Tratschereien aufklärte.

»Er soll aus einer reichen Familie kommen.«

»Genauso wie Brandon Walsh?«, witzelte Riley. *Reich*

hatte Brandon bestimmt nicht ausgesehen – mit dem Kapuzenpulli und den ausgefransten Jeans.

»Hat er dich in ein hübsches Restaurant eingeladen?« Ihre Mom konnte es nicht lassen! Sie wollte unbedingt, dass Riley einen netten – und im besten Fall wohlhabenden – Mann kennenlernte. Dabei war ihr Dad ein einfacher Fischer gewesen. Aber ihre Mom hatte es sich in den Kopf gesetzt, dass Riley wie Cinderella einen Prinzen verdiente.

»Nein, wir haben uns in einem netten Pub getroffen, ein paar Bier getrunken und –«

»Der ist nichts für dich, Riley!«, schimpfte ihre Mom.

»Du kennst ihn doch gar nicht!« Riley lachte herzhaft.

»Für meine Tochter ist nur das Beste gut genug! Du hättest Claire sehen sollen! So elegant gekleidet und wie sie sich ausdrückt! Nie hätte ich gedacht, dass sie einen solchen Sohn hat.«

»Mom! Er war nett – und er ist ein verdammt guter Billardspieler. Onkel Sam hätte sich sicher gerne auf eine Partie mit ihm eingelassen.«

Es war still am anderen Ende der Leitung.

»Sam ...«, sagte ihre Mom plötzlich. »Bald ist es fünf Jahre her ...«

»Ich werde am Wochenende bei Tante Becky vorbeischauen.« Riley würde auch das Grab ihres Vaters besuchen und ein paar Blumen darauflegen. Und natürlich würde sie auch welche für Onkel Sam besorgen.

»Gute Idee!«

»Ich muss jetzt wirklich auflegen, Mom. Die Arbeit ruft!«

»Schon gut, schon gut! Aber mach auch mal eine Pause, hörst du? Ich bin so stolz auf dich!«

»Ich weiß, Mom! Lieb dich!«

Riley legte auf und lächelte glücklich.

Ihre Mutter machte sich immer so viele Sorgen! Aber

Riley kam ganz wunderbar allein zurecht. Sie hatte ihre Mutter niemals vor den Kopf stoßen wollen, aber es war an der Zeit gewesen, dass sie sich endlich ein eigenes Leben aufbaute. Deswegen hatte sie spontan die Koffer gepackt und war hierhergezogen. Bislang hatte es Riley noch nicht bereut.

Außerdem konnte sie nun unbeschwert trinken, rauchen und Sex haben – ohne dass ihre Mom davon wusste! Das mit dem Sexhaben klappte noch nicht ganz.

Kopfschüttelnd legte Riley die vielen Zeitschriften auf einen Stapel und ordnete die kleinen Plastikdosen, die mit Pailletten, Perlen und Strass gefüllt waren, in eine der Schubladen ihres Nähtisches. Sie musste unbedingt den Raum fegen. Überall lagen Fäden herum, und Staubflocken verteilten sich auf dem Boden. Aber die Arbeit lenkte sie ab. Dann fühlte sie sich nicht einsam.

7

Brandon hörte den Wecker klingeln. Kate hatte ihm das Ding zum Geburtstag geschenkt. Sie hatte sich bestimmt was dabei gedacht! Murrend bewegte er seine Hand zu dem stylischen Stück aus Holz mit LED-Digitalanzeige. Dann öffnete er die verklebten Lider, schloss sie aber sofort wieder und drehte sich auf die Seite. Das Klingeln verstummte. Als er erneut die Augen öffnete, war ihm klar, dass er verschlafen hatte. Panisch setzte er sich im Bett auf. Das Licht schien durch die bodentiefen Fenster. Er hatte gestern an einem neuen Entwurf gearbeitet und die Zeit vergessen. Das passierte ihm häufig. Sein Vater würde ihm die Hölle heißmachen, wenn er zu spät ins Büro kam!

Schnell schaute er auf die Zeitanzeige des Weckers. Es war nach acht. Das Meeting begann in zehn Minuten. Das schaffte er nicht mehr! Das Handy bimmelte, und Brandons Herz raste. Das war bestimmt Kate, die wissen wollte, wo er steckte. Seine kleine Schwester war immer pünktlich und versäumte nie ein Meeting. Brandon war da ganz anders! In seinem Kopf herrschte Chaos, genauso wie auf seinem Schreibtisch.

»Ich habe verschlafen«, fiel er mit der Tür ins Haus, als er abhob.

»Dad wird stinksauer sein!«, erwiderte Kate.

»Sag ihm einfach, dass ...« Brandon brach ab. »Ist mir egal, was du ihm sagst. Ist mir auch egal, dass er stinksauer ist.« Er legte auf, dabei war es nicht Kates Schuld. Brandon hatte schon immer ein schwieriges Verhältnis zu seinem Vater gehabt.

Das Handy klingelte erneut, und Brandon schaute nicht mal nach, wer dran war. Mit hängenden Schultern schlurfte er ins Bad und drehte das Wasser auf. Er stützte die Arme an der Fliesenwand ab, ließ den Kopf hängen und versuchte, *nicht* daran zu denken, was ihm nun blühen würde. Während er sich mit beiden Händen über die Glatze fuhr, fiel ihm ein, dass sein Vater ihn noch nie so gesehen hatte – ohne Haare! Kate und seine Mom hatten sicher dichtgehalten. Das taten sie immer, wenn Brandon wieder Mist gebaut hatte. Kurz überlegte er, ob es nicht klüger war, zu Hause zu bleiben. Sein Vater beruhigte sich meist innerhalb von vierundzwanzig Stunden. Morgen würde er nicht mehr ganz so wütend sein! Aber dann fiel Brandon ein, dass er mit Mark über das neue Design sprechen musste – und natürlich musste er dieses auch seinem Vater früher oder später präsentieren. Dabei hasste er es, mit seinem Dad zusammenzuarbeiten. Brandon stand unter Stress, und dann fiel es ihm immer schwer, alles gebacken zu kriegen – deswegen legte er sich nach der ausgiebigen Dusche einfach wieder ins Bett. Er scrollte durch sein Handy. Mark hatte ihm geschrieben.

Wo bist du?

Ich verstecke mich zu Hause, schrieb Brandon zurück.

So schlimm? Mark fügte etliche lachende Emojis hinzu.

Hab das heutige Meeting verpennt.

Weil du wieder bis spätabends gearbeitet hast?

Mark kannte ihn gut.

Schick mir die Entwürfe, schrieb sein Freund.

Ächzend stand Brandon vom Bett auf. Er trug nur Boxershorts und ein ausgewaschenes T-Shirt, von dem er sich nicht trennen konnte. Craig hatte es ihm vor zehn Jahren mal geschenkt. Das Ding passte ihm noch immer. Unter einer Billardkugel, der schwarzen Acht, stand der Spruch *I'd hit that.* Aber das Shirt hatte ihm noch nie zu einem Date verholfen. Barfuß spazierte er in sein Arbeitszimmer und sortierte die Entwürfe, an denen er gestern gearbeitet hatte. Er räumte schnell seinen Schreibtisch auf und breitete sie dort aus. Auch sein Arbeitszimmer wurde von Licht geflutet. Die Wohnung war modern und gemütlich. Seit anderthalb Jahren lebte er hier. Leider musste er mit dem Auto eine halbe Stunde fahren, bis er die *Walsh Company* erreichte – aber das war es ihm wert! Vom Balkon aus hatte er einen wunderbaren Blick auf die Stadt. Er konnte bis zum Fitzgerald Park sehen und zur Saint Fin Barre's Cathedral mit den drei gotischen Kirchtürmen. Besonders nachts, wenn die Lichter angingen, war die Aussicht grandios.

Brandon hob das Handy hoch und machte ein Foto von den Skizzen. Dann drückte er auf *Senden.* Sich zu Hause zu verkriechen, war feige. Grimmig starrte er auf die Zeitanzeige am Handydisplay. Es war fast neun, also zog er sich an. Ausnahmsweise trug er ein Hemd zur Jeans, auch wenn er es *nicht* hinter die Hose steckte. Jetzt seinem Vater mit einem Kapuzenpulli zu begegnen, war eine denkbar schlechte Idee. Es reichte, dass er ihm seine neue Frisur präsentieren musste. Brandon war mulmig zumute. Das Haar war bisher nur knapp drei Millimeter nachgewachsen.

Seufzend machte er sich fertig, schulterte seine Laptoptasche und packte die Werkskizzen in die flache Mappe. Dann verließ er die Wohnung und fuhr mit dem Aufzug in die Tiefgarage. Er hatte nicht mal Zeit gehabt, zu frühstücken. Er würde sich am Kaffeeautomaten, der neben seinem Büro stand, bedienen müssen.

Brandon fuhr Richtung Süden. Die Werkhalle und die angrenzenden Büroräume der *Walsh Company* befanden sich in Wilton, einem Vorort von Cork City. Mit eiligen Schritten ging er durch die Werkhalle geradewegs in sein Büro, das sich weit hinten am Ende befand, wobei er alle Mitarbeiter freundlich grüßte. Brandon kam mit jedem gut aus – nur nicht mit seinem Vater. Ächzend setzte er sich an den Schreibtisch. Mark stand alsbald in der Tür.

»Hier sind die Originale.« Brandon hielt ihm die Werkskizzen hin. »Was hältst du davon?«

»Sieht super aus. Das kriegen wir hin.«

Es handelte sich wieder um eine Sonderanfertigung. Der Kunde hatte Brandon zu sich nach Hause eingeladen, um ihm seine Wohnung und vor allem den Raum, in dem der Tisch stehen sollte, zu zeigen. Sein Entwurf musste zur monochromen Einrichtung passen. Für den Ballrücklauf hatte sich Brandon einen besonderen Mechanismus einfallen lassen. Die Bälle rollten von den Taschen zu der stabilen Mittelkonsole, wo sie in einem schicken Auffangbecken aus Metall landeten und von dort aus leicht entnommen werden konnten. Früher hatte die *Walsh Company* vorwiegend traditionelle Tische hergestellt. Brandons Designs waren hingegen modern und verspielt.

»Geht der Tisch in die Massenproduktion?«

»Darüber muss ich erst mit meinem Vater sprechen.« Wenn Brandon einige wichtige Änderungen vornahm, ließ sich dieses Modell auch preisgünstiger produzieren. Keinesfalls durfte er den Kunden verärgern. Dieser wollte nämlich einen Tisch haben, den sonst niemand besaß. Aber zumindest den neu entwickelten Ballrücklauf wollte Brandon auch bei anderen Tischen zur Anwendung bringen.

Während er sich noch mit Mark unterhielt, klopfte jemand an die offene Tür. Er schaute auf. Seine Mom stand alsbald vor ihm und schenkte ihm einen strengen Blick. Heute trug sie einen lila Hosenanzug. Es gab keine Farbe, in der seine Mutter *nicht* gut aussah. Die weiße Seidenbluse war richtig schick. War die neu? Um ihren schlanken Hals hing eine hübsche Goldkette.

»Dein Vater ist sauer«, sagte sie ohne Umschweife.

»Kann ich mir vorstellen ...«

»Mrs Walsh«, grüßte Mark und verbeugte sich beinahe.

»Kann ich mit meinem Sohn kurz allein reden?«, erwiderte seine Mutter streng.

»Sicher!« Mark suchte schnell das Weite, und Brandon bedeutete ihm mit einem Handzeichen, er sollte die Tür hinter sich schließen. Vermutlich glaubte Mark, Brandon würde nun eine Standpauke blühen. Stattdessen schaute seine Mom gespannt auf die Entwürfe auf dem Schreibtisch.

»Hast du wieder bis spätabends gearbeitet?«

Brandon seufzte leise. »Wie sauer ist er?«

»Auf einer Skala von eins bis zehn? Ich würde sagen ... acht ...«

»Acht ist okay.«

Seine Mom lächelte. Dann lehnte sie sich gegen den Schreibtisch, verschränkte die Arme und fragte im Plauderton: »Wie war dein Date?«

»Nett.«

»Nur nett?«

»Ich gefalle Riley nicht – und ihrer Mom auch nicht!«

»Wie kann das sein? Habe ich dir nicht gesagt, du sollst dich anständig anziehen?«, meinte seine Mutter theatralisch. Aber wieder lächelte sie. Brandon war erwachsen. Dennoch wünschte er sich manchmal, sie würde ihn einfach in den Arm nehmen – so wie früher. Ganz früher.

Wenn er mal wieder in der Schule versagt hatte. In letzter Zeit holte ihn die Vergangenheit ein. Er erinnerte sich daran, wie häufig er weinend nach Hause gekommen war, weil die Lehrer ihn am laufenden Band gerügt hatten. Brandon hatte sich schlecht konzentrieren können. Er war eines dieser Kinder gewesen, die ständig herumzappelten und dem Unterricht nicht folgen konnten.

»Lag es an der Glatze?«, hakte seine Mom amüsiert nach. Jetzt lachte auch Brandon.

»Riley ist cool«, gab er zu. »Ich mag sie.«

»Also hat es doch gefunkt?«

Er zuckte mit den Schultern. So eine Frau passte nicht zu ihm. Sie war chaotisch, schräg – und echt verrückt. Brandon war bisher immer mit Frauen ausgegangen, die ihr Leben besser im Griff hatten als er.

»Warum willst du mich unbedingt verkuppeln?«

»Eine neue Freundin täte dir gut«, erwiderte seine Mutter ungerührt. »Dann hängst du auch nicht mehr so häufig im *Loophole* herum!«

»Du magst das Pub doch auch!« Seine Mom und Craigs Mom kannten sich schon ewig.

»Du weißt, ich liebe dich«, sagte sie seufzend.

»Aber ...?«

»Aber du solltest kein weiteres Meeting verpassen, okay?«

Es kam nicht oft vor, dass seine Mutter ihn zurechtwies. Sie umkreiste den Schreibtisch, kam auf ihn zu und gab ihm einen Kuss auf den nicht mehr ganz so kahlen Schädel.

»Ich bin keine fünf mehr«, jammerte Brandon.

»Und rasier dir kein zweites Mal den Kopf!«, sagte sie streng.

»Versprochen.«

Brandon fühlte sich müde und ausgelaugt. Wie lange

würde er seinem Vater aus dem Weg gehen können?

Seine Mom wusste ganz genau, warum er in letzter Zeit ständig durch den Wind war. Leider wollte sein Dad unbedingt, dass er in seine Fußstapfen trat und die *Walsh Company* erfolgreich in die Zukunft führte. Nur leider hatte Brandon das nicht vor – und hinkriegen würde er es auch nicht. Das war kein Job für ihn! Er bekam einen Panikanfall, wenn er nur daran dachte! Brandon wollte so weiterarbeiten wie bisher. Er wollte kreativ sein und seine Entwürfe umsetzen. War die Arbeit, die er im Moment erledigte, denn nicht wichtig? Wer sollte ihn ersetzen, wenn er oben in der Chefetage saß?

Kate war die Richtige für den Job – nicht Brandon. Nur leider würde sie bald heiraten und eine Familie gründen. Ob da noch genug Zeit blieb, die Firma zu übernehmen? Er hatte mit Kate nie darüber gesprochen. Er wusste, dass auch sie – genau wie Brandon – das Gefühl hatte, ihre Arbeit wurde nicht wertgeschätzt.

»Du musst endlich mit ihm reden«, sagte seine Mom plötzlich. Brandon spürte geradezu, wie ihm die Farbe aus dem Gesicht wich. Er war mit dem Gefühl aufgewachsen, dass sein Vater enttäuscht von ihm war. Da es Brandon nicht hatte gelingen wollen, dem Schulunterricht zu folgen und still zu sitzen, hatte sein Vater ihn zu einem Kinderpsychiater geschleift. Die Diagnose war schnell gestellt gewesen. Von da an hatte er täglich Medikamente nehmen sollen, um seine Aufmerksamkeit zu verbessern und seine Hyperaktivität zu reduzieren. Aber von den Tabletten hatte er ständig Bauchschmerzen gekriegt und nichts mehr essen wollen. Das Schlafen war ihm schwergefallen. Also hatte seine Mom die Medikamentenschachtel in den Müll geworfen. ›Ich erkenne mein eigenes Kind nicht wieder‹, hatte sie gesagt. Seine Eltern hatten daraufhin einen kurzen Streit gehabt, und Brandon hatte sich in seinem Zimmer verschanzt. Seine Mom hatte die Auseinandersetzung gewonnen. Wie immer. ›Ich stopfe mein Kind doch nicht mit diesen Tabletten voll, nur weil es in der Schule unruhig ist‹ – damit war dieses Thema für sie erledigt gewesen.

Aber seitdem hatte Brandon das Gefühl gehabt, er wäre irgendwie gestört. Ein Problemkind. Kate hingegen war immer eine Musterschülerin gewesen, die stets die besten Noten geschrieben hatte. Seine Schwester war begabt und fleißig.

»Er wird wütend werden, wenn ich ihm sage, was ich denke«, brummte Brandon. Er konnte sich mit seinem Vater nicht so ungezwungen unterhalten wie mit seiner Mom.

»Ihr werdet es beide überleben!«

»Wie hältst du's nur mit ihm aus?«, witzelte Brandon.

»Wie halte ich es mit dir aus?«, gab sie zurück.

»Hey ... Ich bin sehr umgänglich!« Er lachte.

»Sicher doch!«

Seine Mom hatte früh bemerkt, wie kreativ er war, und hatte stets versucht, seine Talente zu fördern. Brandon hatte großes Glück gehabt. Er bewunderte seine Mutter. Sie hatte ihren eigenen Kopf und ließ sich nichts gefallen. Kate war genauso starrsinnig.

»Ich muss los«, sagte sie plötzlich und machte sich daran, zu gehen. »Versprich mir, dass du heute noch mit ihm redest.«

»Mach ich.«

»Versprich es mir!«

Brandon verzog das Gesicht. »Wenn ich mit der Arbeit fertig bin, gehe ich hoch in sein Büro, okay?«

Ihre Miene war unergründlich. Glaubte sie ihm nicht?

»Ich mach's wirklich, Mom!«, sagte er ernst.

»Gut!«

Sie rauschte aus der Tür, und Minuten später schlich Mark herein.

»Hast du Stress mit deiner Mom?«, fragte er überrascht.

»Nein ... Nur Stress mit meinem Dad ...«

Sie unterhielten sich über die Entwürfe, und Brandon war froh, dass ihn die Arbeit ablenkte. Er verzichtete sogar auf die Mittagspause. Sein Magen knurrte, als es schon nach vier war. Sein Vater war meist bist fünf im Büro. Brandon konnte das Gespräch nicht länger hinausschieben.

Seufzend verließ er seinen Schreibtisch und nahm die Treppe in Angriff. Die Werkhalle war mit den Büroräumen verbunden. Seinen Vater und ihn trennten an die zweihundert Schritte. Diese Distanz schien ihm oft unüberwindbar.

Brandon erreichte den ersten Stock. Das Büro seines Vaters war im zweiten. Eine Stufe nach der anderen stieg er hoch, bis er schließlich den schmalen Gang entlangspazierte, alle Mitarbeiter freundlich grüßte und die offene Bürotür anpeilte. Sein Vater telefonierte, als Brandon vorsichtig seinen Kopf zur Tür hineinsteckte. Sein Blick verriet ihm sofort, dass er wütend war. Brandon widerstand nur schwer dem Drang, sich einfach umzudrehen – und abzuhauen. Stattdessen setzte er sich schweigend auf eins der zwei schwarzen Ledersofas. Das Büro seines Vaters war riesig. Zwischen den Sofas stand ein niedriger Glastisch. Hier unterhielt er sich häufig mit Geschäftskunden.

Brandon schlug die Beine übereinander und hörte gespannt zu, wie sein Vater mit dem Wirtschaftsprüfer telefonierte. Sein Kinn war wie immer perfekt rasiert. In den letzten Jahren war das kurze Haar an den Schläfen ergraut. Auch hatten sich die Falten in seinem Gesicht vermehrt. Dennoch wirkte er für sein Alter erstaunlich jung und vital. Dass er am Wochenende immer zehn Kilometer joggte, war ihm anzusehen. Sein Tagesablauf war streng geregelt. Er war sehr diszipliniert – genau wie Kate! Brandon war da ganz anders. Kam er eher nach seiner Mom? Nicht wirklich. So chaotisch wie er war sie nicht! Seine Gedanken drifteten ab, und dann legte sein Dad auf.

»Du bist zu spät«, murrte er, und Brandon schaute zu ihm hin. »Genau acht Stunden und fünfzehn Minuten.«

Brandon erwiderte nichts.

»Tust du das mit Absicht?«, fragte sein Vater harsch. Noch immer sagte Brandon nichts. »Guck dir deine Schwester an! Auf sie kann ich mich immer verlassen!« Kate machte nie Fehler – das stimmte. Genau deswegen war sie perfekt dazu geeignet, all die Aufgaben zu übernehmen, die Brandon nicht übernehmen wollte.

»Kommt nicht wieder vor«, meinte er tonlos und vermied Blickkontakt mit seinem Vater. Stattdessen starrte er auf den neuen Teppich, der fast den ganzen Raum einnahm. Das graue Muster hatte neongelbe Elemente. Sein Vater mochte doch keine knalligen Farben. Wahrscheinlich lag der Teppich schon seit Wochen da, und Brandon bemerkte ihn erst jetzt. Er machte sich schon seit Längerem rar. Wieder drifteten seine Gedanken ab.

»Was zur Hölle hast du mit deinen Haaren gemacht?«, platzte es plötzlich aus seinem Vater heraus.

»Wette verloren«, gab Brandon kleinlaut zu und räusperte sich. Er rutschte auf dem Sofa hin und her. So unwohl hatte er sich schon lange nicht mehr gefühlt!

»Eine Wette verloren?« Sein Vater schnaubte ungläubig.

»Ich bin nur hier, um mich zu entschuldigen«, sagte Brandon mit Nachdruck. Er stand auf. »Tut mir leid, dass ich das Meeting versäumt habe.« Jetzt schaute er seinem Vater direkt in die Augen. Sein Dad schien nicht mehr ganz so wütend zu sein. Ob seine Mom mit ihm gesprochen hatte? Sie schaffte es wie niemand sonst, seine Launen unter Kontrolle zu halten.

»Du wirst kein weiteres Meeting versäumen«, entgegnete sein Vater und klang müde. Er blätterte in seinem Terminkalender. »Weil ich dich nicht mehr dabeihaben will.«

Brandon stockte der Atem. Er musste sich verhört haben!

»Lass dich hier vorerst nicht mehr blicken. Wenn es etwas Wichtiges gibt, wird dich Kate darüber informieren.« Energisch stand er auf, legte einen Stapel Unterlagen in seinen Aktenkoffer und rauschte damit an Brandon vorbei, ohne ihn eines weiteren Blickes zu würdigen. Was war gerade eben passiert? Mit offenem Mund schaute Brandon seinem Dad hinterher. Das Herz schlug ihm bis zum Hals, dabei war es doch genau das, was er immer gewollt hatte: Dass sein Vater ihn seine Arbeit machen ließ und nicht ständig versuchte, ihm mehr Verantwortung aufzubürden.

Sein Magen zog sich unangenehm zusammen, und Brandon wusste nicht, ob es nur am Hunger lag. Mit hängenden Schultern verließ er das Büro. Beim Hinausgehen grüßte er niemanden. Er brauchte jetzt ein *Guinness*. Vielleicht sogar zwei.

8

»Musst du nicht nach Hause?«, fragte Riley ihre beste Freundin und ging die Rechnungen durch. Strom, Wasser, Miete – die Liste wollte nicht enden. Sie hatte auch eine Menge teurer Stoffe im letzten Monat eingekauft; dazu die neue Schneiderpuppe und den bequemen Papasansessel, in dem Patricia es sich wie so häufig gemütlich machte. Riley hob den Kopf. Auch die Wanduhr war neu! Auf weißem Hintergrund war eine schwarze Nähmaschine eingraviert. Der kleine gelbe Zeiger deutete auf die Sieben.

»Sean musste wegen seines Jobs ein paar Tage ins Ausland ... Mich erwartet nur eine leere Wohnung«, brummte Patricia und gähnte. Sie hatte die langen Beine übereinandergeschlagen und wippte mit dem rechten Fuß auf und ab.

Riley schmunzelte. »Du hast dich also daran gewöhnt, mit jemandem zusammenzuleben?«

Sean war derjenige gewesen, der vorgeschlagen hatte, sie sollten zusammenziehen. Patricia hatte die Idee anfangs nicht gefallen.

»Ich bin zu einer braven Ehefrau mutiert!«, witzelte sie.

»Ihr seid doch gar nicht verheiratet.«

»Aber genauso fühlt es sich an.« Sie seufzte leise.

»Und das ist schlimm?«, hakte Riley nach.

»Es gibt Schlimmeres!« Patricia lächelte breit.

Riley war mit dem Oberteil fertig und hängte das Brautkleid auf den Kleiderständer.

»Ist super geworden«, sagte ihre Freundin anerkennend. Riley hatte stundenlang im Produktkatalog geblättert, bis sie die richtige Spitze gefunden hatte, die dieses Kleid ganz außergewöhnlich machte. In letzter Zeit war Riley besonders kreativ. Sie sprühte nur so vor Ideen!

»Und wann darf ich *dein* Kleid entwerfen?«, fragte sie ihre Freundin.

»Mach mal langsam!« Patricia hob erschrocken die Hände. Im Gegensatz zu Riley hatte sie ihren Traumprinzen schon gefunden – aber mit dem Heiraten wollte sie sich Zeit lassen.

Riley setzte sich wieder hin und betrachtete das Chaos auf ihrem Nähtisch. Sie wollte jetzt nicht aufräumen. Sie wollte lieber ein *Guinness* trinken und den Tag damit ausklingen lassen. Dennoch versuchte sie schnell, etwas Ordnung zu schaffen.

»Autsch!« Sie hatte sich mit einer Nadel in die Fingerkuppe gepikt. Wie hatte ihr das nur passieren können?

»Lass es gut sein, Riley! Du arbeitest viel zu viel.« Patricia klang besorgt. »Übernimm dich nicht!«

»Dieser kleine Piks wird mich nicht umbringen.« Sie fummelte in der obersten Schublade nach einem Pflaster. »Gehen wir ins *The Loophole*?«, schlug Riley vor, während sie das Pflaster um ihren Zeigefinger wickelte.

Patricia schien die Augen kaum offen halten zu können. Dennoch stand sie energisch vom Sessel auf und schwang die Handtasche auf die Schulter. »Hoffst du, Brandon Walsh wieder zu begegnen?« Sie grinste zweideutig.

Riley zuckte mit den Achseln. »Das Pub ist cool.« Sie hätte tatsächlich nichts dagegen gehabt, ihn wiederzusehen.

»Dann mal los!« Ihre Freundin klatschte begeistert in die Hände.

»Wenn du zu müde bist, dann …«

»Nein! Ein *Guinness* gönne ich mir! Außerdem will ich unbedingt diesen Brandon kennenlernen! Ich muss doch hinter deinem Rücken deiner Mom erzählen, was ich von ihm halte.«

Riley lachte laut auf. Nur Patricia konnte ihre Mom davon überzeugen, dass Brandon ganz okay war.

»Beeil dich! Ich bin schon gespannt!«

»Vielleicht treffen wir ihn gar nicht!«

Riley hatte keine Ahnung, ob er überhaupt dort war. Auch wenn er sich allem Anschein nach in dem Pub recht häufig aufhielt. Seufzend schaute sie an sich hinab. Sollte sie sich umziehen? Ausnahmsweise trug Riley eine karierte Bluse, die sie hinter die Jeans gesteckt hatte. Dazu ihre Lieblingssocken und die gelben *Crocs*. Zumindest das Schuhwerk wollte sie wechseln. Ihre Sneakers lagen gleich neben dem Nähtisch. Auch ihre Jacke musste irgendwo sein. Sie fand sie unter einem Stoffballen. Riley ließ ihre Sachen überall herumliegen.

»Dass du dich in diesem Chaos nur zurechtfindest!«

»Das ist kein Chaos! Hier ist alles an seinem Platz!«, gab Riley grinsend zurück. Sie schlüpfte in die bequemen Schuhe, schnappte sich den olivgrünen Parka und kramte noch die kleine Blechdose mit den selbstgedrehten Zigaretten unter einem Schnittmuster hervor. Dann schaltete sie das Licht aus – Patricia marschierte bereits Richtung Ausgang –, sperrte die Boutique ab und machte sich gemeinsam mit ihrer Freundin auf den Weg ins *Loophole*. Es tat gut, nachts durch die Straßen zu spazieren. Ausnahmsweise rauchte sie nicht. Riley schob die schwere Eingangstür auf, als sie ihr Ziel erreichten. Patricia war gleich hinter ihr.

»Macht einen netten Eindruck«, sagte sie und schaute sich gespannt um. Sie peilten den Tresen an und setzten sich auf die Hocker. Es war nicht viel los im Pub. Craig begrüßte sie mit einem freundlichen Lächeln – und Riley lächelte zurück. Im Radio spielten sie wieder *The Dubliners*.

»Was darf es sein, Ladies?«, fragte Craig. Riley war bestimmt keine Lady!

»Zwei *Guinness*!«

»Kommt sofort!«

»Ist das nicht der Typ Mann, den du heiraten willst?«, flüsterte Patricia ihr zu. Riley gab ihr einen sanften Schubs, damit sie bloß die Klappe hielt. »Ich verstehe! Wir sind wegen des Kellners hier und nicht wegen Brandon Walsh!« Sie lachte leise.

»Quatsch … Ich bin nur wegen des Biers hier.« Gelogen war es nicht! Craig zapfte die Bier mit perfekter Schaumkrone. Wenn es um Alkohol ging, war Riley nicht wählerisch. Ob sie ihr Bier aus der Flasche, einem Glas oder aus der Dose trank, war ihr ziemlich egal.

»Suchst du Brandon? Der kommt meist erst später«, sagte er.

»Ich suche niemanden. Ich wollte nur meiner Freundin dieses Pub zeigen!«

»Es gefällt dir hier?«

»Sehr sogar.«

Riley nahm einen Schluck. Das Bier schmeckte herrlich! Rasch leckte sie den Schaum von ihrer Oberlippe, während sie zum Billardtisch schielte.

»Hast du Lust zu spielen?«, fragte sie Patricia. Der Tisch war unbenutzt.

»Du wirst mich fertigmachen, nicht wahr?«

Riley kicherte vergnügt und nahm wieder Craig ins Visier, der plötzlich den Kopf hob und zur Eingangstür schaute.

»Was ist denn in dich gefahren?«, meinte er lachend. Riley drehte sich um. Brandon kam ruhigen Schrittes auf sie zu. Er trug eine schicke dunkle Jeans – ohne Löcher! – und ein blütenweißes Hemd; die oberen Knöpfe waren offen. Jetzt sah er aus wie auf dem Familienfoto auf der Website der *Walsh Company.* Riley starrte ihn mit offenem Mund an. Sein Körper konnte sich wirklich sehen lassen ...

»Willst du deinen Vater beeindrucken?«, fuhr Craig fort.

»Ich habe ein wichtiges Meeting verpasst.« Brandon rieb sich ächzend den Nacken. »Hey Riley!« Er begrüßte sie, als würden sie sich ewig kennen, bevor er sich neben sie auf den Hocker setzte. »Deine Freundin?« Er nickte in Patricias Richtung, dann stutzte er. »Wir kennen uns doch ...«

»Tun wir das?«

»Patricia, nicht wahr?«

»Ja, genau ...« Sie lächelte überrascht.

»Brandon vergisst nie ein Gesicht – und auch keinen Namen«, meinte Craig. »Auf sein hervorragendes Gedächtnis ist er stolz.«

»Was soll der Quatsch?«

»Ich will nur auf deine guten Qualitäten hinweisen!« Craig grinste frech. Dann stellte er eine Flasche *Guinness* auf den Tresen, und Brandon trank gierig, ohne abzusetzen.

»Harten Tag gehabt?«, fragte Riley. Er verzog das Gesicht, antwortete aber nicht. Stattdessen beugte er sich ein Stück weit über den Tresen, um Patricia besser inspizieren zu können. Riley beobachtete das Geschehen mit grimmiger Miene. Sie war es gewohnt, dass Männer sich ihre Freundin immer genauer ansahen. Patricia war der Typ Frau, der den meisten Männern gefiel! Aber was kümmerte es Riley? Sie stand doch nicht auf Brandon. Bestimmt nicht!

»Ihr zwei betreibt also gemeinsam ein Brautmodengeschäft?«, fragte er.

»Riley ist das kreative Genie, und ich kümmere mich um den Rest!«, erwiderte Patricia.

»Ein kreatives Genie«, wiederholte er. »Ich habe gehört, kreative Menschen sind immer etwas eigen.«

»Wir sind ein gutes Team.«

»Du musst es ja wissen!«, mischte sich Craig ein. Er hatte eben einen Kunden bedient und kam jetzt wieder zu ihnen herüber. »Brandon gehört nämlich auch in diese Kategorie«, erklärte er.

»Dann passt ihr beide ja wunderbar zusammen«, rief Patricia fröhlich. Riley guckte skeptisch. Das Bier hatte sie mittlerweile ausgetrunken. Brandon kippte daraufhin etwas aus seiner Flasche in ihr Glas.

»Willst du mich abfüllen?«, meinte Riley schmunzelnd.

»Da wirst du dich mehr anstrengen müssen!« Patricia lachte herzhaft. »Riley verträgt eine Menge!«

»Weiß ich bereits ... Sie kann mich jederzeit unter den Tisch trinken.« Erstmals lächelte Brandon.

»Er gefällt mir«, flüsterte Patricia ihr ins Ohr, und Riley spürte, wie die Hitze in ihre Wangen stieg. Wurde sie etwa rot?

»Spielen wir jetzt?«, fragte sie in die Runde. Keiner reagierte. »Dann übe ich eben allein am Tisch!« Sie trank das Glas aus und rutschte vom Hocker. Brandon und Patricia blieben derweil sitzen. Als Riley den Tisch erreichte und den Queue aus der Wandhalterung nahm, schielte sie gespannt zu den beiden hinüber. Es würde bestimmt nicht lange dauern, bis Patricia ihm verklickerte, dass sie bereits vergeben war. Riley ordnete seufzend die Kugeln auf dem Tisch in einer Reihe an und machte ein paar Übungsstöße, wobei sie versuchte, jede Kugel in der Mitteltasche zu versenken. Sie hatte es noch drauf! Ihr Onkel Sam wäre stolz auf sie. Aber Brandon würde sie nicht schlagen können. Als sie aufschaute, kamen die beiden endlich herüber. Riley unterbrach ihr Übungsspiel und stellte sich aufrecht hin. Den Queue hielt sie in der Hand wie einen Hirtenstab.

»Ich guck euch bei einem Spiel zu!«, verkündete Patricia und stellte sich gespannt neben den Tisch. »Aber dann muss ich nach Hause!«

Brandon holte eine Zwei-Euro-Münze aus der Geldbörse.

»Kopf oder Zahl?«, fragte er. Riley grinste hämisch. Beim letzten Mal hatte er ihr immer das Break überlassen. Nahm er sie als Gegnerin endlich ernst?

»Kopf!«

Er warf die Münze und klatschte sie auf seinen Handrücken.

»Du darfst anfangen!«

Riley sammelte die Kugeln ein, ordnete sie im Dreieck an und positionierte sich für den Anstoß. Sie versenkte eine Kugel und spielte nun die roten. Patricia klatschte und johlte, als Riley ein guter Stoß gelang. Brandon stand amüsiert neben dem Tisch, den linken Mundwinkel zu einem frechen Grinsen hochgezogen. Der nächste Stoß war schwierig. Riley war nervös. Wenn sie es jetzt vergeigte, dann ...! Sie führte den Stoß aus, und die Kugel rollte gemächlich in die Tasche. Riley liebte den Wettbewerb. Sie wollte unbedingt gewinnen. Patricia pfiff anerkennend. Auch Brandon ließ sich zu einem schwachen Applaus überwinden. Rileys Glückssträhne endete rasch. Die nächste Kugel rollte an der angesagten Tasche vorbei. Brandon war an der Reihe, und Riley machte sich auf etwas gefasst! Er würde ihr gleich aufs Neue beweisen, dass er ein absoluter Profi war. Der Mund klappte ihr auf, als er einen sehr einfachen Stoß vermasselte.

»Du lässt mich doch nicht gewinnen?«, fragte Riley grimmig. Brandons Miene war unergründlich. Sie war jetzt wieder dran. Riley versenkte die nächste Kugel – und die darauffolgende!

»Du spielst super«, flüsterte Patricia ihr zu. »Aber ich muss jetzt los! Bin hundemüde!« Sie gab ihr einen Kuss auf die Wange. »Ihr zwei habt sicher auch ohne mich genügend Spaß!« Sie zwinkerte Riley zu, verabschiedete sich und rauschte davon. Brandon guckte ihr überrascht hinterher, als sie sich einfach so aus dem Staub machte.

»Patricia ist verlobt«, rutschte es Riley heraus.

»Hat sie mir erzählt«, meinte er unbeeindruckt. »Sie dachte wohl, ich will mich an sie heranmachen.«

»Wolltest du das etwa nicht?«

Brandon grinste verschmitzt. »Bist du eifersüchtig?«

»Nein ...«, brummte Riley. Sein Grinsen wurde daraufhin noch breiter.

»Spielen wir weiter?«, fragte sie forsch.

Er nickte und vergeigte schon wieder einen Stoß. Riley schnaubte verächtlich. Er hatte doch beim letzten Mal so gut gespielt! Misstrauisch stellte sie sich an den Tisch und versenkte die nächste Kugel. Wenn sie nicht auf die Spielbälle starrte, behielt sie Brandon gut im Blick. Das Hemd stand ihm wirklich hervorragend ... Wenn ihre Mom ihn so sehen würde! ›Riley, der gefällt mir!‹, würde sie sagen. ›Den musst du dir schnappen!‹

»Du siehst echt schick aus ... Kaum wiederzuerkennen ...« Riley nahm nie ein Blatt vor den Mund. Aber wenn sie Alkohol getrunken hatte, neigte sie noch stärker dazu, einfach auszusprechen, was ihr gerade durch den Kopf ging.

»Gefalle ich dir endlich?«, witzelte er.

»Ich habe nur gesagt, dass du schick aussiehst!«

»Du flirtest mit mir ...«

Riley presste die Lippen zusammen und schwieg. Tat sie das echt? Brandon war jetzt an der Reihe. Auch dieser Stoß gelang ihm nicht. Was war nur los mit ihm? Er wirkte unkonzentriert und abwesend. Dass er so schlecht spielte, schien ihm zusätzlich aufs Gemüt zu schlagen.

»Mein Onkel Sam hat immer gesagt, man darf sich beim Spielen nicht verkrampfen!«, belehrte ihn Riley altklug. »Immer locker aus dem Handgelenk!«

»Dein Onkel Sam muss es ja wissen ...« Brandon seufzte leise.

»Du hast also ein Meeting versäumt«, fragte Riley ernst. Er schaute überrascht zu ihr hin. »Und ... du willst deinen Dad beeindrucken?«, fuhr sie fort.

»Ich brauche keine ... Therapie ...«, erwiderte er tonlos.

»Das nennt man Small Talk!« Riley wollte nur helfen. »Ich bin eine wunderbare Zuhörerin!« Sie schenkte ihm ihr schönstes Lächeln, woraufhin Brandon grimmig guckte. Tapfer hielt Riley mit ihm Blickkontakt. Sie hatte keine Ahnung, was in seinem Kopf vorging. Aber sie wollte ihn näher kennenlernen.

»Mein Vater erwartet sich mehr von mir«, sagte er plötzlich und rieb sich den Nacken. Das war eine seiner Marotten. Riley stützte sich am Queue ab. Sie hatte nie versuchen müssen, es ihren Eltern recht zu machen. Ihre Mutter war immer stolz auf sie – ganz egal, was sie tat.

»Was ist?«, fragte er herausfordernd. »Hast du keine guten Ratschläge parat?«

»Da hilft nur Trinken!«, verkündete sie fröhlich.

»Löst du so deine Probleme?«, hakte er frech nach. »Mit Alkohol?«

»Ich habe keine Probleme.« Er schien ihr nicht zu glauben, aber es war wahr. Riley war nicht oft traurig oder schlecht gelaunt.

»Jeder hat Probleme«, brummte er.

»Ich nicht! Für mich ist jedes Problem eine Herausforderung. Ich löse meine Probleme nicht, ich meistere meine Herausforderungen!« Sie kicherte. Er starrte sie an, als würde er glauben, sie hätte den Verstand verloren. Riley presste die Lippen zusammen und nahm sich fest vor, vorerst lieber den Mund zu halten.

»Eine Frau wie dich habe ich noch nie getroffen«, sagte er.

»Irgendwie klingt das nicht wie ein Kompliment!«

Riley wusste genau, dass sie etwas absonderlich war. *Sei du selbst, alle anderen gibt es schon,* hatte ihre Mom ihr vor ein paar Tagen geschrieben. Es war okay, anders zu sein.

Sie spielten weiter, und Riley versenkte bravourös die schwarze Acht. Brandon klatschte monoton in die Hände.

»Ich habe nur gewonnen, weil du heute so schlecht warst!«, meinte sie vorwurfsvoll.

»Kommt nicht wieder vor!« Er lächelte matt. »Noch eine Partie?«

»Du willst noch mal …?« Sie hatte das Gefühl gehabt, es würde ihm nicht wirklich Spaß machen.

»Billard lenkt mich ab … Ich will nicht allein zu Hause herumhocken müssen …«

»Dann spielen wir noch mal! Aber diesmal gibst du dir gefälligst mehr Mühe!«, befahl sie und deutete anklagend mit der Queuespitze auf ihn.

»Okay, Boss!«

Er hielt Wort und spielte ganz ordentlich.

»Und?«, meinte er plötzlich. »Was ist mit dir und Craig?« Sie trug die Kreide auf die Pomeranze auf. Dann pustete sie kurz darauf, als wollte sie eine Kerze ausblasen – was ihm ein Lächeln entlockte.

»Was soll mit mir und Craig sein?«, fragte sie und beugte sich über den Tisch. Sie hatte die nächste Kugel gut im Blick. Der Stoß war nicht einfach.

»Sah für mich so aus, als würdest du auf ihn stehen.«

Craig gefiel ihr, ja, aber auch er schien kein Interesse an ihr zu haben. Riley machte sich nicht gerne zum Affen.

»Bist du eifersüchtig?«, fragte sie frech.

»Touché!« Er lächelte. Seine Laune schien sich langsam zu heben.

»Ich warte vorerst ab!«, verkündete Riley theatralisch und vermasselte den nächsten Stoß.

»Craig mag aber Frauen, die die Initiative ergreifen und ihm zeigen, wo's langgeht!«

»Du willst mich ins offene Messer laufen lassen!«

Brandon lachte lauthals. Er versenkte alle Roten und dann noch die schwarze Acht. Riley klatschte Beifall, woraufhin Brandon sich wie ein Schauspieler auf einer Theaterbühne verbeugte.

»Es ist schon spät. Ich muss nach Hause«, sagte Riley. Sie musste ausschlafen und Energie tanken. Morgen wartete wieder viel Arbeit auf sie.

»Ich fahr dich.«

»Musst du nicht. Heute habe ich bequeme Schuhe an!« Sie hob ihren Fuß hoch, um ihm ihre Sneakers zu zeigen. »Ist ja nicht weit.« Riley gähnte ungeniert und legte den Queue zurück in die Wandhalterung. »Meine Brille habe ich auch auf! Damit ich jeden sehe, der mich nachts überfallen will!«

»Du solltest wirklich nicht spätabends allein durch die Straßen laufen.«

»Du bist ja ein richtiger Gentleman!« Sie schenkte ihm ein unbeschwertes Lächeln, was ihn nicht überzeugte.

»Ich begleite dich! Keine Widerrede!«

»Okay, *Boss!*« Seufzend schnappte sie sich den grünen Parka und die Handtasche.

»Und das Bier geht diesmal auf mich!«, insistierte Brandon.

Dann marschierte er los, und Riley schlich hinter ihm her. Craig räumte gerade einen der Tische ab – sie waren die letzten Gäste –, und Brandon verabschiedete sich von ihm. Auch Riley winkte ihm kurz zu. Draußen war es frisch. Es hatte geregnet. Sofort wühlte sie in ihrer Handtasche nach den Zigaretten. In der kleinen Blechdose bewahrte sie fünf Stück auf, die sie heute Morgen gedreht hatte.

»Willst du auch eine?« Sie hielt ihm die Dose hin.

»Ich rauche nicht.«

»Du trinkst nur ...?« Riley grinste breit.

»Weniger als du!«, gab er schlagfertig zurück.

Wo war ihr Feuerzeug? Sie suchte in der Handtasche danach, bis sie es fand. Die kleine Flamme hielt sie ans Ende ihrer Zigarette. Sie liebte es, nachts durch die Straßen zu spazieren, wenn es ruhig und friedlich war. Tief zog sie den Tabakrauch in ihre Lungen und blies ihn durch die Nase aus.

Brandon trabte neben ihr her. Die Hände hatte er in den Hosentaschen vergraben.

»Du frierst doch nicht meinetwegen?« Schließlich trug er nur ein Hemd. Es war recht kühl. Die sommerlichen Temperaturen ließen auf sich warten.

»Nein ... Mach dir keine Gedanken.«

»Warum bist du Single?«, rutschte es ihr heraus. Es gab sicher etliche Frauen da draußen, die Gefallen an ihm fanden.

Brandon lachte. »Warum bist du Single?«

»Weil mich die Männer nicht mögen.«

»So ein Quatsch!«

»Du magst mich ja auch nicht!« Sie deutete mit der Zigarette anklagend auf ihn, bevor sie wieder einen tiefen Zug nahm.

»Du solltest nicht rauchen. Das ist ungesund.«

»Du bist also ein Gesundheitsfanatiker?«, erwiderte sie schmunzelnd.

»Ich achte auf meinen Körper!«

»Tue ich doch auch«, grummelte Riley. Aber jeder hatte nun mal ein Laster. »Magst du mich deswegen nicht?«, meinte sie grinsend und blies ihm den Rauch frech ins Gesicht.

»Warum glaubst du, dass ich dich nicht mag?« Er versuchte den Rauch wie eine lästige Fliege zu verscheuchen.

»Magst du mich etwa?« Riley kicherte vergnügt. Mit Brandon Zeit zu verbringen, machte Spaß. Sie alberte gerne mit ihm herum. Ihre verrückte Art schien ihn nicht abzuschrecken. Riley kam mit jedem klar – aber nicht alle kamen mit ihr klar. Schweigend gingen sie weiter. Ihre Zigarette war aufgeraucht. Sie kickte das Ding auf den Boden und drückte es mit dem Schuh aus. Bald würden sie die Boutique erreichen. Aber vorher mussten sie die Straße überqueren. Die Ampel war rot, aber weit und breit war kein Auto zu sehen. Riley spazierte unbeeindruckt über die Fahrbahn. Brandon packte sie an der Kapuze des Parkas und zog sie zurück.

»Was ist?«, fragte sie überrascht.

»Es ist rot!«

»Und?«

Er vergewisserte sich, dass bloß nirgends ein Auto herbeibrauste, bevor er ihre Hand nahm und sie wie ein Kind über die Straße führte.

»Wir sind hier!«, verkündete sie fröhlich, als sie vor dem

Brautmodengeschäft standen. »Danke, dass du mich begleitet hast.«

»Kein Ding!« Er nickte ihr kurz zu, drehte sich um und machte sich auf den Rückweg.

»Warte! Willst du nicht mit hochkommen?«, rief sie ihm zu, als er sich schon einige Meter entfernt hatte. Er blieb abrupt stehen und drehte sich zu ihr um.

»Was ...?«, stammelte er.

»Ob du mit hochkomm...« Sie hielt inne.

»Ist nicht dein Ernst ...?!«

»Nein! Ich meine doch nicht ...! Ich will dir nur meine Dachterrasse zeigen!«

Wie gut, dass es dunkel war, so konnte Brandon nicht sehen, dass Rileys Wangen glühten. Es war ihr peinlich, dass er glaubte, sie würde ihn plump anmachen wollen.

»Du hast eine Dachterrasse?«, hakte er nach und legte den Kopf in den Nacken. Gespannt schaute er hoch zum Dach.

»Ja! Die ist super!«

Er lächelte – und das war alles, was zählte.

9

Brandon betrat die Boutique. Riley schloss gleich hinter ihm ab, machte das Licht an und wies ihm den Weg.

»Geradeaus, dann links und die Treppe hoch«, sagte sie knapp. Er zögerte kurz, doch dann trabte er los. Riley war gleich hinter ihm. Ein weiteres Licht ging an, er schritt durch einen engen Flur, und schließlich konnte er die Stufen sehen.

»Ich habe nicht aufgeräumt, tut mir leid!« Sie lachte. Dann zwängte sie sich an ihm vorbei und eilte voraus. »Erschrick bloß nicht!«

Brandon war sich ziemlich sicher, dass ihn nichts mehr erschüttern konnte. Leider hatte er sich da geirrt. Als sie die Wohnungstür erreichten, und Riley auch diese öffnete, folgte er ihr mit offenem Mund den Gang entlang bis zur Küche. Er musste sich an etlichen übereinandergestapelten Umzugskartons vorbeiquetschen.

»Seit wann wohnst du hier?«, fragte er. Es schien, als wäre sie erst vor Kurzem eingezogen.

»Seit drei Monaten! Ich weiß, die Wohnung sieht schlimm aus. Leider habe ich ständig so viel zu tun!« Sie lächelte ihm zu. »Aber das kriege ich schon hin! Außerdem fühle ich mich im Chaos wohl!« Riley machte keinen kompetenten Eindruck auf ihn – doch dann fiel ihm ein, wie wunderhübsch das Kleid war, das sie Kate verkauft hatte. Seine Schwester hatte ihm vorgeschwärmt, wie angenehm es sich tragen ließ, wie sauber es genäht war und wie wohl sie sich darin fühlte. Riley hatte eine eigene Boutique, die Kleider designte sie selbst. Auch das hatte Kate ihm erzählt. Riley verstand eine Menge von ihrem Job. Unterschätzte er sie?

Brandon schaute sich interessiert um. Die Wohnung war ganz hübsch, wenn auch klein. Das Mobiliar war aus rotbraunem Kiefernholz – die Holzart erkannte er an der Maserung –, und sollte Riley aufräumen, dann konnte man sich hier bestimmt wohlfühlen. Überall standen Pflanzen. Es roch auch gut – nach Vanille und anderen Düften, die er nicht einordnen konnte. Während Brandon sich weiter umschaute und einen Blick ins Wohnzimmer warf – auf der Couch hätte er nicht sitzen können, da lagen etliche Zierkissen, Anziehsachen und Zeitschriften –, kam Riley mit zwei *Guinness* in der Hand aus der Küche. Sie deutete auf die offene Treppe, die vom Wohnzimmer in die nächste Etage führte. Gespannt ging er die Stufen hoch und landete in ihrem Schlafzimmer. Beinahe stieg ihm die Röte ins Gesicht, als er zwischen den zerwühlten Laken einen BH entdeckte. Rot, mit Spitze. Er hätte ihr nicht zugetraut, solche Unterwäsche zu tragen. Riley huschte an ihm vorbei.

»Was ist?« Sie folgte seinem Blick. »Sorry!«, meinte sie lachend und stopfte die Unterwäsche unter das Kissen. »Ich war auf Besuch nicht vorbereitet. Komm schon!« Sie genierte sich offenbar für gar nichts.

Brandon trat durch die Glastür hinaus auf die schäbige Dachterrasse. Draußen war es dunkel, aber aus dem Schlafzimmer drang genügend Licht. Die Bodenplatten mussten erneuert werden. Überall wucherte Unkraut. Das rostige Eisengeländer hatte einen neuen Anstrich nötig. Riley stellte die Bierflaschen auf das runde Holztischchen und verschwand dann wieder ins Innere. Brandon setzte sich derweil auf einen der Klappstühle und legte den Kopf in den Nacken, weil er wissen wollte, ob man von hier aus die Sterne sehen konnte. Lange schaute er hoch, bis er endlich ein helles Glitzern am dunklen Himmel entdeckte. Ein ungläubiges Lachen entwich seiner Kehle.

»Was ist?«, fragte Riley, die aus dem Nichts aufgetaucht war.

»Ich kann die Sterne sehen ...«

»Cool, nicht wahr?«

Sie hatte zwei Kissen und eine kuschelige Decke dabei.

»Damit du nicht frierst!« Sie lächelte ihn an, und Brandon merkte, dass sein Herz schneller schlug. Doch nicht wegen Riley? Was war nur los mit ihm? Noch nie zuvor war er mit einer Frau wie ihr ausgegangen. Seine Ex-Freundinnen waren ganz anders gewesen. Vor allem nicht so chaotisch. Es reichte doch, dass Brandon ein Chaot war! Sie legte die Decke um seine Schultern, und er bedankte sich höflich.

»Hintern hoch!«, befahl sie daraufhin. Brav setzte er sich auf, sodass sie das weiche Kissen auf den Stuhl schieben konnte. Jetzt war es hier richtig gemütlich. Er schnappte sich die Bierflasche. Der Verschluss ließ sich nicht öffnen. Riley sprang ein und zückte ihr Feuerzeug, mit dem sie gekonnt den Deckel von der Flasche kickte. Schmunzelnd nahm er einen Schluck und guckte verstohlen zu ihr hin. Was wohl sein Vater sagen würde, wenn er ihm eine Frau wie sie als seine Freundin vorstellte? Er versuchte sich auszumalen, wie er mit Riley an einem Familiendinner teilnahm!

»Warum guckst du so?«, fragte sie neugierig. »Verliebst du dich gerade in mich?« Sie kicherte vergnügt und öffnete dann die Tabakpackung, die sie mitgebracht hatte. Gespannt schaute er ihr dabei zu, wie sie eine Zigarette drehte. Sie war geschickt und geschwind.

»Lass mich mal versuchen«, sagte er.

»Ich dachte, du rauchst nicht.«

»*Eine* Zigarette wird mich nicht umbringen ...«

Sie reichte ihm ein Blättchen, und er folgte ihren Anweisungen. Mit Zeige- und Mittelfinger zupfte er eine kleine Menge Tabak aus der Packung, den er entlang des Papierfalzes verteilte. Dann fügte er den Filter hinzu und begann mit dem Einrollen. Am Ende befeuchtete er die Klebefläche mit der Zunge. Das Ganze dauerte ziemlich lange, und das Ergebnis sah ramponiert aus. Riley amüsierte sich über ihn.

»Ich habe einen schlechten Einfluss auf dich!«, jammerte sie theatralisch. Auf dem Tischchen stand ein schlichter Aschenbecher aus Glas. Sie reichte ihm nun das Feuerzeug, und er entzündete die Zigarette. Sofort musste er husten, was Riley dazu veranlasste, laut loszulachen.

»Das ist nichts für dich.« Sie wollte ihm die Zigarette aus dem Mund nehmen, aber Brandon zog seinen Kopf zurück.

»Ich bin ein großer Junge«, sagte er. Seine Augen tränten!

»Der versucht, es seinem Vater recht zu machen«, gab Riley zurück.

»Was ist mit dir und deiner Mom? Ist sie mit allem einverstanden, was du tust? Weiß sie, dass du rauchst und trinkst?«

Riley lachte leise, sagte aber nichts dazu. Das Zigarettenende glomm in der Dunkelheit. Von hier aus konnte man nicht viel sehen außer den Dächern der Nachbarhäuser. Ein paar hundert Meter entfernt im Norden war der River Lee.

Brandon legte erneut den Kopf in den Nacken und schaute hoch in den Himmel. Je mehr sich seine Augen an das

Dunkel gewöhnten, desto mehr Sterne konnte er ausmachen. Ein weiteres Mal zog er an der Zigarette. Sein Hals hatte sich daran gewöhnt, und das Nikotin entfaltete seine Wirkung. Brandons Müdigkeit war abgeklungen. Zudem fühlte er sich so entspannt wie schon lange nicht mehr.

»Erzähl mir was von dir!«, forderte Riley ihn auf.

»Was willst du wissen?«

»Keine Ahnung. Was willst du mir erzählen?«

Ihm fiel nichts ein. Daraufhin beugte sie sich zu ihm herüber und sagte: »Du bist eher der verschlossene Typ, nicht wahr?«

»Und was für ein Typ bist du?«

»Ich genieße das Leben, lerne gerne neue Leute kennen – und zerbreche mir nicht den Kopf über unwichtige Dinge.«

Sie zog die Knie an und schlang ihren Arm drum herum, während sie genüsslich den Rauch in die Luft blies.

»Was macht dich glücklich?«, fragte sie unverblümt.

»Ist das auch Small Talk?«

»Klar!«

Er holte tief Luft und nahm dann einen Schluck von dem Bier, um sich Mut anzutrinken. »Ich bin glücklich, wenn ich etwas gut hinkriege. Und wenn ich versage, dann …«

Er zögerte.

»Dann was?«, hakte sie nach. »Ich bin immer glücklich, wenn ich etwas nicht hinkriege. Das motiviert mich, härter zu arbeiten!«

»Du würdest meiner Mom gefallen«, rutschte es ihm heraus.

»Warum denn?«

»Nur so ein Gefühl …«

»Wenn dein Haar wieder länger ist und du einen Anzug trägst, gefällst du meiner Mom bestimmt auch!« Sie kickte ihm neckisch den Ellenbogen in die Seite. Dann rauchte sie weiter und starrte ruhig in die Ferne. Brandon fühlte sich gut. Hier oben schienen sich all seine Probleme in Luft aufzulösen wie der Rauch, den Riley in regelmäßigen Abständen ausstieß.

»Eine Sternschnuppe!«, rief sie plötzlich.

»Ist nicht dein Ernst …« Er hatte nichts bemerkt.

»Doch! Wünsch dir was!«

Brandon schloss die Augen und wünschte sich …

Er wünschte sich, dass Kate James bloß nicht heiratete! Die beiden passten nicht zusammen. Brandon konnte seinen zukünftigen Schwager nicht leiden. Er wünschte sich auch, dass Kate die *Walsh Company* übernahm und sein Vater endlich aufhörte, darauf zu bestehen, dass sein Sohn sein Nachfolger werden sollte.

»Was hast du dir gewünscht?«

»Wird es denn wahr, wenn ich es dir verrate?«

»Ich habe dich nur veralbert! Da war keine Sternschnuppe.« Sie grinste schelmisch. »Sag schon! Was hast du dir gewünscht?«

»Dass ich dich heute noch flachlegen kann«, erwiderte er frech und beugte sich zu ihr hinüber.

»Ich bin nicht leicht zu haben!«, flötete sie unbeeindruckt.

Brandon drückte kopfschüttelnd die Zigarette im Aschenbecher aus, da sie fast bis zum Filter abgebrannt war.

»Noch eine?«, fragte Riley.

»Nein, mir reicht's.« Er streckte sich, wobei die Decke von seinen Schultern rutschte, und konnte ein Gähnen nicht unterdrücken. Als er das Handy aus der Hosentasche zog, erschrak er. Es war ein Uhr morgens!

»Schon so spät?« Er würde zu Fuß zum Pub zurücklaufen müssen, weil dort sein Wagen stand. Von dem Nikotin war ihm schwindelig geworden. Auch hatte er zu viel getrunken.

»Du kannst auf meiner Couch pennen«, meinte Riley lässig.

»Lieber wäre mir dein Bett!« Er triezte sie nur.

»Flirtest du mit mir? Das musst du echt noch üben!«

Er lachte leise und stand auf.

»Die Couch ist wirklich bequem«, sagte Riley.

Brandon stutzte. »Meinst du das ernst?«

»Sicher.«

»Wir ... kennen uns doch gar nicht richtig ...«

»Willst du mich etwa nachts überfallen?« Sie schien sich über ihn zu amüsieren. »Ich habe einen Taser in meinem Nachttisch.«

»Echt jetzt?« Musste er sich fürchten? Riley war unberechenbar.

»Quatsch!« Sie kicherte. Es machte ihr sichtlich Spaß, ihn aufzuziehen. »Vertrau mir!«

Auch Riley drückte nun die Zigarette aus – dabei hatte sie das Ding nur zur Hälfte aufgeraucht – und huschte an ihm vorbei. Wie konnte sie nur so putzmunter sein? Riley strotzte vor Energie. Er folgte ihr ins Innere. Im Schlafzimmer fand er sie nicht, also ging er die Treppen hinab. Riley war gerade dabei, das Sofa von all dem Kram zu befreien. Das Ding war ausziehbar und recht groß.

»Auf dieser Couch kann man super gut schlafen, glaub mir!«

Brandon holte tief Luft. Er war unschlüssig. »Und das macht dir wirklich nichts aus?«

»Nein. Warum?«

Da er hundemüde war, ließ er sich wie ein nasser Sack auf die Couch fallen. Derweil eilte Riley mit bunter Bettwäsche herbei.

»Die Toilette ist im Gang links. Wo die Küche ist, weißt du bereits, solltest du was trinken wollen …«

Er schüttelte eins der Kissen auf und zog die Bettdecke bis zu seiner Nase hoch. Sie duftete wunderbar – und die Couch war tatsächlich bequem. Auf Rileys Wort konnte er sich verlassen.

»Willst du in deinen Sachen schlafen?«, fragte sie plötzlich. Er hatte noch nicht mal seine schicken Schuhe ausgezogen.

»Du willst mich unbedingt nackt sehen!«, erwiderte er frech.

Riley hob abwehrend die Hände. »Bloß nicht! Aber ich habe ein übergroßes T-Shirt im Schrank! Das passt dir bestimmt! Ich will nicht, dass dein schickes Hemd knittert!«

»Du bist eine gute Freundin«, witzelte er.

»Erzähl das mal den Typen, die mich haben sitzenlassen!« Diesmal lachte sie nicht. »Ich hol's dir!«

Brandon richtete sich auf. Dann zog er Schuhe, Hose und Hemd aus. Er legte sich wieder hin und schaute hoch zur Zimmerdecke. Noch bevor Riley wiederkam, schlief er ein.

* * *

Brandon kam langsam zu sich. Es roch nach Kaffee … und Speck. Er hörte ein Brutzeln und Zischen; dazu leise Jazzklänge.

Er war in Rileys Wohnung. Auf ihrer Couch. So gut hatte er schon lange nicht mehr geschlafen. Träge richtete er sich auf und rieb sich den Nacken. Das Handy lag auf dem Couchtisch. Er griff danach. Es war halb sieben. Seufzend ließ er sich wieder nach hinten fallen, schloss die Augen und warf die Bettdecke über den Kopf. Er wollte sich noch länger ausruhen. Die Musik machte ihn schläfrig. Geschirr klapperte. Beinahe wäre er wieder eingeschlafen, als ihm jemand die Decke ruckartig wegzog.

»Hey ...«, brummte er.

»Frühstück ist fertig!« Brandon schielte verstohlen zu Riley hoch, die wie so häufig ein breites Lächeln im Gesicht hatte. Sie trug ein T-Shirt und sehr kurze Shorts. Ausnahmsweise guckte er nicht auf ihren üppigen Busen, sondern auf ihre Beine. Die gefielen ihm richtig gut.

»Hoch mit dir!« Sie zerrte an seinem Arm. Vermutlich wollte sie ihn schnell loswerden. In diesem kleinen Körper steckte eine Menge Kraft. Er trug nur Boxershorts. Müde schaute er sich nach seinen Anziehsachen um. Wo hatte er sie gestern Abend hingetan?

»Beeil dich!«, rief sie. Er fand die Sachen, zog die Hose an – Riley stand vor ihm, die Hände in die Hüften gestemmt – und schloss gerade den Reißverschluss, als sie ihn am Arm packte und in die Küche schob. Brandon schnappte sich schnell noch das Hemd, das er unterwegs anzog. Dass er halbnackt war, schien sie nicht zu kümmern.

Auf dem Tisch stand noch das Geschirr vom Vortag. Etwas perplex setzte er sich hin. Sein Magen knurrte.

»Mein Kaffee erweckt Tote zum Leben!«, verkündete sie stolz. Riley stand hinter ihm und massierte ihm die Schultern – was sie ziemlich gut konnte. Brandon fühlte sich überrumpelt. Normalerweise brauchte er morgens immer eine Weile, bis er in die Gänge kam. Riley hingegen war fit und fröhlich. Sie stellte eine große Kaffeetasse vor seine Nase. Brandon lugte misstrauisch hinein. Beinahe erwartete er, dass ein toter Käfer darin herumschwamm. Aber alles war sauber.

»Trink schon!«, forderte sie ihn auf. Mit beiden Händen fuhr er sich über den Kopf. Die Stoppeln piksten, aber endlich wuchs das Haar nach.

»Ist nicht vergiftet!«, trällerte sie. Brandon war noch

immer nicht richtig wach. Mit halb geöffneten Lidern schaute er ihr dabei zu, wie sie den Tisch in Windeseile abräumte. Sie war flink – und Brandon hatte eine Dusche bitter nötig. Im nächsten Moment schob sie ihm einen Teller hin, und eine Sekunde später klatschte sie ein Spiegelei darauf. Der Speck folgte. Es gab auch Bohnen, Toastbrot und Orangensaft. Das Ei sah malträtiert aus, und Brandon runzelte die Stirn.

»Guck nicht so!« Riley setzte sich zu ihm. Auch ihr Teller war voll. »Bist du morgens immer so stumm?«

Brandon hob den Kopf und schaute ihr geradewegs ins Gesicht. Sie hatte sich den Mund mit dem Toastbrot vollgestopft und kaute gemächlich.

»Probier endlich!«, sagte sie. »Du bist ein Morgenmuffel, nicht wahr?« Sie schluckte, und dann grinste sie breit.

»Und du quasselst ohne Pause«, brummte er.

»Eine meiner guten Eigenschaften!« Sie wirkte vergnügt.

Brandon schnappte sich die Gabel. Auch hier kontrollierte er kurz, ob sie sauber war – das Besteck war blitzblank – und kostete zögerlich von dem Spiegelei.

»Es geht nichts über ein gutes Frühstück!« Sie schenkte ihm ein Glas Orangensaft ein. Brandon aß in aller Ruhe seinen Teller leer. Es schmeckte ihm. Ab und zu lugte er zu Riley, die quicklebendig wirkte, obwohl sie gestern – genau wie er – eine Menge getrunken und sich erst spät schlafen gelegt hatte. Es war Samstag, also musste er nicht im Büro sein. Trotzdem würde er nachmittags dorthin fahren und versuchen, die liegengebliebene Arbeit aufzuholen. Er konnte sich in letzter Zeit so schlecht motivieren, und er wusste nicht, wie er zu seinem alten Arbeitsrhythmus zurückfinden sollte.

»Ich muss nach Hause und duschen«, sagte er.

»Du kannst bei mir duschen! Ist kein Problem!«

»Bist du verknallt in mich?«, rutschte es Brandon heraus. Sie war überaus gastfreundlich! Es irritierte ihn.

»Weil du mein Bad benutzen darfst?« Sie lachte.

Brandon machte sich kopfschüttelnd auf den Weg. Riley war schräg. Daran hätte er sich mittlerweile doch gewöhnen müssen.

Die Tür zum Badezimmer war offen. Auch dort herrschte Unordnung. Die Handtücher lagen überall herum. Genau wie in der restlichen Wohnung grünte und blühte es auch hier: Über der Badewanne rankte sich ein Efeu am Fensterbrett entlang; auf dem Waschtisch stand eine violette Orchidee. Gleich daneben lag eine Bürste – worin eine Menge Haare steckten! Brandon entdeckte eine Dose mit Haargel. Sie war offen. Das Gel verteilte sich überall. Seufzend wandte er seinen Blick von der Unordnung ab und schaute in den Spiegel. Er betrachtete sein stoppeliges Kinn. Dort wuchsen die Haare schneller nach als am Kopf! Normalerweise rasierte er sich jeden Morgen.

Vorerst zog er das Hemd aus und klatschte kaltes Wasser in sein Gesicht. Er wusch seinen Oberkörper – der Seifenspender war fast leer –, schnappte sich eins der bunten Handtücher und trocknete sich ab. Danach entleerte er seine Blase, wobei er brav die Klobrille hoch- und wieder herunterklappte. Lautes Gelächter dröhnte aus der Küche. Das Hemd knöpfte er unterwegs zu.

Brandon schloss gerade den letzten Knopf, als er innehielt.

»Patricia hat Donuts mitgebracht!«, flötete Riley.

»Harte Nacht gehabt?« Ihre Freundin saß am Küchentisch und grinste breit.

»Sehe ich etwa so aus?«, gab Brandon zurück, setzte sich zu ihnen und frühstückte weiter.

»Die Donuts musst du probieren!«, sagte Riley und deutete auf die *Sticky Fingers*-Schachtel. Er holte einen mit weißem Schokoladenüberzug aus der Packung und biss herzhaft davon ab.

Ein Handy bimmelte. Seins war es nicht. Riley zog ihres aus der Hosentasche.

»Ist meine Mom«, sagte sie mit vollem Mund und wischte über den Bildschirm. »Hi Mom!«, rief sie. Das Handy legte sie auf den Tisch, gleich neben ihre Kaffeetasse, bevor sie sich einen weiteren Donut schnappte.

»Hallo Schatz!« Eine freundliche Stimme tönte aus dem Telefon. »Störe ich dich?«

»Aber nein! Wir frühstücken gerade!«

»Wir? Ist Patricia auch da?«

»Hallo Mrs O'Connor!«, rief ihre Freundin.

»Patricia? Wie geht es dir?«

»Bestens!«

»Und Sean?«

»Auch super.«

Brandon nahm einen Schluck von dem Kaffee. Riley hatte ihm wieder eingeschenkt.

»Was ist nun mit dir und Brandon Walsh?«, kam plötzlich aus dem Telefon. »Claire hat mir geschrieben, dass ihr euch vielleicht noch mal treffen werdet! Er mag dich, Riley!«

Brandon schaute auf – und ihre Blicke trafen sich.

»Sag ›Hallo‹, Mom! Er ist hier!«, trällerte Riley unbekümmert.

»Wer ist hier?«

»Brandon!«

Am anderen Ende der Leitung wurde es still.

»Freut mich, Sie kennenzulernen, Mrs …« Er zögerte. »Mrs O'Connor«, fiel ihm noch rechtzeitig ein.

»Was machen Sie um halb acht Uhr morgens in der

Wohnung meiner Tochter?!«, kam wütend aus dem Telefon. Er zuckte erschrocken zusammen.

»Mom!«, rief Riley. »Er hat bei mir übernachtet!« Brandon spürte geradezu, wie ihm die Farbe aus dem Gesicht wich. Patricia kicherte.

»Wir hatten keinen Sex, Mom!«, rief Riley fröhlich. Jetzt war es so weit: Brandon hatte sich am Donut verschluckt. Der Schweiß brach auf seiner Stirn aus. Riley stürmte auf ihn zu und klopfte auf seinen Rücken – als würde das was helfen! Derweil kriegte sich ihre Freundin gar nicht mehr ein.

»Meine Tochter ist nicht leicht zu haben, lassen Sie sich das gesagt sein!«, meinte Mrs O'Connor mit Nachdruck.

Brandon holte tief Luft und nahm einen Schluck von dem Orangensaft. Als er seine Stimme wiedergefunden hatte, sagte er: »Das weiß ich.«

»Mom, blamier mich nicht! Wir sind Freunde.«

Waren sie das wirklich? Er beobachtete Riley, die sich wieder hinsetzte und den nächsten Donut verspeiste.

»Wenn das so ist«, sagte ihre Mom fröhlich. »Dann freut es mich sehr, Sie kennenzulernen! Meine Tochter ist ein ganz besonderer Mensch!« Sie lachte hell. Ihre Stimmung hatte sich innerhalb von zwei Sekunden komplett gedreht.

»Das weiß ich mittlerweile«, rutschte es ihm heraus.

Riley guckte böse.

»Ich hoffe, das war ein Kompliment«, flüsterte sie ihm zu und streckte die Zunge heraus.

»Ich will euch nicht länger stören«, sagte Mrs O'Connor.

»Du störst doch nicht, Mom!«

»Ich muss jetzt los. Ich treffe mich mit Henry.«

»Dann hab Spaß bei deinem Date!« Riley lachte – das Lachen hatte sie eindeutig von ihrer Mutter. Die angenehme Stimme auch.

»Das ist doch kein … Date«, murmelte Mrs O'Connor.

»Natürlich nicht, Mom! Lieb dich!«

»Ich dich auch! Arbeite nicht zu viel und iss anständig, hörst du?«

»Mach ich!«

»Dann sehen wir uns am Wochenende!«

»Klar!«

Riley drückte auf den roten Button am Handydisplay. Daraufhin unterhielt sie sich mit Patricia und beachtete Brandon nicht weiter. Aber jedes Mal, wenn er sich ins Gespräch einmischte, schenkten die beiden ihm sofort ihre ganze Aufmerksamkeit.

Brandon fühlte sich in dieser Wohnung und in dieser Gesellschaft erstaunlich wohl.

10

Riley arbeitete an einem neuen Entwurf. Es handelte sich um ein Vintage-Hochzeitskleid. Der Retrolook war wieder angesagt. Die Kundin wünschte sich ein hochgeschlossenes Kleid mit spitzer Passe im Vorder- und Rückenteil. Riley würde Käseleinen verwenden, mit hübscher Spitzenbordüre; als Rockfutter eignete sich am besten Batist, ein feinfädiger, leicht gewebter Stoff.

Kurz schaute sie auf ihr Handydisplay. Es war bald drei Uhr. Riley öffnete die Boutique nachmittags nur am Mittwoch und Freitag, da ohnehin nicht viele Kunden kamen. Trotzdem hatte sie im letzten Monat sechs Kleider verkauft. Manchmal arbeitete sie nur vierzig Stunden an einem Kleid – manchmal über dreihundert, wenn es sich um eine besondere Anfertigung handelte. Viele ihrer Kleider hatte sie schon vor Monaten genäht. Aber um über die Runden zu kommen, nahm Riley auch gewöhnliche Aufträge an: Sie kürzte Hosen oder reparierte ab und zu eine kaputte Naht.

Die Ladenglocke ertönte, und Riley eilte nach draußen. Patricia hatte sich freigenommen, weil sie mit Sean ein paar Tage nach London hatte fahren wollen – und Riley war froh darüber. Sie wollte, dass sich ihre Freundin auch mal eine Auszeit gönnte. Sie machte ohnehin viel zu viele Überstunden.

Zwei Frauen standen im Raum und guckten sich gespannt um. Riley begrüßte ihre Kundinnen freundlich.

»Ich suche ein Brautkleid – und zwar das hübscheste, das Sie haben!«, sagte eine der beiden. Sie war größer als Riley, zudem sehr schlank. Sie hatte dieselbe H-Figur wie Brandons Schwester. Das brünette Haar war lang, die wilden Locken perfekt gestylt. Bei ihrer Begleitung handelte es sich um ein junges Mädchen, wahrscheinlich keine zwanzig Jahre alt, das Riley kannte, nur wollte ihr partout nicht einfallen, woher.

»Was schwebt Ihnen denn vor? Welcher Stil sagt Ihnen zu?«, fragte Riley höflich.

»Schlicht, aber elegant sollte es sein. Nicht zu pompös.« Die Kundin wirkte etwas unschlüssig, und Riley machte sich daran, ihr einige Modelle zu zeigen. Sie wählte zuerst ein Kleid im *Empire*-Stil mit einer hohen Taillennaht direkt unter der Brust und einem locker nach unten fallenden Rock; das Kleid betonte zudem das Dekolleté. Es war eins von Rileys Lieblingsstücken.

»Was denkst du, Katie?«, fragte die Kundin.

»Mir gefällt es!« Das Mädchen klatschte begeistert in die Hände. Riley stutzte. Ihr Name war Katie? Sie schaute sich die junge Frau genauer an.

»Du bist doch die Tochter von Grace Donnelly!«, platzte es aus Riley heraus. Wie hatte sie das Mädchen nicht gleich erkennen können?! Im *Mellow Café* hatte sie Katie das eine oder andere Mal gesehen, wenn sie ihrer Mom bei der Arbeit half. Sie war erwachsen geworden – und so hübsch! Außerdem war sie früher manchmal vorbeigekommen, um die Kleider ihrer Mutter abzuholen. Grace Donnelly liebte den Fünfzigerjahrestil. Bunte Kleider, eng an der Taille mit wallenden Röcken, waren ihr Markenzeichen. Rileys Mom hatte ihr ab und zu ein Kleid genäht oder eins angepasst.

»Bin ich! Und das ist meine Cousine Annie!« Katie strahlte übers ganze Gesicht.

»Freut mich sehr«, sagte Annie höflich, bevor sie sich das Kleid genauer anschaute. »Darf ich dieses hier mal anprobieren?«

»Sicher!« Riley zeigte ihr die Umkleidekabine.

Katie ging mit.

»Du wirst die hübscheste Braut sein, Annie!«, rief sie. Die beiden verschwanden hinter dem Vorhang, und Riley zog derweil unter der Theke zwei Brautmodenkataloge hervor. Sollte Annie keins der Kleider zusagen, würde Riley eins für sie entwerfen.

Die zwei unterhielten sich und kicherten immerzu in der Umkleidekabine. Nach einigen Minuten kam Katie zurück.

»Ta-dam-ta-dam-ta-dam-ta-dam!«, sang sie feierlich den Hochzeitsmarsch.

»Hör auf damit!«, rügte sie Annie – aber sie lächelte dabei – und stellte sich vor den großen Wandspiegel. Sie drehte sich einmal nach links, dann nach rechts.

»Ich *liebe* es!«, rief Katie.

Riley trat näher und betrachtete sich ihre Kundin eingehend.

»Das Kleid steht Ihnen gut«, sagte sie, aber Annie wirkte skeptisch.

»Die Naht ist zu hoch. Ich möchte meine Taille stärker betonen.«

»Ein *A-Linien*-Brautkleid ist dann die richtige Wahl.«

Riley suchte nach einem Kleid mit einem engen Oberteil und einem weiten Rock. Die Form erinnerte an ein A, daher rührte der Name. »Ich kann das Oberteil nach Ihren Wünschen anpassen.«

»Die Spitze ist wunderschön!«, staunte Annie.

»Dann probieren wir dieses auch an!«, schlug Katie vor.

Die beiden zogen sich wieder in die Umkleidekabine zurück. Diesmal waren sie schneller fertig. Auch dieses

Kleid sah toll an Annie aus. Sie war eine schöne Frau mit einer guten Figur.

»Wie gefällt es Ihnen?«, fragte Riley, da Annie immer noch unschlüssig wirkte.

»Sie sehen toll aus«, rutschte es Riley heraus.

»Finden Sie?« Sie schien nicht überzeugt.

Riley nickte. Daraufhin stemmte Annie die Hände in die Hüften und seufzte tief. »Ich will bei meiner Hochzeit unbedingt gut aussehen!«

Katie beugte sich zu Riley herüber und flüsterte: »Ihr Verlobter ist der schönste Mann Irlands!«

Riley lachte, da sie glaubte, Katie hätte einen Scherz gemacht.

»Es stimmt wirklich«, jammerte Annie. »Er sieht viel zu gut aus ...« Sie wirkte geknickt. Derweil zückte Katie ihr Smartphone.

»Schauen Sie mal!«, sagte sie zu Riley. »Ich war auch verknallt in ihn!« Auf dem Handybildschirm erschien ein Foto von Annie und einem Mann mit rötlichen Haaren. Sie saßen auf einem Segelboot, soweit Riley dies erkennen konnte. Im Hintergrund waren die Wellen und ein wolkenverhangener Himmel. Annie sah etwas blass aus – aber der Mann neben ihr war wirklich ein Adonis! Und diese Augen! Die waren doch nicht echt blau?

»Du hast ein Foto von Malcolm auf dem Telefon?«, hakte Annie amüsiert nach. »Was hält denn Finn davon?«

»Bei unserem letzten Segeltörn habe ich viele Fotos gemacht! Finn ist natürlich auch drauf!« Sie wischte über den Bildschirm und hielt Annie das Handy hin.

»Schau mal! Da ist Finn beim Segeln! Und da sind du und Malcolm! Ihr zwei seht so verliebt aus. Fast bin ich neidisch.«

»Musst du nicht! Wenn ich daran denke, wie Finn dich

anguckt.« Katies Wangen röteten sich kaum merklich. Sie lächelte diebisch. »Ihr seid ein süßes Paar«, meinte Annie.

»Sagt meine Mom auch ständig! Aber du und Malcolm … Er hat nur Augen für dich.«

»Das hoffe ich doch!«

»Machst du dir Sorgen, dass eine andere ihn dir wegschnappt?« Katie grinste breit. »Er ist doch total verrückt nach dir!«

»Ich mache mir keine Sorgen«, sagte Annie ernst. »Wenn er mich betrügt, dann war's das. Und das weiß er auch!« Kritisch betrachtete sie sich im Spiegel. »Aber ich will gut für ihn aussehen«, meinte sie bestimmt.

Katie seufzte theatralisch. »Wie hast du es nur geschafft, dir Malcolm Reid zu schnappen? Krass …«

»Du übertreibst …«

»Gefällt Ihnen dieser Stil besser?«, mischte sich Riley ein. Annie nickte zustimmend.

»Der Rock ist wunderschön. Beim Oberteil bin ich noch unschlüssig.« Es war schulterfrei.

»Ich kann Ihnen ein Kleid genau nach Ihren Vorstellungen maßschneidern.« Riley deutete zur Theke, wo die Kataloge lagen. »Vielleicht finden Sie hier drin etwas, das Ihnen zusagt.«

Annie ging hin und blätterte durch die Seiten. Katie kam aus dem Staunen gar nicht mehr heraus.

»Bis wann soll das Kleid fertig sein?«, fragte Riley.

»Wir wollen erst im nächsten Jahr heiraten. Der Termin steht noch nicht fest.«

»Und wenn du bis dahin schwanger bist?«, mischte sich Katie ein.

»Jetzt bin ich es jedenfalls noch nicht!«

»Du musst vorausplanen!«

»In diesem Fall wäre das erste Kleid, das Sie anprobiert

haben, die bessere Wahl.« Die hohe Naht und der fallende Rock waren ideal für schwangere Bräute.

»Mal langsam ... Alles nach der Reihe! Das geht mir viel zu schnell!« Annie wischte sich symbolisch den Schweiß von der Stirn. »Darf ich die Kataloge mitnehmen?«, fragte sie daraufhin.

»Natürlich. Lassen Sie sich Zeit! Sie können jederzeit wieder vorbeikommen, und wir arbeiten dann gemeinsam an Ihrem Traumkleid.«

»Ist ja cool!« Katie grinste übers ganze Gesicht. »Da kriegt man richtig Lust aufs Heiraten!«

»Du bist gerade mal volljährig geworden!«, sagte Annie. Katie bemühte sich, eine beleidigte Miene zu ziehen. Derweil bedankte sich Annie höflich, versicherte Riley, dass sie bald wiederkommen würde, und verließ mit den Katalogen das Brautmodengeschäft.

Zufrieden ging Riley in ihr Nähzimmer. Sie machte gerne Menschen glücklich. Als sie Stunden später von ihrer Arbeit aufschaute und sich die müden Augen rieb, war es zwei Minuten vor fünf. Sie erhob sich, weil sie gleich die Boutique schließen würde, als die Ladenglocke ertönte. Riley ging nachsehen, wer so spät noch vorbeikam. Es war ihre Mom! Sie stand mitten in der Boutique, eine Tortenschachtel in der Hand.

»Was ...?!«, stammelte Riley. »Warum hast du mir nicht gesagt, dass du kommst?«, platzte es aus ihr heraus.

Riley bekam Panik. In ihrem Nähzimmer sah es wie so häufig furchtbar aus! Zum Glück hatte sie die Wohnung gestern Abend ein wenig aufgeräumt. Das Geschirr war abgespült, der Küchentisch sauber. Ihre Mom würde sich Sorgen machen, wenn sie das Chaos sah. Riley neigte zwar zur Unordnung, aber normalerweise räumte sie regelmäßig auf. Nur leider hatte sie nie genügend Zeit dafür.

»Darf ich meine Tochter nicht besuchen? Von Kinsale bis Cork ist es nun wirklich nicht weit!« Ihre Mom sah erholt aus. Sie strahlte geradezu! Das graue Haar färbte sie seit Jahren blond. Auch trug sie es sehr kurz, was ihr großartig stand. Zudem war sie gertenschlank wie eh und je. Genau wie bei Riley blieben die Kalorien auf den schmalen Hüften nicht haften. Seit Kurzem kleidete sie sich schicker. Der beige-blau gestreifte Blazer war auffällig, und die Stiefeletten hatten niedrige Absätze, wo ihre Mom doch sonst nie hohe Schuhe trug.

»Mom! Du bist unmöglich!«, jammerte Riley. »Ich habe dir doch gesagt, dass ich am Wochenende nach Hause fahre!«

Ihre Mutter stellte die Tortenschachtel auf die Empfangstheke.

»Wer hat Geburtstag?«, fragte Riley schmunzelnd.

»Niemand! Aber ich weiß doch, wie gerne du die Torten von Grace Donnelly hast. Da habe ich eine mitgebracht!«

»Ist es eine Käsetorte mit Karamellüberzug?« Riley lief das Wasser im Mund zusammen.

»Natürlich!«

Mit gesenktem Kopf und einem Grinsen im Gesicht ging sie auf ihre Mutter zu, die bereits ihre Arme ausbreitete, um Riley fest an sich zu drücken.

»Wie lange haben wir uns nicht mehr gesehen?« Die Stimme ihrer Mutter hörte sich brüchig an, als würde sie gleich losweinen.

»Zehn Tage, Mom. Zehn Tage!«

»Und es waren die längsten zehn Tage meines Lebens!«

Riley löste sich schmunzelnd aus der Umarmung.

»Was ist denn das für eine Frisur?« Ihre Mom betrachtete sich kritisch Rileys Haupt und zupfte daraufhin an den wirren Strähnen. »Wo sind deine hübschen Haare hin?«

Rileys Locken hatten ihr früher bis zur Schulter gereicht.

»Ich wollte mal was Neues ausprobieren, Mom!«

Ihre Mutter verzog das Gesicht. »Wächst ja wieder nach. Mein Baby ist so hübsch, nicht mal diese hässliche Frisur kann etwas daran ändern.«

»Dein Baby? Mom, ich bin bald dreißig!«

»Und? Deswegen bist du immer noch mein kleines Mädchen.«

Daraufhin schaute sie sich neugierig in der Boutique um.

»Ist das Sofa neu? Gefällt mir!« Sie trat zum Kleiderständer und betrachtete eingehend Rileys Modelle. »Sind die Kleider toll, Schatz! Mein Baby ist wahnsinnig talentiert!« Sie nahm eines der Kleider vom Ständer. »Unglaublich …!«

»Du übertreibst, Mom!«

»Ich übertreibe *nie!* Du wirst immer besser!«

»Die Boutique läuft ganz gut«, gab Riley zu. »Komm hoch! Ich mache uns einen Kaffee!«

Sie eilte voraus und schloss schnell die Tür zum Nähzimmer. Keinesfalls wollte sie, dass ihre Mutter mitkriegte, wie es dort aussah. Leider entging dieser rein gar nichts.

»Versteckst du etwas vor mir?«, fragte sie sogleich.

»Aber nein!«

»Dieser Brandon ist doch nicht hier, oder?«

Riley prustete los. »Wäre er hier, würde ich ihn dir bestimmt vorstellen!«

Sie nahm die Treppe in Angriff.

»Isst du auch anständig? Du hast abgenommen!«, sagte ihre Mom, während sie hinter Riley die Stufen hochging.

»Wenn ich diese Torte essen muss, nehme ich bestimmt wieder zu!« Riley hatte tatsächlich abgenommen – weswegen ihre Beine und Hüften immer schmaler wurden, während ihr Busen nach wie vor viel zu groß war.

In der Wohnung guckte sich ihre Mom neugierig um, als

würde sie nach etwas oder jemandem Ausschau halten.

»Denkst du, dass ich Brandon im Schrank verstecke?«, witzelte Riley. Sie setzte Wasser für einen Tee auf. Derweil kümmerte sich ihre Mom darum, Teller und Kuchengabeln auf den Tisch zu stellen. Die Küche kannte sie wie ihre eigene – so häufig war sie schon hier gewesen. Auch hatte sie Riley zum Einzug ein Geschirrservice geschenkt.

»Komm in Zukunft öfter nach Hause, hörst du?«, sagte ihre Mom auf einmal und klang traurig.

»Am Wochenende schaffe ich es bestimmt!«, versicherte ihr Riley zum gefühlten tausendsten Mal.

»Ich will wieder mit meiner Tochter im *Mellow Café* sitzen.«

»Früher dachte ich immer, du sitzt dort nur so gerne, weil Henry ständig mit dir geflirtet hat!«

Ihrer Mom stieg die Röte ins Gesicht. »Was ...?«, stammelte sie.

Riley hatte ihre Mutter noch nie zuvor darauf angesprochen. Sie hatte sich nicht einmischen wollen. Aber Riley war kein kleines Kind mehr. Sie war jetzt erwachsen. Sie hatte eine eigene Boutique, eine eigene Wohnung. Auch ihre Mom sollte endlich ihr Leben führen können, wie es ihr gefiel. Sie sollte nicht länger auf Riley Rücksicht nehmen müssen.

»Mom, wenn du Henry magst ... Ich meine, ihr habt meinen Segen!« Der Teekessel pfiff.

»Riley, was meinst du denn damit? Ich und Henry ... Das geht doch nicht.« Ihre Mutter öffnete die Tortenschachtel und suchte daraufhin in der Schublade nach einem Kuchenmesser.

Riley wusste, dass ihre Mom ihren Dad sehr geliebt hatte. Aber er war jetzt seit über zwanzig Jahren tot. Ihre Mutter war ganz allein, seit Riley nach Cork gezogen war.

»Mom, wie lange willst du noch so tun als ob?« Sie hatte seit jeher versucht, es vor Riley geheim zu halten, wenn sie sich mit einem Mann getroffen hatte. Am Ende war nie etwas daraus geworden. »Dad liegt schon seit Langem im Grab …«

Ihre Mom schnitt ein Stück von der Torte ab. Sie unterbrach ihre Arbeit und schaute hoch – direkt in Rileys Gesicht. Plötzlich wirkte sie blass.

»Ich will nicht, dass du allein bist«, sagte Riley mit Nachdruck.

»Schatz, ich bin doch nicht allein …«

»Doch, bist du! Und Henry ist nett! Ich mag ihn!«

»Er ist ein alter Schwerenöter«, meinte ihre Mom und blinzelte die sich ankündigenden Tränen weg. Riley ging auf sie zu, um sie in den Arm zu nehmen. Sie liebte ihre Mom über alles.

»Also ist das endlich was Ernstes mit Henry?«, flüsterte sie ihr zu.

»Sei nicht so neugierig!«, sagte ihre Mom.

»Wer von uns beiden ist immer so neugierig?« Ein blumiger Duft stieg ihr in die Nase. »Ist das ein neues Parfum?«, fragte Riley neckisch, bevor sie ihre Mom wieder losließ.

»Ich wollte mal was anderes ausprobieren.«

»Henry wird es sicher gefallen!«

»Schatz, machst du dich über deine alte Mutter lustig?«

»Du bist doch nicht alt! Du siehst immer noch super aus.« Riley grinste verschmitzt. »Okay! Ich werde keine weiteren Fragen stellen! Es geht mich nichts an«, gab sie sich versöhnlich.

»Hör zu!«, sagte ihre Mom plötzlich streng. »Ich will auch nicht, dass *du* allein bist.«

»Ich bin nicht allein. Du hast mich schließlich mit Brandon Walsh verkuppelt!« Riley lachte herzhaft.

»Gefällt er dir wirklich?« Ihre Mom stemmte die Arme in die Hüften und schaute skeptisch. »Warum hat er bei dir übernachtet? Ist er etwa obdachlos?«

»Wir haben uns auf der Dachterrasse unterhalten. Er hat es nicht mehr nach Hause geschafft.«

»Hat er getrunken? Obdachlos, ein Trinker, glatzköpfig … Riley …!«

»*Du* wolltest doch, dass ich mich mit ihm treffe!« Riley lachte wieder. »Im Ernst, Mom … Er ist … nett.«

Ihre Mutter wirkte nicht überzeugt.

»Wir sind nur Freunde! Ich mag ihn. Patricia mag ihn auch.«

Waren sie wirklich Freunde? Riley war sich nicht sicher, ob er sie überhaupt mochte. Vielleicht missfiel ihm ihre aufdringliche Art. Riley hatte gerne Leute um sich. In dieser Wohnung fühlte sie sich wohl, aber manchmal war sie einsam. Vielleicht hing Patricia deswegen so oft bis spätabends hier herum, weil sie wusste, dass Riley nicht gerne allein war.

»Ist toll, dass du neue Freunde findest.«

»Er ist wirklich in Ordnung«, sagte Riley bestimmt. »Und er sieht richtig gut aus!« Das Gesicht ihrer Mom hellte sich auf. »Auch hat er einen guten Job und eine Menge Geld! Ist doch super, oder?«

»Ich habe verstanden!« Ihre Mutter seufzte. »Aber für mein Baby ist eben nur das Beste gut genug!«

Riley gab die Teebeutel in die Tassen und füllte sie bis oben hin mit heißem Wasser, bevor sie sich beide an den Tisch setzten und von der Torte kosteten, die natürlich lecker schmeckte.

»Bist du verliebt in ihn?«, hakte ihre Mutter auf einmal nach, während Riley etwas Milch in ihren Tee gab.

»In Brandon?« Riley schüttelte den Kopf. »Wir kennen uns doch kaum ...«

»Sei auf jeden Fall vorsichtig!«

»Das bin ich doch immer.«

»Ich will bloß nicht, dass dir jemand wehtut, Schatz! Ich weiß doch, wie sehr dich die Trennung von Noah mitgenommen hat.«

An Noah hatte Riley schon lange nicht mehr gedacht. Er war wie sie in Kinsale aufgewachsen und hatte später in Cork studiert. Ob er immer noch in der Elderwood Avenue wohnte? Sie war dort vor Kurzem eher zufällig mal vorbeigefahren.

»Du musst dir keine Sorgen machen«, sagte Riley. »Ich bin erwachsen! Bald bin ich *dreißig*!« Sie seufzte tief.

»Mit dreißig hast du doch noch die besten Jahre vor dir!«

»Du musst es ja wissen, Mom!«

Sie unterhielten sich noch lange, bis ihre Mutter sich wieder auf den Rückweg machte.

»Ruf mich an, wenn du zu Hause bist!«, trug Riley ihr auf. Draußen war es schon dunkel. Sie umarmten sich ein letztes Mal. In drei Tagen würden sie sich ohnehin wiedersehen.

11

Brandon saß ausnahmsweise nicht am Tresen, sondern an einem der Tische. Die Sitzbänke im *The Loophole* waren bequem. Kate saß ihm gegenüber. Früher war sie oft hier gewesen. In letzter Zeit kam sie immer seltener. James würde niemals einen Fuß in dieses Pub setzen – vermutlich deswegen. Kate hatte sich verändert, seit sie mit ihm zusammen war. Seine kleine Schwester war erwachsen geworden. In Pubs herumhängen, sich betrinken und über Blödsinn lachen schickte sich nicht mehr.

»Willst du nicht mal deinen Verlobten mitbringen?« Zu gerne hätte Brandon seinen zukünftigen Schwager betrunken erlebt. Vielleicht würde er ihn dann endlich etwas sympathischer finden!

Kate lächelte verschmitzt. »Und was ist mit dir? Wo ist deine neue Freundin?«

Ihre Augen blitzten auf. Das sah er sogar im schummerigen Licht, das die tief hängenden Lampen verströmten.

»Hat dir Mom davon erzählt?«, hakte er nach und nahm einen Schluck von seinem Lieblingsbier.

Kate nickte eifrig. »Lass mich raten: Sie ist hübsch und … langweilig!«

Brandon schmunzelte. »Wie kommst du denn darauf?«

»Weil deine Freundinnen immer langweilig sind!«

»Ich habe keine neue Freundin«, stellte er klar. »Ich meine, wir sind nicht … Riley ist cool, aber wir gehen nicht miteinander aus.«

»Sie heißt also Riley ...« Kate grinste breit.

»Du kennst sie!«

»Echt?«

»Sie hat dein Brautkleid genäht!«

Kate klappte der Mund auf, dann lachte sie laut los.

»Unsere Mom hat ihre Mom beim Bingospielen kennengelernt, und dann hatten wir ein Blind Date«, erzählte Brandon matt.

»Seit wann gehst du auf Blind Dates?«

»Das war bestimmt das erste und das letzte Mal«, beteuerte er, obwohl er froh war, Riley kennengelernt zu haben.

»Aber ihr mögt euch! Dann war das Date doch ein Erfolg.«

»Stell dir mal vor, was los sein wird, wenn ich Dad eine Frau wie Riley als meine neue Freundin präsentiere!« Er hatte laut gedacht. Was würde er von einer Frau halten, die rauchte, trank, nicht in der Lage war, ihre Wohnung aufzuräumen, und fremden Männern, die sie kaum kannte, ohne mit der Wimper zu zucken, Obdach gewährte?

»Warum? Sie ist nett und talentiert.« Kate verschränkte die Arme auf dem Tisch.

»*Du* musst ihn ja nicht beeindrucken!«, jammerte Brandon. James hatte er schnell als Schwiegersohn akzeptiert. Kates Verlobter war erfolgreich und tüchtig – so was imponierte seinem Vater. Außerdem trug er polierte Lackschuhe zum teuren *Brioni*-Anzug.

»Nein, muss ich nicht! Und weißt du, warum? Weil sich Dad nicht dafür interessiert, was ich mache oder wen ich heirate!« Über die Bitterkeit in ihrer Stimme konnte selbst das breite Lächeln nicht hinwegtäuschen.

Brandon verzog das Gesicht. Er hatte das Gefühl, seinen Vater ständig zufriedenstellen zu müssen – und scheiterte kläglich –, während Kate immerzu versuchte, auf sich aufmerksam zu machen. Sie war doch jetzt schon die zweitwichtigste Person im Unternehmen! Kate kriegte alles hin. Er traute ihr zu, die *Walsh Company* zu führen. Brandon konnte so was nicht. Wenn er bloß daran dachte, schnürte sich ihm die Kehle zu. Er hatte keine Ahnung, wie man eine Firma leitete, und er wollte es auch bestimmt nicht lernen. Aber Kate war dafür geschaffen! Warum wollte sein Vater das Offensichtliche nicht sehen? Weil er altmodisch war? Er glaubte wohl, sein Sohn müsste unbedingt in seine Fußstapfen treten. Die Situation war verfahren.

»Du ziehst das wirklich durch?«, rutschte es Brandon heraus. »Du willst James heiraten?« Er hatte Kate noch nie so direkt darauf angesprochen.

»Klar!« Sie schaute überrascht. »Denkst du, ich kriege kalte Füße?« Kate kriegte nie kalte Füße. Sie hatte vor nichts Angst – und wenn sie sich etwas in den Kopf gesetzt hatte, dann konnte sie nichts und niemand davon abbringen.

»Ich mag ihn nicht«, sagte Brandon. Jetzt war es raus. Zu seiner großen Überraschung wirkte Kate ein wenig blass. Doch dann lachte sie los, als würde sie glauben, er hätte nur einen Witz gemacht. Dabei war es ihr bestimmt nicht entgangen, dass er James nicht leiden konnte.

»Ich sollte wirklich nach Hause gehen. Ist schon spät.« Kate gähnte ungeniert, während sie auf das leere Bierglas starrte.

»Lass deinen Verlobten bloß nicht warten!«, scherzte Brandon und bemühte sich um ein Lächeln.

»Eifersüchtig?«, gab Kate zurück. »Muss ja peinlich sein, dass deine kleine Schwester vor dir heiratet!«

Peinlich war ihm was ganz anderes: Dass seine Schwester die bessere Geschäftsfrau war – und klüger obendrein.

Kate war tüchtig, fokussiert und schreckte vor keiner Herausforderung zurück.

»Ich bin gerne Single. Keiner wartet zu Hause auf mich, weswegen ich mich, so oft wie ich will, betrinken kann!« Er prostete ihr zu. »Willst du noch eins?« Ob sie sein charmantes Lächeln überzeugte? Kate nickte, und Brandon begab sich zum Tresen, wo Craig ihm ein alkoholfreies *Guinness 0.0* reichte. Das gab es noch nicht lange im Sortiment. Kate hielt sich mit dem Alkohol in letzter Zeit lieber zurück. Sie zog es vor, stets einen klaren Kopf zu behalten.

Ob James seinen Junggesellenabschied feiern würde? Er schien nicht der Typ dafür zu sein. Brandon würde er bestimmt nicht einladen – und das war ihm auch recht.

Er wollte mit dem Bier zurück zum Tisch gehen, als Kate sich auf einen der Hocker gleich neben ihm setzte. Das Glas hatte sie mitgebracht, und Brandon schenkte ihr ein.

»Spielst du für Brandon den Aufpasser?«, fragte Craig frech.

»Quatsch. Hier ist er doch gut aufgehoben! Ich weiß, dass du ein Auge auf ihn wirfst.«

Craig lächelte spitzbübisch, und auch Kate wirkte glücklich und zufrieden. Die beiden hatten sich immer gut verstanden. Liebend gern hatten sie sich gegen ihn verbündet. Wie lange kannten sie sich schon? Es erschien ihm wie eine Ewigkeit. Wenn sie im Sandkasten Burgen gebaut hatten, war Kate immer gekommen und hatte mit ihren Kinderhänden und Kinderfüßen wie Godzilla alles plattgemacht.

Aber sie waren keine Kinder mehr. Kate würde bald heiraten.

»Spielst du heute gar nicht?« Sie nickte Richtung Billardtisch.

»Warum? Hast du Lust?« Kate war eine ernst zu nehmende Gegnerin, aber sie liebte das Spiel bei Weitem nicht so sehr wie er.

»Ein andermal vielleicht.« In schnellen Schlucken trank sie das halb volle Glas aus. Dann rutschte sie vom Hocker, und ehe sich Brandon versah, legte sie von hinten die Arme um seinen Hals, als wollte sie ihn erwürgen. Dann schmatzte sie ihm einen feuchten Kuss auf die Wange, während er sich lautstark beschwerte.

»Lieb dich, Bruderherz!«, flüsterte sie ihm ins Ohr.

»Ist gut, ist gut! Ich krieg keine Luft.«

Sie lachte und verabschiedete sich noch schnell von Craig, der ihr kurz zulächelte. Dann war sie weg. Brandon rieb sich den Nacken. Hätte er nichts sagen sollen? Er wollte seine Schwester beschützen – aber wie sollte er das anstellen? Sie war erwachsen und wusste wahrscheinlich besser als er, was gut für sie war.

Craig wischte stoisch den Tresen ab, während er verträumt zum Ausgang schaute.

»Warum mag sie mich nicht?«, sagte er plötzlich. Brandon wollte einen blöden Spruch loslassen, aber sein Freund sah wirklich geknickt aus.

»Natürlich mag sie dich«, sagte er.

»Du weißt, was ich meine.«

»Fang jetzt bloß nicht an zu heulen!« Brandon konnte es nicht lassen, und Craig verprügelte ihn mit dem nassen Lappen. Das Ding landete in Brandons Gesicht. Er hatte es nicht anders verdient!

»Ich meine es ernst … Wie heißt der Kerl noch mal, den sie heiratet?«

»James …«

»Was hat der Typ, was ich nicht habe?«

»Einen guten Job?«

Craigs Miene verhärtete sich, und Brandon hob abwehrend die Hände. »Ich zieh dich doch nur auf!«

James war ein Bankier, und Craig arbeitete in einem winzigen Pub, das er irgendwann mal von seiner Mom übernehmen würde. Noch gehörte es ihr.

»Ich dachte nie, dass Kate sich von so was beeindrucken lässt.« Die Stimmung war düster, und Brandon nippte an seinem Glas. Ausnahmsweise trank er das Bier nicht aus der Flasche. Er wusste nicht, was die Frauen in seiner Familie in ihren Männern sahen! Er hatte auch nie verstanden, warum seine Mom sich in seinen Dad verliebt hatte. Aber so was musste er nicht verstehen.

Während er das Glas an seine Lippen führte, schielte er zu Craig. Brandon hätte bestimmt nichts dagegen, wenn sein bester Freund mit seiner Schwester ausging.

»Ich weiß nicht, was sie an ihm findet«, gab er zu. James war einer der humorlosesten Menschen, die ihm je begegnet waren. Und arrogant noch obendrein! Brandon wurde nicht warm mit ihm. Meist hatte er keine Ahnung, wie er ein Gespräch mit ihm führen sollte. James schien auch nicht daran interessiert zu sein, zu seinem zukünftigen Schwager eine gute Beziehung aufzubauen.

»Wie viel schulde ich dir überhaupt?«, fragte Brandon seinen Freund. Heute war der Letzte des Monats. Er zückte seine Brieftasche.

Craig holte ein kleines Notizbuch unter dem Tresen hervor, wo er sich immer alles aufschrieb, was Brandon bestellte. Dann tippte er den Betrag in die Kasse.

»Was ist eigentlich mit dir und … der Kleinen?«, wollte Craig wissen und reichte ihm die Quittung. Es waren an die dreihundert Euro. Brandon zahlte auch für Mark und Kate, wenn die beiden vorbeikamen und ein Bier tranken.

»Du meinst Riley?«, hakte er nach.

»Wen soll ich sonst meinen?« Craig grinste.

»Ich habe bei ihr übernachtet.«

»Wow! Du gehst ja ran! Du hast mit ihr geschlafen?«

»Nein ...«

Brandon ließ es immer langsam angehen. Er war kein Aufreißer. Die Frauen, mit denen er bisher Sex gehabt hatte, konnte er noch immer an einer Hand abzählen.

»Ich mag sie. Wir sind ... Freunde«, erklärte er, da Craig dümmlich guckte. Brandon war noch nie mit einer Frau nur befreundet gewesen. Warum eigentlich nicht? Seine Beziehungen hielten zwar nie lange, aber mit Frauen kam er gut klar; zumindest mit den Frauen in seiner Familie.

»*Nur* Freunde?«, wollte Craig wissen. »Dann kann ich mein Glück versuchen?« Brandon hielt die Luft an. »Ich meine, wenn sie dir gefällt, dann ziehe ich mich zurück! Sie war ja *dein* Blind Date!«, meinte Craig ritterlich.

»Warst du nicht vor zehn Sekunden noch deprimiert, weil du in meine Schwester verknallt bist?«

Craig guckte grimmig. »Musst du mir das so direkt ins Gesicht sagen?«

»Tut mir leid, Mann!« Brandon lachte und rieb sich wieder den Nacken. Die Liebe war kompliziert. Beziehungen waren kompliziert. Gefühle für jemanden zu haben, die nicht erwidert wurden, war erst recht kompliziert.

»Dir gefällt Riley wirklich nicht?« Craig schien es ernst zu meinen.

»Riley ist ...«, begann Brandon und seufzte tief. »Sie ist schlampig, chaotisch, verrückt! Was soll ich mit so einer Frau anfangen?«

»Irgendwie klingt das, als würdet ihr ein perfektes Paar abgeben!«

»Du hättest mal sehen sollen, wie mein Vater geguckt hat, als er mich zum ersten Mal mit der neuen Frisur gesehen hat!«, jammerte Brandon. »Wenn ich ihm jetzt noch Riley als meine neue Freundin präsentiere …!« Den Gesichtsausdruck wagte er sich nicht mal auszumalen. »Er wird noch glauben, mit mir stimmt was nicht!« Vielleicht schickte er ihn wieder zum Psychiater.

»Aber sie ist cool …« Craig zuckte mit den Schultern. »Hässlich ist sie auch nicht. Warum glaubst du, er wird sie nicht mögen?«

»Weil …« Brandon brach ab. »Nur so ein Gefühl«, nuschelte er. »Magst du sie echt?«

»Die Titten sind nicht schlecht.«

»Wie gut, dass du nicht mein Schwager bist!« Brandon wollte sich lieber nicht vorstellen, solche Sprüche über seine Schwester zu hören. Es nervte ihn schon, dass Craig über Riley *so* sprach.

»Hey, Kate hätte es gut mit mir.«

Brandon schüttelte ungläubig den Kopf. »Du hast doch ständig eine neue Freundin …«

»Weil eben keine so ist wie deine Schwester!«

»Im Ernst? Du musst dir Kate aus dem Kopf schlagen.«

Craig schaute griesgrämig, und Brandon wechselte lieber das Thema. Er sah seinen Freund nicht gerne so niedergeschlagen.

Warum Kate nie mit ihm ausgegangen war, verstand er selbst nicht. Craig war tausendmal attraktiver als dieser James! Der Typ war nicht nur fad, er war auch noch hässlich.

»Dann … schnappe ich mir Riley«, sagte Craig lässig, und Brandon hob überrascht den Kopf. »Glaubst du, sie steht auf mich?«, wollte sein Freund wissen.

»Auf dich steht doch jede – außer meine Schwester!« Das hatte gesessen! Sogar Riley hatte sofort ein Auge auf Craig geworfen. Er konnte charmant sein, wenn er wollte. Außerdem war er ein toller Freund und ein guter Kerl. Er hatte ein großes Herz, auch wenn das niemand wissen durfte.

»Tu doch nicht so, als wäre das bei dir anders!« Craig lachte. »Wie viele Frauen haben dich bisher abblitzen lassen?«

Brandon verstummte. Keine einzige hatte ihn jemals abblitzen lassen. Aber das lag nur daran, dass er selten die Initiative ergriff. Erst, wenn er sich sicher war, dass eine Frau Interesse an ihm hatte, ging er auf sie zu. Ansonsten ließ er es bleiben.

»Wenn man von der Sonne spricht …!« Craig nickte zur Eingangstür, während Brandon auf sein halb leeres Glas starrte. Er sollte wirklich weniger trinken. Schließlich musste er noch fahren.

»Hi Craig!«, hörte er eine helle Stimme. Gleich darauf setzte sich Riley zu ihm.

»Hast du mich vermisst?«, fragte Brandon frech.

»Vielleicht!« Sie lächelte verschmitzt.

»Wo ist deine Freundin Patricia?«

»Leider bin ich allein!«

»Also bist du wegen mir hier …«

»Du flirtest schon wieder!«

»Echt?«

»Du flirtest eindeutig, Brandon!« Craig lachte.

»Er steht auf mich«, flüsterte Riley seinem Freund zu, und zwar so laut, dass Brandon es deutlich hören konnte. »Nur will er es nicht zugeben!« Sie strahlte wie die Sonne.

Seufzend stützte Brandon seinen Kopf mit dem Arm ab und betrachtete müde ihr Seitenprofil. Der Haarschnitt war nach wie vor schrecklich, und die riesige Brille verdeckte ihr ansonsten sehr hübsches Gesicht. Heute trug sie ein enges T-Shirt, das sich auf Brusthöhe spannte. Brandon guckte sofort weg. Er hatte ihr schon oft genug auf den

Busen gestarrt. Das wurde langsam peinlich. Wären die Haare hinten etwas länger, sähe sie bestimmt hübscher aus. Die Nase war niedlich, und die Wimpern waren dunkel und lang. Auch mochte er ihre Lippen ... Die waren ihm bisher gar nicht richtig aufgefallen, aber nun, da er sich die Zeit nahm, Riley anzuschauen ...

»Craig meint, wir zwei passen super zusammen«, witzelte Brandon.

Riley lachte hell. »Wenn Craig das sagt ...! « Sie wirkte vergnügt. Eigentlich war sie *immer* gut gelaunt. Gab es tatsächlich nichts, das ihr aufs Gemüt schlug?

»Brandon ist auch ein Chaot«, erzählte Craig.

»Ich bin nicht chaotisch. Mein Chaos hat System!« Riley wirkte zuversichtlich.

»Im Ernst? Ich war in deiner Wohnung ... Schon vergessen?« Nichts hatte dort System gehabt.

»Dann komm mal vorbei, wenn ich aufgeräumt habe«, gab sie zurück.

»Jetzt flirtest *du* mit mir.«

Sie lächelte und sah richtig hübsch aus. Brandon fühlte sich plötzlich hibbelig. Er hatte Lust, sie zu küssen. Vielleicht sollte er sein Singledasein überdenken? Wieder starrte er auf ihren Busen – und dann auf sein Bier. Was war nur los mit ihm? War er etwa betrunken?

»Noch eins?«, fragte Craig und deutete auf Brandons leeres Glas.

»Lieber nicht.« Vielleicht lag es am Alkohol, dass er sich plötzlich vorstellte, er würde Riley flachlegen. Vermutlich hatte er einfach zu lange keine Freundin mehr gehabt.

»Die Haare sind schon ziemlich nachgewachsen«, sagte Riley auf einmal. Brandon fuhr sich instinktiv über den Kopf. »Wenn sie noch länger sind, kannst du deiner Mom ein Foto von mir schicken.«

»Willst du meiner Mom gefallen?«

»Du hast doch gesagt: ›Sonst wird das nichts.‹«

»Hey ihr beiden! Nehmt euch ein Zimmer«, witzelte Craig.

»Lust auf eine Partie?«, fragte Brandon und ignorierte die Bemerkung seines Freundes.

»Es ist schon spät ... Ich will nur schnell ein *Guinness* trinken und dann wieder nach Hause.« Tatsächlich sah sie müde aus. Craig stellte für Riley ein Glas Bier auf den Tresen.

»Arbeite nicht zu viel!«

Sie war fleißig. Schließlich hatte sie eine eigene Boutique. Nur zu zweit, mit ihrer Freundin, schmiss sie den Laden.

»Das sagt meine Mom auch immer ... Aber ich liebe meinen Job.« Sie nahm einen Schluck von dem *Guinness*. »Macht dir dein Job keinen Spaß?«

»Doch ...« Brandon war gerne kreativ. Aber er war nicht so unbekümmert wie Riley. Manchmal kam er mit der Arbeit einfach nicht voran, weil es ihm an Motivation fehlte.

Sie öffnete die Handtasche und zog ihre Geldbörse daraus hervor. Das Ding war niedlich. Vermutlich hatte sie es selbst genäht. Es war mit buntem Stoff überzogen, und ein braunes Lederband hielt es zusammen.

Riley wollte bezahlen, als Brandon protestierte.

»Das geht auf mich«, sagte er entschieden.

»Aber nein ...«

»Dann geht es auf mich!«, mischte sich Craig ein. Riley sah unschlüssig aus.

»Komm schon! Lass mich dich wenigstens zu einem Bier einladen.«

»Danke!« Sie lächelte ihn an, woraufhin Brandons Puls in

die Höhe schnellte. Er hatte sich doch nicht in Riley verknallt? Die bloße Vorstellung ließ ihn in Panik geraten. Verstohlen schielte er zu ihr hin. In hastigen Schlucken trank sie das *Guinness* aus, bevor sie vom Hocker stieg.

»Danke fürs Bier!« Sie wollte schon gehen?

»Ich begleite dich nach Hause«, sagte Brandon sofort.

»Willst du wieder auf meiner Couch pennen?«

»Warum nicht?« Flirtete er tatsächlich mit ihr? Das hatte er nicht vorgehabt, trotzdem konnte er es nicht lassen.

»Du willst doch nur, dass ich dir wieder Frühstück mache!«

»Das war echt lecker ...«

Brandon fühlte sich in ihrem Apartment wohl. Es hatte ihm gefallen, morgens aufzuwachen und den Duft von frischem Kaffee zu inhalieren. Stand er etwa auf Riley? Er wusste es nicht. Er wusste nur, dass er gerne Zeit mit ihr verbrachte.

Also verabschiedete er sich von Craig und begleitete Riley nach draußen. Sie zog sofort die Blechdose aus der Handtasche, worin sie ihre Zigaretten aufbewahrte. Die kleine Flamme ihres Feuerzeugs flackerte im Dunkeln auf. Er stecke die Hände in die Taschen des Kapuzenpullis und schlenderte entspannt neben Riley her. Sekunden später hakte sie sich bei ihm ein und rauchte gemächlich.

Sie verhielten sich wie ein Paar, aber Brandon wagte es nicht, den ersten Schritt zu machen. Er wartete lieber ab.

12

»Dann bis morgen!« Patricia winkte Riley zu, die hinter der Empfangstheke stand, und rauschte zur Tür hinaus. Sean hatte heute Geburtstag. Die beiden gingen in ein schickes Restaurant. Riley hatte ihre Freundin dazu drängen müssen, früher nach Hause zu gehen. Es war Freitag, und Riley schloss die Boutique erst in einer Stunde. Sollte sie heute ausnahmsweise jetzt schon das ›Geschlossen‹-Schild draußen anbringen? Sie erwartete sich ohnehin nicht, dass heute noch jemand vorbeischauen würde. Besonders viele Kunden kamen sowieso nicht. Sie führte ein Brautmodengeschäft, keinen Schnellimbiss. Die meisten fanden ihre Boutique online, weil sie ein Brautkleid suchten. Kaum einer spazierte die Straße entlang und trat ein, um sich mal umzuschauen.

Riley war müde. In letzter Zeit war sie ständig müde. Sie sollte wirklich weniger arbeiten. Auch mal eine Pause machen. Aber sie hatte ihrer Mom versprochen, übers Wochenende nach Kinsale zu fahren. Deswegen war sie gestern bis zwei Uhr morgens noch an ihrer Nähmaschine gesessen. Riley gähnte. Seit zehn Minuten tat sie nichts anderes. Sie würde sich später hinlegen und Schlaf nachholen müssen. Aber vorher ging sie ihre Aufgabenliste durch. Um den Computerkram kümmerte sich Patricia. Riley war da altmodisch. Sie notierte sich am liebsten alles mit Stift auf Papier. In ihrem Notizbuch hatte sie eine Liste von Aufträgen, die sie alle nach Dringlichkeit ordnete.

Plötzlich ging die Tür auf, und ein neuer Kunde trat ein. Sofort schaute Riley von ihrem Notizbuch auf und wollte ihn freundlich begrüßen – als es ihr die Sprache verschlug. Buchstäblich. Es war Noah. Ihr Ex-Freund, mit dem sie vor einem Jahr Schluss gemacht hatte. Riley blinzelte irritiert.

»Was …?«, stammelte sie. Warum war er hier? Und woher wusste er, dass sie in Cork ein Brautmodengeschäft eröffnet hatte?

»Riley?« Er schien genauso überrascht zu sein wie sie. Verwundert schaute er sich um. »Du arbeitest hier?«

»Das ist meine Boutique«, erwiderte sie matt. Wenn er nicht ihretwegen hier war, warum dann?

Er lächelte schüchtern. Wie immer sah er toll aus. Ihr wurde schlagartig klar, wie sehr sie dieses Lächeln vermisst hatte, und die tiefen Grübchen, die sich dann in seinem Gesicht bildeten. Wenn er lächelte, lächelten seine Augen immer mit.

Riley wurde schwer ums Herz.

»Was willst du hier?«, fuhr sie ihn an. Dabei hatte sie nicht so schroff sein wollen.

Er öffnete den Mund, dann schloss er ihn wieder. Die braune Lederjacke stand ihm hervorragend. Die Frisur war auch neu. Riley hatte die dunkelblonden Locken immer gemocht. An den Seiten hatte er das Haar jetzt kürzer geschnitten.

»Du siehst gut aus«, rutschte es ihr heraus. Sofort presste sie die Lippen zusammen – aber zu spät. Wie so häufig neigte Riley dazu, einfach auszusprechen, was ihr durch den Kopf ging.

»Du auch«, erwiderte er. Es war eine Lüge! Riley fuhr sich peinlich berührt durch die formlosen Strähnen, die vorne viel zu lang waren. Sie trug eine schlichte Bluse und eine alte Jeans.

»Lisbeth hat eine Brauttasche in Auftrag gegeben«, meinte er plötzlich.

»Was ...?«

»Meine Verlobte Lisbeth ... Sie hat hier ein Kleid gekauft.« Er wirkte nervös – und Rileys Mundwinkel sanken tief nach unten. Lisbeth McCarthy. Sie erinnerte sich. Die Frau war vor Kurzem mit ihrer Freundin hier gewesen und hatte sich ein Kleid ausgesucht.

»Ich war in der Gegend, und sie hat mich gebeten, dass ich die Tasche abhole«, erklärte er. Riley verzog das Gesicht. Wenn sie Noah in der Vergangenheit um etwas gebeten hatte, dann hatte er nie Zeit gehabt. Sie hatte mal eine außergewöhnliche Spitze in Frankreich bestellt und ihn gefragt, ob er das Paket bei der Post abholen könnte. Aber er hatte Wichtigeres zu tun gehabt.

»Ich schau mal nach, wo ich sie habe.« Riley guckte unter die Theke. Patricia hatte sich bestimmt darum gekümmert. Wie erwartet lag dort eine hübsche Schachtel, und ein kleiner Post-It-Zettel klebte darauf, wo *Lisbeth McCarthy* draufstand. Patricia hatte eine hübsche silberfarbene Schleife drum herum gebunden. Sie packte die Kleider und Accessoires immer hübsch ein. Auch ein Aufkleber mit dem Namen und der Adresse der Boutique fehlte nicht. Riley bot nicht nur Brautkleider an, sie nähte auch Taschen und Handschuhe.

»Hier!« Sie schob ihm das Paket hin.

»Danke.«

»Ist bereits bezahlt«, fügte sie hinzu, als er die Brieftasche zücken wollte.

»Wie geht's dir?«, fragte er plötzlich.

»Super!« Sie lächelte gequält. »Und dir? Ich meine ... Du heiratest?«

»Ja. Sieht so aus!« Er lachte nervös. Es war offensichtlich, dass er sich unbehaglich fühlte.

Riley erinnerte sich noch deutlich, wie sie vor anderthalb Jahren ein romantisches Dinner vorbereitet hatte. Sie hatte sich richtig ins Zeug gelegt und ihn überraschen wollen. Und dann hatte sie sich getraut, ihn zu fragen, ob sie nicht heiraten wollten. Daraufhin hatte er gemeint, dass er vom Heiraten nichts hielt. Sie sollten sich Zeit lassen. Dabei hatten sie sich damals schon fünf Jahre lang gekannt.

Und jetzt – gerade mal anderthalb Jahre später – würde er jemand anderen heiraten? Riley war also nicht die Richtige gewesen.

»Dann wünsche ich dir viel Glück!«, sagte sie bitter.

»Ich dir auch.« Er schenkte ihr ein flüchtiges Lächeln und rauschte dann zur Tür hinaus.

Riley schaute ihm stoisch hinterher. Minutenlang rührte sie sich nicht vom Fleck. Ihr war zum Weinen zumute, trotzdem wollten die Tränen nicht laufen. An Lisbeth McCarthy erinnerte sie sich noch gut! Die Frau war hübsch: groß gewachsen, das blonde Haar reichte ihr bis zu den Ellenbogen; die Haut war makellos. Sie würde bestimmt eine wunderhübsche Braut abgeben. Das Kleid, das Riley ihr verkauft hatte, war zudem eins ihrer besten Stücke gewesen. Sie lachte bitter! Nie hätte sie gedacht, das Brautkleid für die zukünftige Frau ihres Ex-Freundes zu nähen! Ihretwegen würde Lisbeth bei der Hochzeit großartig aussehen. Riley schnaubte ungläubig. Das durfte doch alles nicht wahr sein!

Neben Lisbeth wirkte sie vermutlich wie ein hässliches Entlein. Sie schaute an sich hinab und ärgerte sich, dass sie nicht besser angezogen war! Riley wünschte sich auch, ihre Frisur wäre nicht so hässlich, und sie hätte Kontaktlinsen getragen, wenn sie schon ihrem Ex-Freund begegnen musste! Aber wie hätte sie wissen sollen, dass er einfach so in ihre Boutique hereingeschneit kam? Riley fühlte sich gedemütigt.

Seufzend schaute sie auf die Uhr, bevor sie das Schild an der Tür umdrehte, sodass nun ›Geschlossen‹ von draußen zu lesen war. Dann machte sie das Licht aus und trabte mit hängenden Schultern nach hinten zur Treppe, die hoch in ihre Wohnung führte.

Mit großer Anstrengung nahm sie eine Stufe nach der anderen in Angriff. Riley fühlte sich ausgelaugt – als hätte jemand das Leben aus ihrem Körper gesaugt! Dieser Idiot …! Warum musste er auch unbedingt in ihrer Boutique auftauchen? So ein Pech auch. Riley hätte es sonst vielleicht erst viel später erfahren, dass er geheiratet hatte. Oder vielleicht auch niemals.

Sie erreichte die Küche, holte eine Flasche Wein aus dem Schrank und ein Ballonglas – das größte, das sie besaß. Damit ging sie weiter die Treppen hoch bis in ihr Schlafzimmer. Den Tabak und ihr Handy hatte sie auch dabei. Sollte sie sich auf die Dachterrasse setzen? Riley schob die Glastür auf und guckte nach draußen. Am Himmel brauten sich graue Wolken zusammen, und der Wind fuhr ihr in alle Glieder. Der Wetterbericht hatte heute Morgen im Radio verkündet, dass es regnen würde. Also machte sie es sich lieber drinnen bequem. Sie legte ein Kissen auf den Boden und setzte sich im Schneidersitz darauf. Mit dem Rücken lehnte sie sich ans Fußende ihres Bettes. Die Weinflasche und das Glas stellte sie gleich daneben auf dem Boden ab.

Seufzend öffnete sie die Nachrichten-App auf ihrem Handy.

Wusstest du, dass Noah heiratet?, schrieb sie ihrer Mom. Dann löschte sie den Text wieder. Sie wollte nicht, dass ihre Mutter davon erfuhr, sollte sie es nicht wissen. Und sollte sie es wissen, dann hatte sie es Riley bewusst nicht erzählt.

Sie musste jetzt mit jemandem reden, aber mit wem? Patricia konnte sie nicht anrufen! Sie saß doch im Restaurant mit Sean. Keinesfalls wollte sie ihr diesen Abend verderben.

Jetzt war Riley ganz allein. Wie so häufig.

Sie presste die Lippen zusammen – zum Glück liefen die Tränen noch nicht! – und schielte mit halb geschlossenen Lidern zu ihrem Kleiderschrank. Gleich dahinter hatte sie eine Mappe mit Modeskizzen versteckt. Es handelte sich um ihr Traumkleid, an dem sie immer mal wieder arbeitete. Sie hatte so viele Ideen und wusste nicht, welche die beste war.

Riley rappelte sich auf und holte ihre Entwürfe hinterm Schrank hervor. Sie verteilte die Skizzen auf dem Boden und setzte sich dann wieder im Schneidersitz hin. Der Rock war bei jedem einzelnen Entwurf sehr voluminös geraten. Sie musste doch ihre mageren Hüften kaschieren!

Ihr Handy klingelte, und Riley schaute sofort nach, wer ihr geschrieben hatte. Es war Brandon. Überrascht zog sie die Augenbrauen hoch.

Lust auf ein Spiel?, las sie.

Hat dich Mark etwa sitzenlassen?, schrieb sie zurück. Craig musste vermutlich die Gäste bedienen.

Er ist mit seiner Frau in der Oper.

Echt? Mark geht gern in die Oper? Er wirkte eher wie jemand, der sich lieber mit seinen Freunden ein Fußballspiel anschaute!

Nein. Aber seine Frau.

In der Oper gab es einen Dresscode. Riley versuchte sich vorzustellen, wie Mark in einem dunklen Anzug aussah. Der musste sicher maßgeschneidert sein bei seiner Körpergröße! Lächelnd legte sie das Handy weg, als es erneut bimmelte.

Was ist nun? Kommst du?

Ein Billardspiel würde sie ablenken. Trotzdem war ihr heute nicht danach. Sie wollte sich lieber wie ein Embryo unter der Bettdecke einrollen und selbst bemitleiden – und zwar nachdem sie die Flasche Rotwein ganz allein geleert hatte.

Heute nicht, schrieb sie ihm zurück. Daraufhin blieb das Handy stumm, und Riley schenkte sich ein. Das Glas füllte sie nur bis zur Hälfte. Dann schwenkte sie es hin und her. Sie schnupperte daran. Es war ein guter Tropfen. Riley nahm sich fest vor, ganz allein eine klitzekleine Party in ihrer winzigen Wohnung zu veranstalten. Fehlte nur noch der Partyhut!

Sie stellte das Glas wieder ab und widmete sich ihren Entwürfen. Bei ihrer Hochzeit wollte sie besser aussehen als diese Lisbeth McCarthy! Das Kleid, das sie ihr verkauft hatte, war zwar wunderschön, aber Rileys Brautkleid würde noch viel schöner sein! Sie wollte nur einmal im Leben die Hübscheste von allen sein. Was für ein dummer Traum!

Riley hatte Noah wirklich gern gehabt. Sie hatte mit ihm über alles lachen können. Er hatte auch ihre Mom und Patricia gemocht! Noah hatte jahrelang zur Familie gehört – und nun war alles vorbei. Für immer. Riley hatte nicht wirklich geglaubt, wieder mit ihm zusammenzukommen. Aber nie hätte sie gedacht, dass er so schnell jemand anderen heiraten würde. Nie.

Warum hatte es nicht funktioniert? Was hatte sie falsch gemacht? Sie hatte sich doch gut um ihn gekümmert! ›Du bist eine gute Freundin‹, hatte Brandon gesagt. Riley kochte und backte, sie war eine tolle Zuhörerin und hatte sich für Noah immer Zeit genommen! Trotzdem war sich Riley nicht sicher, ob sie ihn wirklich geliebt hatte. So richtig. Sie war einfach nur gerne mit ihm zusammen gewesen. Vielleicht hatte Patricia recht, und die Beziehung war deswegen kaputtgegangen. Es stimmte nämlich, dass Riley noch nie Hals über Kopf verknallt gewesen war. Wahrscheinlich war sie einfach nicht der Typ dazu. Jeder liebte auf seine eigene Weise. Und Riley war generell sehr eigen.

Sie betrachtete sich die Entwürfe eingehend. Sollte sie ganz von vorne anfangen? Lisbeth hatte sich ein Kleid in *Trompeten*-Form ausgesucht. Bis zu den Oberschenkeln lag es hauteng am Körper an und brachte so ihre makellose Figur perfekt zur Geltung. Für mehr Bewegungsfreiheit war der Rock dann unten sehr ausladend. Das Kleid war mindestens so sexy wie bequem. Riley würde in so einem Kleid nicht gut aussehen. Für ihren Figurtyp war ein *Duchesse*-Kleid besser geeignet. Wahrscheinlich würde sie einen Reifrock darunter tragen, um dem Kleid noch mehr Volumen zu geben. Sollte sie Spitzenärmel hinzufügen? Sie wollte von ihrem sehr großen Busen ablenken. Je länger sie sich die alten Entwürfe ansah, desto eher kam sie zum Schluss, dass dieses Prinzessinnenkleid doch etwas kitschig war.

Riley trank das Weinglas in einem Zug leer und schenkte sich dann wieder ein – diesmal bis zum Rand. Ihr Handy klingelte ein weiteres Mal.

Hast du es dir schon anders überlegt?, stand dort. Wieder hatte ihr Brandon geschrieben.

Nein. Ich bin heute deprimiert. Ich will niemanden mit meiner schlechten Laune anstecken.

Riley legte das Handy weg, dann holte sie einen Bleistift aus der Schublade der kleinen Kommode, die gleich neben ihrem Bett stand. Darin befanden sich auch die wenigen Schminksachen, die sie besaß. Sie öffnete eine neue Seite in ihrem großen Skizzenblock und fing damit an, die Umrisse ihres Kleides zu zeichnen. Etwas Alkohol half der Kreativität immer auf die Sprünge! Also trank sie das Glas leer. Diesmal schenkte sie sich nicht wieder ein, sondern trank einfach aus der Flasche. Ihr Telefon bimmelte erneut. Riley ließ sich Zeit, bevor sie nachschaute, ob ihr Brandon wieder geschrieben hatte. Warum arbeitete sie gerade jetzt an ihrem Brautkleid? Ihre Laune verschlechterte sich nämlich mit jedem Bleistiftstrich. Sie sollte es für heute gut sein lassen, an etwas Wichtigerem arbeiten – oder sich einfach ins Bett legen, wie sie es vorgehabt hatte. Wieder nahm sie einen Schluck. Die Flasche war bereits zu zwei Dritteln leer getrunken. Riley fühlte sich etwas beschwipst. Dass sie zu viel Alkohol im Blut hatte, bemerkte sie meist sehr schnell. Aber bis dieser Alkohol dazu führte, dass es ihr schwerfiel, gerade zu gehen, dauerte es lange. Riley konnte sich nicht erinnern, wann sie je richtig betrunken gewesen war. Irgendwann wurde ihr einfach schlecht, sie musste kotzen – und das war es dann.

Sie rieb sich die Augen, bevor sie aufs Handy starrte.

Ich dachte eigentlich, du bist nie deprimiert?, hatte er geschrieben.

Kommt nicht wieder vor! Versprochen!

Ein mildes Lächeln schlich sich in Rileys Gesicht.

Da hilft nur Trinken, nicht wahr?, kam zurück.

Genau! Sie kippte den letzten Rest des Weins in ihr Glas und machte rasch ein Foto davon, das sie dann Brandon schickte.

Riley wollte wieder weiterzeichnen, auch wenn es bestimmt klüger gewesen wäre, es einfach sein zu lassen. Ihr Telefon meldete sich erneut.

Muss ich mir Sorgen machen?

Riley stutzte. In den letzten Tagen hatten sie sich häufig Nachrichten geschrieben. Mochte er sie – und Riley war nur zu dämlich gewesen, es mitzukriegen? Schlimmer noch: Mochte *sie* ihn auch? Angestrengt rieb sie sich die Stirn. Der Alkohol machte sie etwas dusslig.

Nein, musst du nicht, schrieb sie zurück.

Riley widmete sich doch wieder ihrer kreativen Arbeit. Zeichnen lenkte sie ab, auch wenn sie nichts Vernünftiges zustande brachte. Am Ende zerknüllte sie mies gelaunt einen ihrer Entwürfe und schmiss den Papierball gegen die Wand. Mit dem nächsten machte sie dasselbe. Wie es in ihrem Schlafzimmer wieder mal aussah! Sie sollte lieber aufräumen – und nicht zeichnen. Aber Riley fühlte sich schlapp. Es fehlte ihr an Motivation. Sie bekam kaum ihren Hintern hoch. Am liebsten wollte sie einfach hier sitzen und die Weinflasche bis zum letzten Tropfen leeren – was sie auch tat.

Das Handy klingelte. Diesmal war es Patricia. Sie hatte ihr ein Foto geschickt. Darauf war sie mit Sean zu sehen. Die beiden lächelten glücklich in die Kamera. Sie saßen im *Orchids Restaurant* im *Hayfield Manor,* einem Fünfsternehotel. Es lag gleich in der Nähe des Universitätsviertels im Herzen von Cork City, nur zwanzig Fahrminuten von Rileys Boutique entfernt. Im Hintergrund grünte und blühte es. Das ehemalige Gutshaus war von prächtigen Gärten umgeben. Patricia und Sean hatten offenbar einen Platz gleich neben den bodentiefen Fenstern ergattern können.

Das Restaurant ist super! Beim nächsten Mal musst du auch mitkommen!, las Riley.

Daraufhin schickte ihr Patricia ein Bild von zwei hübsch angerichteten Tellern mit Fleischgerichten. Riley freute sich, dass ihre Freundin einen tollen Abend erlebte.

Kümmere dich um Sean, anstatt mir Nachrichten zu schicken!, schrieb Riley zurück. Sie fügte noch einen lächelnden Smiley hinzu.

Sie war nicht gerne das fünfte Rad am Wagen. Seit sie Single war, hatte Patricia oft darauf bestanden, dass Riley mitkam, wenn sie mit Sean ins Kino oder ins Theater ging. Ihre Freundin machte sich immer Sorgen. *Jeder* machte sich Sorgen um Riley. Sogar Brandon! Warum bloß? Sie hatte immer geglaubt, sie käme gut allein zurecht.

Sie hob den Kopf, als klitzekleine Regentropfen gegen die Scheibe prasselten. Gleich darauf regnete es in Strömen. Es donnerte und blitzte. Riley stand auf und ging zur Glastür. Sie schaute hinaus auf die Dachterrasse. Der Aschenbecher, vollgefüllt mit Zigarettenstummeln, stand auf dem runden Holztischchen. Die Dinger schwammen im Regenwasser.

Sie hickste. Hatte sie zu viel Wein getrunken? Es brachte nichts, sich noch länger zu bemitleiden.

Am Ende setzte sie sich wieder auf den Boden und arbeitete weiter an ihren Entwürfen. Riley wusste nicht, ob sie dieses Kleid je fertigstellen würde. Und selbst wenn – sie wusste nicht, ob sie es je tragen würde. Vielleicht sollte sie sich endlich an den Gedanken gewöhnen, dass aus ihrer Traumhochzeit nichts wurde.

13

»Was ist?«, fragte Mark und lehnte sich an den Tresen im *The Loophole.* »Wollten wir nicht Billard spielen?« Vor zehn Minuten hatte er Brandon dazu aufgefordert und dann allein den Tisch angesteuert.

»Gleich …« Brandon rührte sich nicht vom Fleck.

»Chattest du mit deiner Freundin?«

»Wir sind nicht zusammen«, murrte er, während er eine weitere Nachricht tippte.

»Aber du weißt, wen ich meine!« Mark grinste breit, und Brandon legte das Handy kurz weg. »Ihr seid ein nettes Paar. Versuch's doch!«

»Sie ist nicht interessiert an mir.«

»Aber du bist an ihr interessiert?«

Brandon rieb sich die Stirn, als das Handy erneut bimmelte. Warum zögerte er? Flirten war generell nicht sein Ding – und er hatte wirklich keine Lust, eine Abfuhr zu kassieren. In letzter Zeit war er ohnehin häufig schlecht drauf, da wollte er nicht noch, dass Riley ihm ins Gesicht lachte, wenn er ihr gestand, dass er sie irgendwie … ganz nett fand. Sein Herz pochte unkontrolliert. Wie hatte er sich nur in so eine Frau vergucken können? Oder bildete er sich nur ein, Gefühle für sie zu haben?

»Ich muss los«, sagte er knapp und rutschte vom Hocker. Das Handy verstaute er eilig in der Gesäßtasche.

»Fährst du nach Hause?«, hakte Mark nach.

»Ja«, log Brandon. Tatsächlich wollte er kurz bei Riley

vorbeischauen. Irgendetwas stimmte nicht mit ihr. Brandon würde nur ›Hallo‹ sagen und sich vergewissern, dass alles in Ordnung war. Schnell verabschiedete er sich von Mark und Craig, dann zog er los. Er hatte keine Lust dazu, sich jetzt ins Auto zu setzen, also ging er zu Fuß.

Brandon war gerade mal zweihundert Meter gelaufen, als es anfing zu regnen. Energisch zog er die Kapuze über den Kopf und beschleunigte seine Schritte. Der Regen nahm zu. Bald schon schüttete es wie aus Eimern. Die letzten Meter rannte er zu Rileys Boutique. Drinnen war es dunkel. Brandon trat zur schmalen Tür gleich neben dem Brautmodengeschäft und studierte die Klingelanlage. Er drückte auf den Knopf neben dem Namen *Riley O'Connor*. Nichts passierte.

Brandon war pitschnass, zudem fror er etwas. Der Sommer stand vor der Tür. Warum war es dann so verdammt kühl? Müde zog er das Handy aus der Hosentasche. Sein Kapuzenpulli war völlig durchnässt. Auch die Jeans war vollgesogen und fühlte sich schwer an.

Ich bin's, tippte er, während er versuchte, die Regentropfen vom Handybildschirm zu wischen. Sie *musste* ihm aufmachen – oder ihm wenigstens einen Regenschirm leihen, sodass er sich auf den Rückweg machen konnte.

Ein Fragezeichen war ihre Antwort. Sie war doch zu Hause, oder nicht?

Unten an der Tür, schrieb er.

Wenige Sekunden später ging in der Boutique das Licht an. Riley kam auf ihn zu, mit diesem schlimmen Haarschnitt, der dicken Brille – und in Pyjamashorts, die richtig niedlich waren. Das T-Shirt spannte sich mal wieder auf der Höhe ihrer Brust. Er konnte sogar ihre Nippel sehen und nahm sich fest vor, bloß nicht zu starren. Die Tür ging auf, und sie guckte belämmert. Ihre Wangen waren kirschrot, und ihr Blick wirkte müde. Brandon huschte eilig ins Innere und zog die Kapuze vom Kopf.

»Was machst du hier?«, fragte sie.

»Ich wollte nur kurz bei dir vorbeischauen.«

»Bist du bis hierher gelaufen?«

»Ist ja nicht weit.«

»Aber es regnet!«

»Ich war schon unterwegs, als es angefangen hat.« Er zupfte an seinem Kapuzenpulli. Das Ding war richtig nass.

Riley hickste plötzlich.

»Wie viel hast du getrunken?«, fragte er.

»Eine Flasche Wein!« Sie grinste breit.

»Die *ganze* Flasche?!«

»Komm schon hoch und halt die Klappe!« Sie ging voraus, und Brandon guckte auf ihren winzigen Po. Schweigend folgte er ihr die Treppen hinauf in die Wohnung bis in die kleine Küche.

»Ich mach dir einen Tee«, sagte sie und stellte einen Kessel mit Wasser auf den Herd. Brandon zog den nassen Pulli aus, bevor er sich ächzend hinsetzte. Sogar das T-Shirt, das er darunter trug, fühlte sich feucht an.

»Willst du duschen?«, fragte sie unverblümt.

»Ich darf?«

Sie nickte und öffnete dann die Küchenschränke. »Eine heiße Dusche und ein heißer Tee – und die Welt sieht wieder besser aus!«

»Ich dachte, du seist deprimiert.« Er verschränkte die Arme auf dem Tisch. Ein freches Lächeln schlich sich in sein Gesicht. Ihre Shorts waren wirklich niedlich; die Beine waren gerade und ihre Haut makellos.

»Steht dir gut«, rutschte ihm heraus.

»Was?« Sie drehte sich zu ihm um und guckte irritiert.

»Nichts«, nuschelte er verlegen und fuhr sich über die

sehr kurzen Haare.

»Willst du jetzt duschen oder nicht?« Sie stellte die Teepackung auf den Tisch und holte die Milch aus dem Kühlschrank. »Den Tee kannst du auch später trinken.«

»Bin schon unterwegs.« Brandon machte sich auf den Weg.

»Frische Handtücher sind in der Kommode!«, hörte er sie rufen. Er musste zuerst die Badewanne frei räumen, bevor er sich abduschen konnte. Ein Bademantel hing über den Rand. Auf dem Waschtisch lag wie beim letzten Mal eine Haarbürste – worin diesmal zum Glück keine Haare steckten. Sie hatte das Ding gereinigt.

Die Tür ließ sich nicht abschließen. Er traute es Riley zu, dass sie plötzlich den Kopf hereinsteckte, um ihm etwas mitzuteilen, das sie ihm bestimmt auch später hätte sagen können. Dennoch zog er sich aus – zu verstecken hatte er nichts! –, faltete die nassen Sachen zusammen und legte sie auf den Badhocker. Dann stieg er in die Badewanne und zog den Vorhang zu. Er drehte das Wasser auf – als er ein Klopfen vernahm. Kopfschüttelnd wartete er darauf, dass sie hereinstürmte.

»Darf ich reinkommen?«, rief sie, als sie schon im Bad stand.

»Ich bin nackt!«

»Kann ich mir denken! Oder duschst du immer angezogen?« Brandon lachte leise und drehte das Wasser ab.

»Was ist?« Der Vorhang war blickdicht.

»Magst du *Scones* zum Tee? Dann backe ich welche!«

Brandon stutzte. Er schob den Vorhang ein Stück zurück und guckte zu Riley.

»Du musst dir nicht meinetwegen so viel Mühe machen.« Er war nur hergekommen, um zu sehen, wie es ihr ging.

»Kein Ding!« Sie lächelte breit und legte frische Wäsche

auf die Kommode. Als sie nach draußen stürmte, drehte er das Wasser wieder auf und schaute sich um. Im Duschkorb waren ein Shampoo und ein Duschgel. Er öffnete eine der Flaschen und schnüffelte daran. Brandon mochte den Duft. Er passte zu Riley. Aber er passte ganz bestimmt nicht zu ihm. Dennoch bediente er sich an dem Zeug. Brandon ließ sich Zeit und genoss es, wie das heiße Wasser seinen Körper wärmte. Bevor sie noch mal hereinstürmen und ihn fragen konnte, wo er blieb, stieg er endlich aus der Wanne. Schnell trocknete er sich ab und zog das große T-Shirt an, das sie ihm gebracht hatte. Es war rosarot, und ›Girl Power‹ stand in roten Lettern auf Brusthöhe. Auch eine schwarze Jogginghose war dabei. Gehörte die einem ihrer Ex-Freunde? Die Hose passte ihm nämlich genau und war für ihre kurzen Beine viel zu lang.

Als er das Bad verließ, stieg ihm ein herrlicher Duft in die Nase. Sie hatte den Tisch abgeräumt und hübsch gedeckt. Zwei traditionelle Teetassen mit Blumenmuster standen dort.

»Ich wollte eigentlich nur vorbeikommen, um kurz nach dir zu sehen«, sagte er. Riley öffnete das Backrohr und holte die *Scones* daraus hervor.

»Das ist lieb von dir!«

Sie schnitt die Brötchen in zwei Hälften und bestrich sie mit dickem Rahm und Erdbeermarmelade. Zumindest schien sie sich zu freuen, dass er hier war. Gemeinsam setzten sie sich hin und ließen es sich schmecken.

»Das T-Shirt steht dir.« Sie grinste hämisch.

»Mir gefällt's auch«, gab Brandon nüchtern zurück. »Erzählst du mir jetzt, warum du schlecht drauf warst?« Im Moment schien es ihr blendend zu gehen.

»Mein Ex heiratet«, sagte sie mit vollem Mund. »Aber nicht mich!« Sie schluckte. »Dieser blöde Wichser …«

Brandons Kehle entwich ein Lachen, und sofort räusperte er sich, in der Hoffnung, sie hätte es nicht bemerkt. Keinesfalls wollte er unsensibel sein. Er bemühte sich, betroffen zu gucken.

»Netter Versuch!« Sie durchschaute ihn sofort.

»Er ist doch dein Ex, oder? Was kümmert es dich? Liebst du ihn noch?«

»Er sieht bestimmt super in einem Anzug aus ...« Riley guckte verträumt ins Leere. An ihrem Mundwinkel klebte etwas Marmelade. Brandon machte sie darauf aufmerksam. Sofort wischte sie mit dem Finger den Mund sauber und leckte ihn dann ab. Warum starrte Brandon in letzter Zeit ständig auf ihre Lippen?

›Männer mögen mich nicht‹, hatte sie zu ihm gesagt. Riley war anstrengend – trotzdem fühlte er sich erstaunlich wohl, wenn er mit ihr zusammen war.

»Hat *er* Schluss gemacht?«, hakte Brandon nach. Sonst würde sie ihm doch nicht nachweinen! Riley nickte schwach.

»Warum?«

»Weil ich nicht hübsch genug bin!« Sie schob die riesige Brille an der winzigen Nase hoch und nahm einen Schluck Tee. Die Tasse hielt sie mit drei Fingern, wie es der britischen Etikette entsprach.

»So hässlich bist du nun auch wieder nicht!«

Sie guckte böse, und Brandon lachte hell. Aber Riley so zu sehen, wie sie Trübsal blies – er konnte sie nicht ernst nehmen. Setzte es ihr wirklich zu, dass ihr Ex jemand anderen heiratete? An ihrem Äußeren lag es jedenfalls nicht. An die Frisur hatte er sich gewöhnt – und das hübsche Gesicht erkannte er mittlerweile sogar hinter der viel zu großen Brille.

»Und was stimmt mit *dir* nicht?«, meinte sie plötzlich

und schnappte sich das nächste Brötchen. Sie hatte vier gebacken. Er musste sich ranhalten, sonst würde sie noch das dritte verputzen. »Du … siehst gut aus, bist nett, erfolgreich …«, fuhr sie mürrisch fort, ohne ihn anzugucken. Stattdessen starrte sie grimmig auf ihre halb leere Teetasse.

»Hast du dich endlich in mich verknallt?«, witzelte er. Riley trat unterm Tisch gegen sein Schienbein, und Brandon keuchte erschrocken auf.

»Sag schon! Warum will *dich* keine?«

»Wer sagt, dass mich keine will?«, gab er frech zurück. »Die Frauen wollen mich immer heiraten, und dazu habe ich keine Lust.« Er triezte sie nur. Aber es stimmte tatsächlich, dass ihn zwei seiner Ex-Freundinnen vor den Traualtar hatten schleppen wollen. Brandon hatte daraufhin sofort Schluss gemacht. Er war nicht stolz darauf.

»Raus hier! Von solchen Männern habe ich die Nase voll!«, schimpfte sie. Einen kurzen Moment lang wusste er nicht, ob Riley es ernst meinte oder nur herumalberte. »Und so jemand trägt auch noch mein T-Shirt!«, jammerte sie theatralisch. Erneut trat sie nach ihm, aber sie lächelte dabei.

»Geht's dir jetzt besser?«, fragte er.

»Ich hasse Männer wie dich!«, murrte sie. Brandon grinste gequält. »Trink endlich deinen Tee, bevor er kalt wird! Ich bin oben im Schlafzimmer.« Sie stampfte trotzig davon. Kopfschüttelnd schaute Brandon ihr hinterher. Er trank den Tee aus, der richtig gut schmeckte. Dann schnappte er sich Rileys Brötchen, das sie nur zur Hälfte aufgegessen hatte, und folgte ihr die Treppe hoch. Er fand sie im Schneidersitz auf ihrem Bett hockend. Hoch konzentriert arbeitete sie an einem Entwurf. ›Ihr passt ja super zusammen‹, hatte Craig gemeint. Riley und Brandon hatten tatsächlich viel gemeinsam.

»Woran arbeitest du?«, fragte er neugierig. Auf dem Boden lagen etliche Skizzen. Ein genauerer Blick verriet ihm sofort, dass es sich um ein Brautkleid handelte – was ihn nicht überraschen sollte.

»Das ist *mein* Brautkleid!«

»Rutsch mal rüber«, meinte er lässig.

»Du willst unbedingt in mein Bett«, jammerte Riley. Dennoch machte sie sofort Platz, und Brandon gesellte sich zu ihr.

»Lass sehen!« Er beugte sich weit zu ihr hinüber, um auf die Skizze schauen zu können.

»Wie findest du's?«

»Du willst heiraten?«, fragte er dümmlich.

»Alle Frauen wollen heiraten!«

»Du bist aber nicht wie *alle* Frauen ...«

»Was meinst du denn damit?« Sie guckte streng, und Brandon zuckte mit den Schultern. Wenn er mit Riley zusammen war, fühlte es sich fast so an, als würde er mit seinen Kumpels herumhängen.

Gespannt schaute er ihr dabei zu, wie sie gekonnt die Umrisse des Kleides zeichnete. Sie war flink und geschickt. Den DIN-A3-großen Zeichenblock hielt sie gut fest.

»Gefällt mir«, sagte er ehrlich.

»Mein Busen sieht darin richtig toll aus!«

»Das glaube ich dir sofort.«

»Starrst du wieder?« Sie schielte zu ihm hin.

»Worauf?« Er schaute auf die Zeichnung. Das Kleid hatte Träger und einen tiefen Ausschnitt. Riley klimperte mit den Wimpern. Ach, sie meinte ihre Brüste? »Nein! Ich habe nicht gestarrt!« Hatte er wirklich nicht.

»Der Rock wird gigantisch!« Sie widmete sich wieder dem Entwurf. Der Bleistift wetzte übers Papier.

»Brauchst du nicht vorher einen Bräutigam?«, fragte er zögerlich.

»Den finde ich bestimmt!« Riley klang zuversichtlich. »Irgendwann …«, fügte sie leise hinzu.

Brandon ließ sich nach hinten fallen und machte es sich auf dem Bett bequem. Er verschränkte die Arme hinterm Kopf und starrte hoch zur Zimmerdecke. Müde lauschte er den Regentropfen, die gegen die Glastür prallten, und den Geräuschen, die Riley beim Zeichnen verursachte. Tief atmete er ein und aus. Es roch in dieser Wohnung immer so gut! Er konnte gar nicht sagen, wonach. Kurz vergrub er die Nase im Kissen. Auch die Bettwäsche duftete herrlich! Dann schielte er durch die Glastür hinaus auf die Dachterrasse. Der Regen hatte nachgelassen. Riley arbeitete derweil an einer neuen Skizze, und Brandon konnte die Augen kaum mehr offen halten. Wie spät war es? Er musste endlich aufstehen und nach Hause gehen. Aber hier fühlte er sich wohl.

Die Matratze senkte sich plötzlich. Er öffnete die schweren Lider einen Spalt weit. Riley war über ihm.

»Du hast doch nicht vor, in meinem Bett zu schlafen?«, sagte sie. Wie in Trance hob er den Arm und strich ihr die wirren Haare hinters Ohr, was ihm nicht gelingen wollte. Da blieben sie nämlich nicht. Er lachte leise und hielt nun mit beiden Händen ihr Gesicht fest. Der Haarschnitt war nach wie vor fürchterlich!

»Was … machst du da?«, fragte sie leise. Ihre Wangen hatten sich rot verfärbt. Brandon lächelte. Ohne nachzudenken, nahm er ihr die Brille ab. Jetzt guckte sie ihn mit großen Augen an. »Ich kann nichts sehen«, jammerte sie und versuchte, die Brille zu erwischen.

Er zog sie neckisch aus ihrer Reichweite. Sie rangelten miteinander. Und dann fiel Riley auf ihn drauf. Sie versuchte sofort, sich wieder aufzurichten – wobei sie sich an seinem Brustkorb abstützte – und war nun genau über ihm, ihr Gesicht nur wenige Zentimeter von seinem entfernt. Sie duftete gut! Brandon konnte sein Herz geradezu schlagen hören ... Ob es ihr auffiel?

Sie schaute belämmert auf ihn herab. Derweil fixierte Brandon ihre Lippen. Wenn sie nicht endlich von ihm herunterkletterte, würde er sie küssen. Da sie sich nicht rührte und nur unschlüssig guckte, legte er die Hand in ihren Nacken und zog sie näher. Riley wehrte sich nicht. Sollte Brandon es wagen, seine Lippen auf ihre zu legen? Bei einem Kuss würde es bestimmt nicht bleiben, sollte er diese Linie überschreiten. Sie waren ja schon im Bett!

»Was ist?«, meinte sie heiser.

»Darf ich dich küssen?«

»Bist du immer so rücksichtsvoll?«

»Ich bin eben ein Gentle–«

Weiter kam er nicht. Sie presste die Lippen auf seine. Brandon küsste sie gierig zurück. War es wirklich klug, was sie gerade taten? Sein Verstand setzte aus. Während seine eine Hand in ihrem Nacken ruhte, erkundete er mit der anderen ihren Körper. Er spürte ihren weichen Busen, den sie gegen seinen Brustkorb presste. Riley zog sich plötzlich zurück – und Brandons Herz raste! Wollte sie einen Rückzieher machen? Bloß nicht!

»Ich dachte, du stehst nicht auf mich«, meinte sie frech.

»Du hast mich zuerst geküsst!«

»Stimmt!« Sie lächelte.

Brandon hob den Kopf, um erneut ihre Lippen zu erreichen. Kurz schielte er auf ihre Brüste. Er wollte sie nackt sehen. Unbedingt.

Riley küsste ihn wieder. Ihre Lippen waren wunderbar weich und warm. Als sie ihn sogar mit Zunge küsste, war

Brandon klar, dass es nun kein Zurück mehr gab.

»Tun wir's jetzt wirklich?«, fragte er zwischen einem Kuss und dem nächsten. Er konnte es nicht glauben!

»Redest du immer so viel? Sonst bist du doch stumm wie ein Fisch«, nörgelte sie.

»Ich bin doch nicht stum-«

Sie schloss erneut seine Lippen mit ihren. Gleichzeitig wühlten sich ihre Hände unter sein T-Shirt. Riley ging ja ran, nur leider ...

»Hör auf, hör auf!« Brandon versuchte ihre Hände wegzuschieben. Er lachte und kriegte sich gar nicht mehr ein!

»Du bist kitzlig? Im Ernst?« Sie setzte sich auf und hockte nun auf seinem Schoß. Ihr schelmisches Grinsen verhieß nichts Gutes!

»Nicht!«, sagte Brandon und behielt ihre Hände gut im Blick. »Lass das! Hörst du?«

»Was soll ich lassen?« Sie hatte seine Schwachstelle entdeckt, und das schien ihr tierisch zu gefallen! Brandon atmete schwer. Leider war Riley ziemlich hinterhältig. Sie kitzelte ihn absichtlich. Brandon krümmte sich unter ihr, bis er schließlich ihre Hände zu fassen kriegte, sie überwältigte – und auf dem Bett festnagelte.

Riley lachte ihm frech ins Gesicht, während er über ihr war. Auch sie atmete schwer. Brandon umklammerte ihre Handgelenke. Es war an der Zeit, sie loszulassen. Riley konnte sich nicht befreien. Sie versuchte es auch gar nicht. Er war viel stärker als sie. Ihr Brustkorb hob und senkte sich. Wieder starrte er auf ihren Busen. Eigentlich waren ihre Brüste gar nicht so groß. Dieser Eindruck entstand nur, da sie ansonsten so zierlich war. Ihre Hüften waren schmal, die Schultern auch – und diese schmächtigen Arme ...!

Brandon ließ sie los. Keinesfalls wollte er ihr wehtun.

»Und jetzt?«, fragte sie herausfordernd.

Eilig zog er das rosafarbene T-Shirt aus, das seine Männlichkeit infrage stellte. »Jetzt bist du dran.«

»Dran? Womit?«, gab sie frech zurück, während sie seinen nackten Oberkörper mit hochgezogenen Augenbrauen inspizierte. Gefiel ihr, was sie sah?

»Ich mag dich«, sagte er unverblümt. Ihr Gesicht lief knallrot an.

»Bringst du so die Frauen dazu, sich auszuziehen?«

»Funktioniert es?«

»Ich mach ja schon!«, flötete sie. Ihre Wangen glühten immer noch. Sie richtete sich etwas auf, überkreuzte ihre Arme und zog das T-Shirt über den Kopf. Dann legte sie sich wieder entspannt zurück und schaute selbstbewusst zu ihm hoch. Brandons Blick wanderte sofort tiefer. Sie trug keinen BH, schließlich war sie schon bettfertig gewesen, als er vorhin gekommen war.

»Männer«, meinte sie grinsend, da sie natürlich bemerkte, was seine Aufmerksamkeit erregte. Brandon lächelte schief. Welcher Kerl würde nicht auf *diesen* Busen starren? Die Form war perfekt, die Haut makellos, die Brustwarzen niedlich. Brandons Herz pochte. Er wollte ihre Brust anfassen – ohne dass es zu plump rüberkam.

»Bist du plötzlich schüchtern?«, fragte sie. Er schaute wieder hoch. Ausgiebig betrachtete er ihr hübsches Gesicht. »Willst du nur starren oder auch anfassen?«, hauchte sie verführerisch.

Brandon hielt sich nicht länger zurück. Er beugte sich zu ihr herunter und küsste sie. Zuerst auf den Mund, dann auf die Wange; er küsste ihren Hals, ihre Schulter und traute sich auch endlich, ihre wunderbar weichen Brüste zu streicheln – und zu küssen. Riley seufzte leise. Es war Musik in seinen Ohren! Wollte sie es genauso sehr wie er?

Denn Brandon wollte sie *unbedingt*. Er wollte sie verwöhnen und zärtlich zu ihr sein.

Sie küssten sich wieder auf den Mund. Er konnte von ihren süßen Lippen nicht genug kriegen. Als sie sich voneinander lösten, lächelte sie glücklich. Riley war alles andere als schüchtern. Vielleicht fühlte er sich deswegen so sehr zu ihr hingezogen? Liebevoll strich er ihr das Haar aus der Stirn. Er hatte große Lust, über sie herzufallen. Ihren ganzen Körper einzunehmen. Ihre Hände machten sich an seinem Hosenbund zu schaffen, während Brandon versuchte, ihr die niedlichen Shorts auszuziehen. Riley lachte. Ihre Augen strahlten! Sie hatte eindeutig Spaß. Wahrscheinlich hatte er sich noch nie in seinem Leben so schnell seiner Anziehsachen entledigt. In kurzer Zeit waren sie beide splitterfasernackt, küssten sich eng umschlungen – und holten zwischendurch Luft, wie zwei Ertrinkende, die sich an die Wasseroberfläche kämpften. Brandon fühlte sich wie im Rausch. Riley zog ihre Knie an, und nun lag er zwischen ihren geöffneten Beinen. Er konnte es kaum erwarten ...

14

Riley stand unter der Dusche und konnte noch immer nicht glauben, was gestern Nacht passiert war.

Sie hatte mit Brandon geschlafen.

Es fühlte sich an wie ein Traum. Ein echt heißer Traum! Während sie sich jedes Detail dieser Nacht wieder ins Gedächtnis rief, glühten ihre Wangen, und sie fühlte sich hibbelig. Gleich zweimal hintereinander hatten sie es getan. Wäre Riley nicht eingeschlafen, hätte Brandon vielleicht noch Puste für ein drittes Mal gehabt. Er war unersättlich gewesen. Wie er sie geküsst und wie er sie angefasst hatte …! Riley war es nicht gewöhnt, dass ein Mann dermaßen über sie herfiel. Stand er wirklich auf sie, oder hatte er nur Dampf ablassen wollen? Angefühlt hatte es sich jedenfalls, als wäre er ganz verrückt nach ihr …! Riley schaltete kaltes Wasser hinzu. Es fröstelte sie zwar am ganzen Körper, aber die schmutzigen Gedanken hatte sie fürs Erste erfolgreich vertrieben.

Sie hatte noch nicht mal Frühstück gemacht. Eigentlich hatte sie heute nach Kinsale fahren wollen – sie hatte es ihrer Mom doch versprochen! Vorher musste sie aber noch ihre Wohnung und das Nähzimmer aufräumen.

Schnell stieg sie aus der Wanne und trocknete sich ab – bevor Brandon noch abhauen konnte, ohne dass sie es mitkriegte! Sie traute ihm zu, dass er sich klammheimlich aus dem Staub machte. Er schien jemand zu sein, der unangenehmen Situationen lieber aus dem Weg ging.

Vielleicht bereute er es bereits, mit ihr geschlafen zu haben? Gut möglich, dass er sie plötzlich nicht mehr so toll fand wie gestern Abend?

Riley war an Enttäuschungen gewöhnt. Bevor sie noch schlechte Laune bekam, zog sie rasch frische Unterwäsche an, schlüpfte in bequeme Shorts und ein T-Shirt. Sollte er es tatsächlich wagen, sie abzuservieren, würde sie ihm in den Arsch treten, ihm die Pest an den Hals wünschen – und dann heulen! In dieser Reihenfolge.

Seufzend schaute sie in den Spiegel. Das nasse Haar ließ sie an der Luft trocknen. Mit den Locken sah die Frisur besser aus, als wenn sie die Strähnen zu glätten versuchte, was ihr ohnehin nie gelang. Brandons Kapuzenpulli und seine Jeans lagen auf dem Badhocker. Perfekt zusammengefaltet. War er der pedantische Typ? Sie wusste so wenig über ihn. Seine Klamotten waren immer sauber und faltenfrei. Auch waren sie vermutlich teuer gewesen. Riley guckte auf das Schildchen, das innen am Kragen eingenäht war. Der Hoodie war von *Off-White?* Da konnte Riley mit ihren Billigjeans nicht mithalten. Hätte sie die nassen Sachen gestern Abend waschen sollen? Sie fühlten sich feucht an. Riley spazierte damit zurück ins Wohnzimmer und guckte zur offenen Treppe, die hoch in ihr Schlafzimmer führte. Gespannt lauschte sie in die Stille. Sie hörte rein gar nichts! Er lag doch noch in ihrem Bett? Riley zögerte kurz, bevor sie hoch in ihr Schlafzimmer ging, um nachzuschauen, ob er über die Dachterrasse abgehauen war und sich wie Spiderman von einem Gebäude zum anderen hangelte. Viel wahrscheinlicher war hingegen, dass er sich heimlich zur Tür hinausgeschlichen hatte, während Riley im Bad gewesen war. Grimmig nahm sie eine Stufe nach der anderen in Angriff. Lief er wirklich mit einem rosa T-Shirt, auf dem ›Girl Power‹ stand, durch die

Straßen von Cork City? Die Vorstellung zauberte ihr ein zufriedenes Grinsen ins Gesicht.

Aber Brandon war nicht abgehauen. Zu ihrer großen Überraschung schlief er tief und fest. Riley schmiss seine Anziehsachen aufs Bett, dann stemmte sie die Arme in die Hüften und schnaubte ungläubig. Wie sollte sie ihn wach kriegen? Oder tat er nur, als ob er schlafen würde? Sie hatte keine Ahnung, was in ihm vorging. Waren sie jetzt ein Paar? Oder würde sie ihn nach dieser Nacht nie wieder sehen?

Riley zupfte an der Bettdecke. Zuerst zerrte sie nur ein wenig daran, dann versuchte sie mit einem Ruck das Ding von seinem Körper zu ziehen. Brandon bewegte sich im letzten Moment und krallte sich an der Decke fest.

»Hey …« Er blinzelte verschlafen.

»Aufstehen! Die Sonne scheint!«, rief sie fröhlich. Das Zimmer wurde von Licht geflutet.

»Es ist Samstag …«, brummte er. Riley stutzte. War er einfach nur einer, der morgens nicht aus den Federn kam? Sie hatte sich umsonst Sorgen gemacht. Das war nun schon das zweite Mal, dass er bei ihr übernachtet hatte. Auch beim ersten Mal hatte es lange gedauert, bis er ansprechbar gewesen war.

Wieder zog sie an der Bettdecke.

»Was machst du da? Ich bin nackt …«

»Bist du etwa schüchtern?«, witzelte sie. »Ich habe gestern *alles* gesehen!« Er schielte zu ihr hoch.

»Riley …«, murrte er und klang, als läge er auf seinem Sterbebett. Ihr Herz machte dennoch einen kleinen Sprung. Sie liebte es, wenn er ihren Namen sagte.

»Wie spät ist es?«, wollte er wissen.

»Acht Uhr! Ich habe Kaffee gemacht. Zieh dich an und komm runter.«

»Okay … Mache ich gleich …«

Riley stieg kopfschüttelnd die Treppen hinab – wobei sie sich ein Grinsen nicht verkneifen konnte – und bereitete das Frühstück vor. Vorerst räumte sie den Küchentisch ab. Dann setzte sie Kaffee auf. Zum Glück hatte sie noch zwei Eier im Kühlschrank, Speck und Bohnen. Sie hatte den Tisch bereits hübsch gedeckt, als Brandon sich noch immer nicht blicken ließ. Geräuschvoll machte sich Riley erneut auf den Weg zu ihrem Übernachtungsgast. Er lag da wie tot. Seufzend kletterte Riley aufs Bett und hüpfte auf und ab, wie früher, als sie noch ein Kind gewesen war und mit ihren Freundinnen eine Pyjamaparty veranstaltet hatte. Sie schnappte sich sogar ein Kissen und verprügelte ihn damit. Brandon fuhr erschrocken hoch, woraufhin Riley sich auf die Knie fallen ließ. Nun hockte sie neben ihm, das Kissen im Schoß.

»Wie lange willst du noch schlafen?«, jammerte sie. Brandon reagierte nicht. Riley drehte ihm den Rücken zu und wollte vom Bett aufstehen – sie musste sich eine neue Strategie überlegen –, als er überraschend von hinten seine Arme um sie schlang. Riley kreischte, strampelte – und lachte. Plötzlich küsste er ihren Nacken. Ihre Haut kribbelte, dort wo seine Lippen sie verwöhnten. Er küsste sie noch mal.

»Lass mich los«, quengelte sie. »Ich habe Frühstück gemacht. Der Kaffee wird kalt!« Er hörte nicht zu und knabberte stattdessen an ihrem Ohrläppchen. Riley kicherte unkontrolliert drauflos. Schließlich boxte sie ihren Ellenbogen sanft nach hinten gegen seinen Brustkorb, um sich aus seinem Griff zu befreien. Brandon ächzte und stöhnte.

»Komm schon!«, befahl sie, nachdem es ihr gelungen war, sich loszureißen. »Zieh dich an!«

»Okay, Boss«, brummte er, legte sich wieder hin und

warf die Bettdecke über den Kopf. Riley stand mit offenem Mund neben dem Bett. Hatte er vor, bis Mittag zu schlafen?

»Ich ruf die Polizei, wenn du nicht in zehn Minuten unten am Tisch sitzt!«, sagte sie streng.

Er lugte unter der Bettdecke hervor. »Die Polizei?«, meinte er amüsiert. »Und was sagst du denen?«

»Dass mein One-Night-Stand so tut, als würde er bei mir wohnen!« Das hatte gesessen. Brandon zog die Bettdecke tiefer, bis unters Kinn. Nun konnte sie sein schiefes Grinsen sehen.

»Ich bin also dein One-Night-Stand?« Riley schwieg. »Schon gut! Ich bin wach!« Er schwang die Beine aus dem Bett. »Willst du mir beim Anziehen zusehen?«

Kopfschüttelnd ging Riley wieder die Treppen hinab. Fünf Minuten später tauchte Brandon endlich auf. Er trug seine Jeans und nicht die Jogginghose, die Riley am Wühltisch gekauft hatte, ohne zu merken, dass es sich um ein Männermodell gehandelt hatte. Die Jeans kombinierte er mit Rileys *Girl-Power*-T-Shirt.

»Rosa steht dir großartig«, witzelte sie.

»Das Ding riecht nach dir«, gab er zurück. Riley spürte, wie ihre Wangen glühten. »Deswegen mag ich es!«

Ächzend nahm er am Küchentisch Platz und schaute gespannt zu Riley, die ihm Kaffee einschenkte.

»Du bist eine gute Freundin«, sagte er anerkennend.

»Hör ich nicht zum ersten Mal von dir!«

»Weil es wahr ist. Toller Sex, tolles Frühstück – was will Mann mehr?« Brandon grinste breit. Tatsächlich wirkte er glücklich und zufrieden. Auch wenn er so aussah, als würde er gleich wieder einschlafen.

»Bin ich jetzt deine Freundin?«

»Willst du meine Freundin sein?«, fragte er beiläufig und kostete von den Bohnen und dem Brot. Die Kaffeetasse lief über, und Riley entschuldigte sich sofort. Brandon grinste hämisch. »Bringe ich dich durcheinander?«

Sie holte schnell einen Lappen und wollte sauber machen, als er sie davon abhielt. »Ich mach das schon. Setz dich hin!«

Riley sank bedröppelt auf den Stuhl, während Brandon die Sauerei aufwischte.

Plötzlich klingelte ihr Telefon. Sicher war es ihre Mom, die ihr morgens immer eine Nachricht schickte. Sie öffnete den Chat und las: *Schau nur zurück, um zu sehen, wie weit du gekommen bist.* Riley lächelte. Ihre Mutter hatte sie immer unterstützt und nie zurückgehalten. Sie wollte ihr antworten, als das Telefon klingelte.

»Tut mir leid ... Ich muss kurz ...«, sagte Riley und hielt das Handy ans Ohr. »Hi Mom!«, rief sie daraufhin fröhlich.

»Du kommst doch heute?«

»Klar! Ich habe es dir versprochen! Ich fahre gleich nach dem Mittagessen los!« Riley hielt ihre Versprechen in der Regel.

»Komm doch früher! Ich koche für uns was Leckeres.«

»Ich weiß nicht, ob ich das schaffe, Mom ...«

»Guten Morgen, Mrs O'Connor!«, rief Brandon dazwischen. Riley verschlug es die Sprache. Zahlte er es ihr jetzt heim? Ihre Mutter würde bestimmt glauben, dass sie eine Affäre mit ihm hatte! Warum sonst war er frühmorgens in ihrer Wohnung. Zum zweiten Mal.

»Ist das Brandon?«, hakte ihre Mom sofort nach.

»Ja ...«

»Hat er wieder bei dir übernachtet?«

»Können wir später telefonieren? Ich habe im Moment keine Zeit.«

»Dieser Brandon ist mir nicht geheuer!«

»Lieb dich, Mom!« Sie legte auf.

»Ich bin ihr nicht geheuer?« Brandon lachte. Rileys Mutter hatte eine sehr laute Stimme, weswegen er das Gespräch problemlos hatte mit anhören können. Das Herz schlug ihr bis zum Hals.

»Schämst du dich für mich?«, witzelte Brandon.

»Was?!«

»Deine Mom will doch nicht, dass du mit glatzköpfigen Männern ausgehst!«

»Du bist nicht mehr glatzköpfig.« Riley grinste breit. »Ich fahre in zwei Stunden nach Kinsale. Willst du mitkommen? Dann kannst du meine Mom kennenlernen«, meinte sie herausfordernd.

»Bloß nicht!«

»Warum nicht?«

»Reicht doch, wenn ich meinen Vater beeindrucken muss! Ich bin kein Vorzeigeschwiegersohn.«

Hatte er ›Schwiegersohn‹ gesagt? Riley nahm einen Schluck Kaffee, bevor sie noch am Toast erstickte, weil sie vergaß, richtig zu kauen.

»Alles in Ordnung?«, fragte er.

»Mir geht's gut.« Rileys Stimme war nur ein Krächzen.

»Ich muss am Wochenende Arbeit nachholen. Ich habe keine Zeit für einen Trip nach Kinsale.«

Sie wurde nicht schlau aus ihm! Das Frühstück schien ihm zu schmecken. Den Orangensaft hatte er bereits ausgetrunken und das Spiegelei aufgegessen; die Kaffeetasse war fast leer. Riley starrte ihn an, bis es ihm auffiel. Dann guckte sie schnell weg.

»Was ist los?« Seine Stimme klang erstaunlich sanft.

»Du ... magst mich!«, verkündete sie siegessicher.

»Wow ... Dir entgeht auch gar nichts?«

»Du magst mich wirklich?« Riley konnte es nicht fassen.

»Klar!«

»Warum?« Sie guckte misstrauisch.

»Darf ich dich nicht mögen?«

»Du führst doch was im Schilde!«

»Was denn?«

»Du bist nur scharf auf mein Frühstück! Und du liegst gerne in meinem Bett!« Riley deutete mit ihrem Finger anklagend auf ihn.

»Stimmt. Das Frühstück ist lecker, und das Bett ist super bequem!« Er trank den Kaffee aus und hielt ihr nun die Tasse hin. »Kannst du mir nachschenken?« Sein breites Lächeln war umwerfend.

»Schenk dir selbst nach!«, meinte sie trotzig.

»Okay!« Nichts schien seine gute Laune zu trüben.

Riley beobachtete ihn, wie er zur Kaffeemaschine trabte. Es fühlte sich an, als würden sie sich schon ewig kennen – dabei wusste sie nach wie vor kaum etwas über ihn.

»Was ist?« Er hatte bemerkt, dass sie ihn anstarrte.

»Du bist ziemlich gut im Bett«, rutschte es ihr heraus. Als Liebhaber war er klasse! Brandon verschluckte sich am Kaffee und kleckerte sogar das T-Shirt voll. Riley grinste zufrieden.

»Danke für das Kompliment«, meinte er förmlich, nachdem er sich wieder gefangen hatte.

»Gern geschehen!«

Sie schaute aufs Handy. Es war schon fast neun. Riley musste endlich aufräumen und dann ein paar Sachen packen. Sie freute sich auf Kinsale. Brandon versuchte derweil, sein T-Shirt sauber zu kriegen. Danach spülte er die Tasse ab.

»Fährst du tatsächlich zu deiner Mutter?«, fragte er beiläufig.

»Ja. Sie beschwert sich seit Wochen, dass ich nie nach Hause komme.«

Brandon setzte sich wieder zu ihr.

»Und du willst mich wirklich deiner Mom vorstellen?«, hakte er nach. Ausnahmsweise lächelte er nicht. Sein ernster Gesichtsausdruck verunsicherte sie.

»Das hängt davon ab, ob wir uns noch mal wiedersehen«, begann sie zögerlich.

Sein Blick war seltsam. »Warum sollten wir uns nicht wiedersehen?«

»Also magst du mich wirklich?«

»Echt jetzt?« Er guckte sie an, als würde er glauben, sie wäre schwer von Begriff. »Warum denkst du, habe ich mit dir geschlafen?«

Riley schaute trotzig. Mit beiden Händen umklammerte sie die Kaffeetasse. Wenn sie mit jemandem ausging, dann überlegte sie sich das immer sehr gut. Sie fand Brandon großartig. Warum zögerte sie dann? Jemand wie Brandon würde sie bestimmt nicht heiraten – und Riley suchte doch einen Mann zum Heiraten.

»Wow ... Du servierst mich ab«, sagte er plötzlich und bemühte sich, betroffen zu gucken. »Ich geh dann lieber!«, meinte er theatralisch, stand auf und peilte das Wohnzimmer an. Riley folgte ihm. Sie umarmte ihn von hinten, aber Brandon ging einfach weiter. Also hängte Riley sich an ihn dran. Sie stolperte hinter ihm her, ohne ihn loszulassen, und schmiegte ihr Gesicht an seinen Rücken.

»Habe ich jetzt deine Gefühle verletzt?«, nuschelte sie.

»Hast du!«, gab er zurück. Riley grinste breit. Natürlich meinte er es nicht ernst. Brandon hatte die Couch erreicht, wo er seine Anziehsachen hingelegt hatte. Er versuchte nun, das T-Shirt auszuziehen, was ihm nicht gelang, da Riley die Arme fest um ihn schlang.

»Sag mal ... Jetzt im Ernst: Was gefällt dir nicht an mir?« Sie ließ ihn los. Brandon zog sich aus und drehte sich um.

Nun war Riley mit seinem nackten Oberkörper konfrontiert. Er sah zum Anbeißen aus!

»Du machst doch mit deinen Freundinnen immer Schluss. Mit mir haben schon so viele Männer Schluss gemacht … Mir reicht's. Noch einmal pack ich das nicht.« Sie blinzelte rasch die Tränen weg. Riley war es leid, ständig abserviert zu werden. Stoisch starrte sie geradeaus. »Du hast da ein Muttermal.« Sie pikste seine Schulter. Einmal. Zweimal.

»Autsch!« Sie bohrte ihren Finger noch tiefer in seine Haut. Mit Brandon hatte sie Spaß. »Hör auf damit«, jammerte er. Riley lächelte breit, bevor sie die gerötete Stelle zärtlich küsste. Panisch machte er einen Satz zurück, als hätte er einen elektrischen Schlag gekriegt. Riley kicherte vergnügt. Rasch zog er sein eigenes T-Shirt an. Der *Off-White*-Kapuzenpulli folgte.

»Ich muss nach Hause! Eine kalte Dusche habe ich jetzt dringend nötig.«

»Ging mir heute Morgen genauso!«, gab Riley zu.

Er lächelte siegessicher. »Der Sex war wirklich gut …«

»Super gut!« Sie schlang die Arme um seine Taille, legte den Kopf in den Nacken und grinste frech. »Tun wir's noch mal? Gleich hier?« Sie guckte zur Couch. Brandon befreite sich mit sanfter Gewalt aus ihrem Griff.

»Ich sollte wirklich lieber nach Hause gehen.«

»Wer serviert hier wen ab?«, fragte Riley. Plötzlich nahm er ihr Gesicht in beide Hände – das tat er ständig, und sie *liebte* es! Dann gab er ihr einen süßen Kuss auf den Mund.

»Wir sehen uns – und danke fürs Frühstück!« Mit diesen Worten machte er sich aus dem Staub. Riley schaute ihm kopfschüttelnd hinterher, während er aus der Wohnungstür stürmte. Er hatte es wirklich eilig!

Sie ging in die Küche und spülte das schmutzige Geschirr

ab. Dann packte sie ein paar Sachen ein, die sie brauchen würde, wenn sie das Wochenende bei ihrer Mom verbrachte.

Das Handy klingelte. Natürlich war ihre Mutter dran.

»Ich bin unterwegs!«, rief Riley. »Habe meine Tasche schon gepackt. In einer Stunde bin ich bei dir!«

»Ich freu mich so sehr, Schatz!«

Sie stellte das Handy auf Lautsprecher und unterhielt sich mit ihrer Mutter über Belanglosigkeiten, während sie die Autoschlüssel suchte, das Licht ausmachte und aus der Wohnung stürmte.

Riley war so glücklich wie schon lange nicht mehr. Dabei hatte sie gestern noch Trübsal geblasen. Aber die Nacht mit Brandon hatte es wirklich in sich gehabt!

15

Brandon beschäftigte sich mit seiner Aufgabenliste. Er hatte in den letzten Tagen eine Menge Arbeit nachgeholt und konnte mit sich zufrieden sein. Kurz schaute er auf die Uhrzeit am Computerbildschirm. Sollte er heute früher Feierabend machen und ins *The Loophole* gehen? Ein *Guinness* hatte er sich verdient. Oder zwei.

Das Tischtelefon läutete. Brandon guckte auf die Nummer und schluckte schwer. Sein Vater war dran. Was wollte er von ihm? Sicher hatte es mit der Arbeit zu tun.

Seufzend hob Brandon ab.

»Ja?«, murrte er.

»Du kennst doch Stephen Brockman«, fiel sein Vater mit der Tür ins Haus. Seit er Brandon mitgeteilt hatte, dass er Geschäftsmeetings von nun an fernbleiben sollte, hatten sie nicht mehr miteinander gesprochen.

»Dein langjähriger Freund?« Die beiden spielten zusammen Golf auf dem *Old Head of Kinsale*. Sein Vater war gerne draußen im Freien, beim Billardspielen musste man sich in geschlossenen Räumen aufhalten. Das sagte ihm nicht zu.

»Seine Tochter ist in meinem Büro und will mit dir sprechen. Beeil dich!« Dann beendete er das Gespräch. Brandon schaute verdutzt auf den Telefonhörer, bevor er auflegte.

Eine Frau wollte mit ihm sprechen?

Verwundert stand er von seinem Schreibtisch auf und ging die Treppen hoch bis ins anliegende Gebäude. Er fuhr ausnahmsweise mit dem Fahrstuhl. Das Hemd steckte er unterwegs hinter die Hose. Im Aufzugspiegel betrachtete er sich kritisch. Schnell zupfte er am Kragen und schloss den obersten Knopf. Er sah ganz okay aus. Keineswegs wollte er seinen Vater verärgern, weil er schlecht angezogen war. Auch die Glatze war verschwunden. Sein Haar war nachgewachsen, fast einen Zentimeter lang war es mittlerweile. Brandon sah frisch und erholt aus – was ihn sehr verwunderte. Schließlich hatte er in letzter Zeit viel zu viel gearbeitet und kaum geschlafen.

Der Aufzug hielt, die Türen öffneten sich. Brandon ging schnurstracks ins Büro seines Vaters. Unterwegs grüßte er jeden freundlich, der ihm begegnete. Die Tür war geschlossen. Zögerlich klopfte er an.

»Komm rein!«, dröhnte es von drinnen. Brandon hasste diese Förmlichkeiten. Seine Bürotür war immer offen. Jeder durfte rein- und rausgehen, wie es ihm beliebte. Überhaupt missfiel ihm die Atmosphäre in der Chefetage.

Seufzend trat er ein und schloss sofort die Tür hinter sich. Überrascht stellte er fest, dass sein Vater nicht wie sonst hinter dem Schreibtisch saß, sondern auf dem schwarzen Ledersofa Platz genommen hatte. Eine junge hübsche Frau saß ihm gegenüber. Sie hatte die langen Beine übereinandergeschlagen und die Finger im Schoß verschränkt. Ihr Blick war auf Brandon gerichtet – und ihr Lächeln war umwerfend! Die blonden Locken waren perfekt gestylt, und das dezente Make-up brachte die blauen Augen und vollen Lippen optimal zur Geltung.

»Brandon, das ist Sophia!«, sagte sein Vater. Die Frau stand auf und reichte ihm sofort die Hand. Brandon machte einen Schritt vorwärts und erwiderte ihre Begrüßung. Sie trug einen stylischen pflaumenfarbenen Blazer zum kurzen Rock. Die Beine waren genauso umwerfend wie ihr

Lächeln. So eine hübsche Frau begegnete ihm nicht alle Tage!

»Setz dich!«, ordnete sein Vater an. Brandon mochte es nicht, wenn sein Dad ihn zu etwas aufforderte, da es sich immer wie ein Befehl anhörte – dennoch nahm er neben Sophia Platz.

»Ich möchte meinem Vater zum sechzigsten Geburtstag gerne ein ganz besonderes Geschenk machen!«, verkündete sie enthusiastisch.

»Sophia dachte an einen Snookertisch. Stephen konnte dem klassischen Acht-Ball-Spiel nie viel abgewinnen!« Sein Vater lachte hölzern.

»Ich möchte etwas ganz Spezielles«, fuhr sie fort. »Der Platz reicht für einen Zehn-Fuß-Tisch.«

»Bis wann soll er fertig werden?«, fragte Brandon.

»Mein Dad hat in einem Monat Geburtstag.«

Panisch schaute er zu seinem Vater. Eine Sonderanfertigung dieser Größenordnung konnten sie in der kurzen Zeit nicht fertigstellen.

»Das schaffen wir bestimmt, nicht wahr?«, sagte sein Vater lapidar. Brandon verzog das Gesicht. Mürrisch stand er auf, woraufhin sein Dad ihn misstrauisch beäugte. Fürchtete er, Brandon würde ihm eine Szene machen?

»Hast du kurz Zeit, in mein Büro zu kommen? Wir sollten uns dort weiter unterhalten«, sagte er stattdessen ruhig an Sophia gewandt.

»Sicher!« Sie lächelte glücklich und stand auf. Höflich verabschiedete sie sich von seinem Vater. Brandon nickte ihm nur kurz zu. Gemeinsam gingen sie zum Aufzug. Sie trug hohe Schuhe und war deshalb fast genauso groß wie er.

»Ich kann dir verschiedene Designs zeigen, damit ich weiß, was dir ungefähr vorschwebt«, sagte er unterwegs.

Sie erreichten die Werkhalle und spazierten an den vielen Billardtischen vorbei. Sophia inspizierte alles gespannt. Mark blickte von der Arbeit auf, als Brandon und seine Begleitung auf ihn zukamen. Sie lächelte jeden freundlich an, und schließlich erreichten sie sein Büro. Wie immer hatte er nicht aufgeräumt. Normalerweise war er auf ein Gespräch mit einem neuen Kunden besser vorbereitet.

Schnell suchte er nach einem der Kataloge, worin die vielen Modelle enthalten waren, die die *Walsh Company* produzierte. Sophia holte derweil aus der großen Handtasche ein iPad hervor und zeigte ihm ein Foto von einem geräumigen Esszimmer mit einem langen Tisch, der für acht Leute Platz bot.

»Kannst du mir die Fotos schicken?«, fragte er. Im nächsten Moment erschienen die Bilder auf seinem Computer per AirDrop. Brandon klickte darauf und betrachtete sich die Fotos auf seinem Vierundzwanzig-Zoll-Bildschirm.

»Du willst also einen Billardtisch, der auch als Esstisch fungiert?« Sophia nickte. Solche Modelle stellten sie selten her. Brandon schaute sich das Zimmer genauer an. Im Hintergrund konnte er die Küche erkennen. Ein traditioneller Tisch aus Massivholz mit prunkvollen Füßen passte nicht zur modernen Einrichtung. Zudem sollte der Billardtisch auf den ersten Blick nicht als solcher erkennbar sein.

»Mein Dad fährt übers Wochenende geschäftlich ins Ausland. Wenn du Zeit hast, kannst du dir die Räumlichkeiten anschauen«, schlug sie vor.

»Perfekt!« Er würde dann den Raum ausmessen und den Einrichtungsstil genauer studieren können. Die Fotos waren zwar hilfreich, aber Brandon machte sich immer lieber vor Ort selbst ein Bild.

Vorerst blätterte er in einem der Kataloge und zeigte Sophia zwei verschiedene Modelle. Sie hatte die Wahl zwischen einem Roll-Over-Modell, bei welchem die Tischplatte über einen speziellen Mechanismus einfach umgedreht werden konnte, oder einem Modell, bei welchem der Billardtisch mit drei Holzplatten abgedeckt wurde und so als Esstisch verwendet werden konnte. Sophia sagte die zweite Variante besser zu. Sie unterhielten sich noch eine Weile, bis Brandon eine sehr genaue Vorstellung davon hatte, was ihr gefiel und was nicht. Schließlich verabschiedete sie sich mit einem strahlenden Lächeln, und Brandon sagte, er würde sich so schnell wie möglich wieder bei ihr melden.

Kaum dass sie sein Büro verlassen hatte, wählte er die Nummer seines Vaters. Niemand hob ab. Genervt rieb er sich den Nacken und ließ es zehnmal klingeln, bis er aufgab. Wahrscheinlich war sein Vater bereits nach Hause gegangen. Also rief Brandon ihn am Handy an. Dort meldete er sich sofort.

»Dad! Wie stellst du dir das vor? Ich muss noch an anderen Aufträgen arbeiten. In vier Wochen kriegen wir so einen Tisch nicht hin.« Selbst wenn er das Design in wenigen Tagen erstellte, musste er die Lieferzeiten der Materialien berücksichtigen.

»Stephen feiert nur einmal im Leben seinen sechzigsten Geburtstag.«

»Dann hätte sich seine Tochter früher um ein Geschenk kümmern müssen!«

»Du kriegst das hin«, meinte sein Vater kühl.

»Sag mal, machst du das mit Absicht?!« Brandon platzte der Kragen. Er stritt mit seinem Vater nie. Meist wechselten sie nur wenige Worte miteinander und versuchten jedes Gespräch möglichst kurz zu halten. »Willst du unbedingt, dass ich versage? Du bürdest mir immer mehr Arbeit auf! Das würde doch keiner hinkriegen.«

Sein Vater schwieg am anderen Ende der Leitung, und Brandon bereute es, die Nerven verloren zu haben.

»Ich weiß, dass du das schaffst. Oder habe ich etwa unrecht?«, donnerte sein Vater plötzlich. Brandon biss die Zähne zusammen, während der Zorn in ihm aufloderte. »Du hast noch immer alles hingekriegt! Warum sollte ich annehmen, dass du es diesmal nicht hinkriegst?« Brandon stutzte. »Zeig mir das Design, wenn es fertig ist.«

Sein Dad legte auf. Einfach so.

Er sollte ihm das Design zeigen? Brandons Vater war kein kreativer Kopf. Aber er wusste, wie man erfolgreich ein Unternehmen führte. Die *Walsh Company* hatte er von seinem Onkel übernommen, obwohl er sich für Billardtische nie interessiert hatte.

Nur schwer widerstand Brandon dem Drang, mit dem Telefonhörer auf den Tisch zu hämmern. Er musste irgendwie seinem Ärger Luft machen. Die letzten Wochen hatte er ohne Pause gearbeitet. Eigentlich hatte er gehofft, sich heute mit Riley im *The Loophole* zu treffen. Sie hatten sich nicht mehr gesehen, seit sie miteinander geschlafen hatten. Auch Riley war viel beschäftigt.

Mark streckte plötzlich den Kopf zur Tür herein.

»Wer war das denn?« Er pfiff anerkennend.

»Wen meinst du?« Brandon würde in den nächsten Tagen wieder kaum Zeit zum Schlafen haben.

»Wen wohl? Diese heiße Braut, die vor zehn Minuten aus deinem Büro gerauscht ist!«

Brandon hob den Kopf.

»Die Tochter des Freundes meines Vaters«, erklärte er seufzend.

»Was für eine hübsche Frau!«

»Wenn Amy das hören würde!« Brandon lachte lauthals und lehnte sich entspannt im Bürosessel zurück. »Ich dachte, du guckst keine Frau mehr an, seit du verheiratet bist?«

»Gucken ist erlaubt! Ist sie Single? Das wäre doch eine Frau für dich.«

»Willst du mich verkuppeln? Zuerst organisiert meine Mom ein Blind Date, und jetzt willst du –«

»Gib doch zu, dass sie dir gefällt! Das ist doch genau dein Typ. Sympathisch, hübsch, selbstbewusst!«

»Kann sein …«, nuschelte Brandon.

Sein Handy klingelte, und er zog es seufzend aus der Hosentasche. Riley hatte ihm geschrieben und sogar ein Foto geschickt. Sein Herz machte einen kleinen Sprung.

Bin bei der Arbeit eingeschlafen!, stand da. *Habe den teuren Stoff vollgesabbert!* Brandon lächelte – er konnte gar nicht anders. Sie sah niedlich aus, wie sie auf einem Brautkleid schlief, den Mund halb offen. Tatsächlich entdeckte er einen feuchten Fleck auf dem eleganten Satinstoff. Hatte ihre Freundin das Foto gemacht?

Arbeite nicht zu viel!, antwortete er. Brandon sollte sich an seine eigenen Ratschläge halten. Mit Riley demnächst Zeit zu verbringen, konnte er sich jetzt abschminken.

»Ich verstehe! Du bist in jemand anderen verknallt!«, sagte Mark auf einmal. Brandon steckte das Handy schnell weg.

»Ist es Riley?«, hakte sein Freund nach.

Brandon schwieg.

»Du magst sie! Das muss ich Craig erzählen. Oder weiß er es schon?« Er wirkte ganz aufgeregt. Warum interessierte sich jeder so sehr für Brandons Liebesleben? Er interessierte sich doch auch nicht für das Liebesleben anderer! Sonst hätte er Kate schon vor Jahren gesagt, sie täte gut daran, diesen James in die Wüste zu schicken.

»Wir müssen einen Zehn-Fuß-Snookertisch in vier Wochen fertigstellen«, brummte Brandon.

»Wieder eine aufwendige Sonderanfertigung?«

»Ich weiß, dass das Überstunden bedeutet. Du lässt mich doch nicht im Stich?«

»Nein ... Natürlich nicht ...«

»Mein Dad hat mich von den Geschäftsmeetings verbannt«, seufzte Brandon. An seinem Job änderte das nichts. Kate teilte ihm wichtige Dinge mit – oder sonst rief ihn sein Vater direkt an. So wie heute. »Wenn wir dieses Projekt nicht rechtzeitig fertigstellen, dann ...!«

»Warum setzt du dich immer so unter Druck?«, fragte Mark. »Was täten wir ohne dich?«

»Willst du mir Honig ums Maul schmieren?«

»Wann habe ich das je getan?«, gab Mark zurück. »Ich war heute mit Paul in der Mittagspause. Der arbeitet doch schon seit fünfundzwanzig Jahren für die *Walsh Company*.«

»Und?« Brandon hatte keine Zeit für Marks Geschichten. Er würde heute noch lange an den Erstentwürfen arbeiten müssen.

»Bis vor fünf Jahren hat er nur billige Tische zusammengeschraubt! Das Unternehmen hatte nur halb so viele Mitarbeiter.«

»Worauf willst du hinaus?«

»Ohne deine Designs wäre die *Walsh Company* nicht international bekannt. *Darauf* will ich hinaus. Solche Tische stellt niemand sonst her. Sogar Königshäuser gehören zu unseren Kunden! Deinetwegen sind wir so erfolgreich. Dein Vater muss froh sein, dass er dich hat – und das weiß er auch.«

Brandon schwieg. Es kam nicht oft vor, dass jemand ihn lobte. Wusste sein Vater seine Arbeit tatsächlich zu schätzen?

»Sag *ihm* das und nicht mir!«

»Dein Vater will doch nur, dass du deinen rechtmäßigen Platz im Unternehmen einnimmst. Ihr seid beide so stur!«

»Ich bin nicht wie mein Vater ...«

»Du willst immer deinen Kopf durchsetzen. Deswegen könnt ihr diesen Konflikt nicht lösen.«

»Das stimmt doch ni–«

Brandon brach ab. Am Ende tat er immer, was er wollte. Produktdesign zu studieren und moderne Billardtische zu entwickeln, war seine Idee gewesen. Sein Vater hatte anfangs gar nichts davon gehalten. ›So was kauft doch keiner‹, hatte er gesagt. Aber Brandon hatte nicht nachgegeben.

»Weil ihr euch so ähnlich seid, könnt ihr nicht miteinander! Das weiß doch jeder hier!«

Brandon schaute grimmig.

»Was guckst du so? Bei deinen Designs muss doch immer alles ganz genauso sein, wie du es haben willst!« Wollte Mark ihm gut zureden – oder hielt er ihm gerade eine Standpauke?

»Beschwerst du dich etwa?«, murmelte Brandon kleinlaut.

»Weißt du noch, als du den Tisch in der Farbe Nussbraun wolltest? Als das Ding fertig war, war es dir eine Nuance zu hell.«

»Der Tisch hätte sonst nicht in den Raum gepasst, für den ich ihn entworfen habe.«

»Kein Mensch außer dir hat den Farbunterschied gesehen!« Mark hatte plötzlich einen hochroten Kopf. Brandon presste derweil die Lippen zusammen und schwieg vorerst. Wenn es um seine Designs ging, war er sehr pedantisch.

»Ich mache lieber Feierabend«, meinte Mark seufzend und hob kurz die Hand zum Abschied. »Und du solltest das auch tun! Wir kriegen das hin. So wie immer«, sagte er beim Hinausgehen.

Brandon lächelte müde, bevor er sein Gesicht in den Händen vergrub. Es war schon halb sechs, als er mit den ersten Skizzen begann. Vorerst hielt er nur einige Ideen fest. Brandon war klar, dass er sich etwas Besonderes einfallen lassen musste.

Der Maschinenlärm störte ihn, also stand er auf und schloss die Tür. Sein Büro befand sich am Ende der Werkhalle. Normalerweise beeinflusste der Lärm seine Arbeit nicht, aber Brandon war müde und konnte sich schlecht konzentrieren. Vielleicht sollte er es für heute lieber gut sein lassen?

Sein Handy klingelte. Riley hatte ihm noch ein Foto geschickt.

Und? Wie findest du's? Endlich ist es fertig! Sie posierte vor einem Brautkleid und streckte frech die Zunge raus. Das Kleid war wunderhübsch. Die Perlen und die Stickerei auf dem Oberteil gefielen ihm besonders.

Gratuliere!, schrieb er zurück. Das Ding würde sie bestimmt teuer verkaufen. Wie viele Arbeitsstunden wohl darin steckten?

Brandon machte ein Foto von seinen Skizzen, die er schnell am iPad gezeichnet hatte. Sein Schreibtisch war wie immer unaufgeräumt. Das Foto sah aber cool aus.

Entwurf für einen Snookertisch!, schrieb er dazu.

Du bist fleißig, kam zurück. Gleich darauf schickte auch sie ihm ein Foto von ihrem Arbeitsplatz, wo das pure Chaos herrschte. Er entdeckte neben der Nähmaschine Stoffballen, Spitzenbänder und Perlen. Ihr Drehtabak lag irgendwo zwischen einem Schnittmuster und einer Dose mit Stecknadeln.

Sie waren sich wirklich ähnlich.

Lust auf ein Guinness?, schrieb sie nun. *Bin in einer Stunde im* The Loophole.

Vermisst du mich?, antwortete er frech.

Vielleicht ...

Sie fügte ein Emoji hinzu, das ihm mit roten Wängelchen zuwinkte.

Ich weiß nicht, ob ich es heute schaffe, schrieb er.

Das Handy blieb daraufhin stumm, und Brandon arbeitete weiter. Müde rieb er sich die Augen, als es schon nach neun war. Sollte er noch schnell ins Pub fahren? Eilig packte er die Entwürfe zusammen, nahm sein iPad mit und verließ das Büro. Draußen war niemand mehr. Alle waren schon lange vor ihm gegangen. Brandon war der Letzte, der das Licht ausmachte.

Er stieg ins Auto und fuhr los.

Das Pub erreichte er in fünfzehn Minuten. Riley hockte am Tresen und unterhielt sich mit Craig. Brandon erkannte sie sofort an der schmalen Taille. Aber das Haar war irgendwie anders. Kürzer. Als er näher trat, wuschelte er ohne Vorwarnung durch ihre Locken. Sie drehte sich erschrocken um.

»Neuer Look?«, meinte er frech und setzte sich auf den freien Hocker links neben ihr.

»Jetzt hast du meine Frisur ruiniert!«, schimpfte sie.

Riley hatte die Haare geschnitten. Nicht nur hinten, auch vorne waren sie jetzt kürzer. Die Frisur war insgesamt hübsch. Lange Haare stünden ihr vermutlich besser, aber der Schnitt war gelungen.

»Sieht wirklich schick aus«, sagte er anerkennend. »Hast du dich für mich so hübsch gemacht?«

»Bild dir bloß nichts ein!« Riley lächelte. »Meine Tante Becky hat einen Friseursalon! Sie hat versucht zu retten, was noch zu retten war.« Riley kicherte glücklich. Die

Brille hatte sie zu Hause gelassen. Brandon kniff ihr in die Wange.

»Wirklich hübsch«, sagte er ehrlich.

»Nehmt euch ein Zimmer!«, meinte Craig schmunzelnd und ging zu einem der Tische, da neue Gäste gekommen waren. Brandon trank derweil einen Schluck von dem Bier, das Craig ihm routinemäßig vor die Nase stellte.

»Tut mir leid, dass ich zu spät bin«, sagte er.

»Ist okay.« Auch Riley wirkte müde. Plötzlich verschränkte sie die Arme auf dem Tresen und bettete ihren Kopf darauf. Warum war sie ins Pub gekommen? Sie hätte sich lieber ins Bett legen sollen! Vielleicht hatte sie ihn ja wirklich vermisst.

Brandon tat es ihr gleich. Auch er machte es sich auf seinen verschränkten Armen gemütlich – und starrte geradewegs in Rileys hübsches Gesicht. Sie schauten sich einfach nur an und sagten kein Wort. Brandon wollte sie küssen.

»Schlaft ihr beide mir hier auf dem Tresen ein?«, fragte Craig, als er wieder zurückkam. Er arbeitete von morgens bis spätabends, immer im selben Rhythmus. An zwei Tagen in der Woche hatte er frei. Brandon hatte ihn kaum je müde erlebt.

»Ist das verboten?« Er hob den Kopf. Riley hatte ihr Bier nicht mal bis zur Hälfte ausgetrunken. Das war ganz untypisch für sie.

»Soll ich dich nach Hause begleiten?«, fragte Brandon. Sicher war sie zu Fuß gekommen. Er wusste nicht mal, ob sie überhaupt ein Auto besaß.

»Du willst unbedingt in mein Bett!«, witzelte sie.

»Das ist nun mal super bequem!«

»Ich bin zu müde ... Wenn du wieder dermaßen über mich herfällst ...! Ich kann heute bestimmt nicht mit dir mithalten. Ich werde mittendrin einschlafen!«

»Ich bin über dich hergefallen?« Brandon lachte. »Dir hat's doch gefallen!«

»Habe ich was anderes behauptet?« Sie grinste frech. »Ein andermal, okay?«

»Ich komme darauf zurück!«

»Tu das!«

Es machte Spaß, mit ihr zu flirten. Mit Riley machte alles Spaß.

Er fuhr sie dennoch nach Hause und begleitete sie sogar bis zur Tür. Als er glaubte, sie würde gleich ins Innere huschen, drehte sie sich noch mal zu ihm um, stellte sich auf die Zehenspitzen und gab ihm einen Kuss auf den Mund.

»Wofür war der denn?«, fragte Brandon sanft.

»Mir war einfach danach!«

Lächelnd legte er die Hand in ihren Nacken und zog sie näher zu sich. Er küsste sie zärtlich.

»Und wofür war der?«, hauchte sie.

»Mir war auch danach ...«

»Spinner!« Riley boxte ihm spielerisch gegen die Brust. »Schlaf gut!«

»Du auch!«

Sie verhielten sich wie ein verliebtes Paar.

Brandon wartete, bis sie die Tür hinter sich schloss. Erst dann machte er sich auf den Nachhauseweg.

16

Riley saß im Auto und war auf dem Weg nach Kinsale. Brandon machte sich rar. In den letzten Tagen war Riley zweimal im *The Loophole* gewesen, und nie hatte sie ihn angetroffen. Craig begrüßte sie bereits mit einem ›Brandon kommt heute nicht!‹, weswegen Riley dem Pub vorerst fernblieb. Das wurde langsam peinlich! Offenbar hatte er eine Menge zu tun. Craig hatte nur mit den Schultern gezuckt, als wäre es völlig normal, dass Brandon sich nicht blicken ließ. Riley hatte ihm mehrmals geschrieben. Er antwortete ihr zwar immer innerhalb von wenigen Minuten, aber nie hatte er vorgeschlagen, dass sie sich mal wieder treffen sollten.

Seufzend wechselte sie den Radiosender. Sie hatte keine Lust, sich langweilige Popsongs anzuhören.

Brandon war wohl einer, der Beziehungen nicht ernst nahm. Er wollte mit ihr Spaß haben – mehr nicht. Vielleicht sollte Riley endlich lernen, die Dinge etwas lockerer zu sehen; einfach die Zeit zu genießen, die sie mit Brandon verbringen durfte.

Seufzend presste sie die Lippen zusammen. Riley würde noch Falten kriegen, wenn sie ständig so grimmig guckte! Sollte sie ihn anrufen und ihm die Leviten lesen? Sie wollte endlich wissen, was Sache war! Er mochte sie doch …

Plötzlich war ihr zum Heulen zumute! Sie durchlebte ein Wechselbad der Gefühle. Das war ganz untypisch für sie. Sonst war sie nie so emotional. Was war nur los mit ihr?

Irgendetwas stimmte nicht.

Jetzt fuhr sie am Hafen entlang und schaute hinaus auf die Bucht. Kinsale war ein traumhafter Ort. Sie war gerne hier aufgewachsen. Die kunterbunten Häuser im Dorfzentrum ließen ihr Herz höherschlagen. Sie fuhr weiter Richtung Westen nach Springmount, wo sich ein Wohnhaus ans nächste reihte. Nachdem Rileys Vater verstorben war, hatte ihre Mutter alles daran gesetzt, das Haus nicht aufgeben zu müssen. Bald war die letzte Rate fällig.

Riley parkte in der Auffahrt. Sie stieg aus, holte die Tasche vom Rücksitz und schritt zur knallroten Eingangstür. Das Haus hatte hinten auch einen kleinen Garten, der groß genug gewesen war, um ein Planschbecken und eine Rutsche aufzustellen. Riley war dort als Kind gerne herumgetollt.

Sie klingelte. Daraufhin ertönte Hundegebell. Riley stutzte. Im nächsten Moment ging die Tür auf, und ein junger Beagle stürmte herbei.

»Du hast dir einen Hund zugelegt?«, japste sie. Ihre Mom stand mit einem breiten Lächeln im Eingang. »Warum hast du mir nichts davon erzählt?« Riley konnte es nicht glauben.

»Ich wollte dich überraschen«, erwiderte ihre Mutter. »Das ist Lucky!« Der Beagle schnüffelte an Rileys Beinen. Er war niedlich. Sie ging in die Hocke und kraulte seine Schlappohren.

»Hallo Lucky! Freut mich sehr!«, sagte sie mit einem Lächeln.

»Er kann Pfötchen geben!«

»Wirklich?« Riley staunte. »Gib Pfötchen!« Der Beagle setzte sich hin, wedelte wild mit dem Schwanz und gab ihr tatsächlich die Pfote, die Riley sogleich energisch schüttelte. Hatte sie sich umsonst Sorgen um ihre Mom gemacht?

Jetzt war sie bestimmt nicht mehr allein. Ihre Mutter hatte einen Hund *und* einen Freund.

Sie gingen ins Haus. Lucky kannte den Weg und peitschte aufgeregt mit dem Schwanz. Zuerst trug Riley ihre Tasche ins Wohnzimmer auf die Couch. Dann peilte sie die Küche an. Dort roch es wie immer lecker!

»Lass dich umarmen!«, rief ihre Mom und schlang sofort die Arme um sie, als hätten sie sich ewig nicht gesehen. Hierherzufahren tat Riley gut. Ihre Mom zu sehen, tat ihr gut. Mal auszuspannen tat ihr gut.

»Pünktlich zum Tee! Ich habe wieder Cupcakes gemacht!«, sagte ihre Mutter und löste die Umarmung. Riley war heute etwas später losgefahren. Sie hatte ihre Wohnung blitzblank aufgeräumt, auch ihr Nähzimmer, und sogar die Schaufenster der Boutique hatte sie geputzt. Patricia würde Augen machen, wenn sie montags wieder zur Arbeit erschien.

»Das Shirt ist neu, nicht wahr?« In letzter Zeit achtete ihre Mom sehr auf ihr Aussehen. »Und diese Halskette …? Die kenne ich gar nicht!«

»War ein Geschenk von Henry«, gab ihre Mutter beschämt zu.

»Was? Er schenkt dir Schmuck?« Riley grinste breit.

»Reden wir nicht über mich! Erzähl mir, was es bei dir Neues gibt!«

»Wir haben erst heute Morgen miteinander telefoniert!« Riley berichtete ihr ohnehin immer alles. Nur von der Sache mit Brandon – davon wusste ihre Mom noch nichts.

»Wie geht's Patricia?«

»Sie ist glücklich verliebt! Immer noch!«

»Wird sie Sean denn bald heiraten?«

Riley zuckte mit den Schultern.

»Patricia will sich Zeit lassen.« Sie hielt kurz inne. »Noah heiratet«, rutschte es ihr heraus. Irgendwie kümmerten Riley diese Neuigkeiten gar nicht mehr. Ihre Mom senkte den Blick und schwieg. Sie hatte es also gewusst – und Riley nichts gesagt!

»Ich habe davon gehört«, meinte sie schließlich.

»Wer hat es dir erzählt?«

»Eine Kundin. Sie kennt seine Verlobte … Lisbeth McCarthy …«

Riley verzog das Gesicht. Ihrer Mom entging wie erwartet gar nichts. Sie wusste über alles Bescheid, was in und um Kinsale vor sich ging.

»Vergiss diesen Idioten, Schatz«, sagte sie nachdrücklich.

Riley setzte sich hin, stopfte sich den Mund mit einem Cupcake voll und meinte: »Hab ich schon!«

Sie grinste breit mit vollen Backen.

»So ist es richtig! Der Kerl ist es doch nicht wert! Und seine Verlobte ist sicher dumm und hässlich.«

Riley lächelte gequält. »Ist sie nicht …«

»Woher willst du das wissen?«, erwiderte ihre Mom harsch. »Bestimmt ist sie nicht so hübsch und talentiert wie du!«

»Ich habe ihr das Brautkleid verkauft«, entgegnete Riley mürrisch. Ihrer Mom verschlug es die Sprache. »Da wusste ich aber noch nicht, wer sie ist!« Riley seufzte tief. »Reden wir über was anderes. Du hast nämlich recht: Er ist es nicht wert!«

Sie genoss es, mir ihrer Mom zusammenzusitzen und sich die leckeren Cupcakes schmecken zu lassen. Riley verspeiste einen nach dem anderen. Die mit Schokolade mochte sie besonders gern. Später half sie ihrer Mutter beim Abräumen des Tisches.

»Gehen wir ein Stück spazieren?«, schlug ihre Mom plötzlich vor. »Ich muss Lucky ausführen!« Auch Riley wollte sich die Beine vertreten. Sie sollte sich ohnehin mehr bewegen. Bis zum James Fort waren es drei Kilometer. Die Strecke war zu schaffen. Ihre Mom war fit wie ein Turnschuh. Riley zog sich die Jacke über – es war etwas kühl –, und sie gingen mit dem Hund los. Ihre Mutter hatte eine ausziehbare Hundeleine dabei. Lucky rannte nach links, dann nach rechts. Er schien sich gar nicht mehr einzukriegen und wollte seine Umgebung genauestens erkunden. Nie hätte Riley gedacht, dass sich ihre Mom einen Hund anschaffen würde!

»Lucky, lass das!«, rief sie, als er sein Bein anhob, um die Büsche der Nachbarn zu bepinkeln. Er wollte wohl sein Revier markieren.

Riley hakte sich derweil bei ihrer Mom ein. Sie spazierten Richtung Süden, überquerten die Archdeacon Duggan Bridge und erreichten die Halbinsel Castlepark. Lucky hielt sie beide auf Trab! Der Beagle war flink und neugierig. Unterwegs erfuhr Riley alles, was sie verpasst hatte, seit sie in Cork City lebte. Mrs Buckley hatte einen neuen Freund, seit ihr Mann sie verlassen hatte. Der Sohn von Mrs Byrne guckte häufig zu tief ins Glas. Riley lauschte den Geschichten, während sie hinaus auf die vielen Segelboote schaute, die im Hafen vor Anker lagen. Sie hörte ihrer Mom gerne beim Erzählen zu, auch wenn es sie nicht kümmerte, ob die Gallaghers sich demnächst scheiden ließen oder doch wieder zueinanderfanden.

Sie spazierten an der Dock Bar vorbei und erreichten einen Feldweg, der zum James Fort hochführte. Jetzt mussten sie nur noch an die zweihundert Meter laufen, bevor sie ihr Ziel erreichten. Dieser Ort versprühte einen mystischen Charme: Zwischen grünem Gras und gelbem Stechginster erhoben sich die grauen Steinmauern der einst prächtigen Festung. Von hier aus hatten sie einen wunderbaren Blick auf Kinsale, wenn sie Richtung Norden schauten. Riley guckte lieber gen Süden, hinaus aufs Meer und den Horizont. Die Sonne stand schon recht tief am Himmel, und das Wasser glitzerte hell in der Ferne. Ausnahmsweise versank dieser Ort nicht im Nebel.

»Ich hoffe doch, du bist mit Henry auch schon mal hier gewesen?«, meinte Riley frech. Henry Doyle war vielleicht fünf Jahre älter als ihre Mom. Er war ein sehr rüstiger Rentner und schaffte einen solchen Spaziergang mit links.

»Henry liebt das Segeln! Wir waren mit dem Boot draußen.«

»Ist nicht dein Ernst?!« Rileys Mutter hatte es doch immer vorgezogen, Land unter ihren Füßen zu haben. Sogar ihr Dad hatte sie kaum dazu überreden können, auf sein Fischerboot zu steigen – das hatte sie Riley zumindest erzählt. Ihre Mom schien ihr Leben zu genießen und neue Dinge auszuprobieren. Riley war sehr froh darüber.

Nachdem sie die Aussicht und die frische Meeresluft ausgiebig genossen hatten, machten sie sich wieder auf den Rückweg. Diesmal schlugen sie eine andere Route ein. Wieder überquerten sie die Brücke, gingen dann aber Richtung Osten, am Ufer des River Bandon entlang, bis sie das *Mellow Café* erreichten. Lucky durfte auch hinein.

»Grace hat nichts dagegen«, sagte ihre Mom. Drinnen war es gemütlich. Grace Donnelly hatte das Café etwas umgestaltet. Die dunklen Tische und Stühle hatte sie ausgetauscht. Auch an den Wänden hingen bunte Bilder und keine Kneipenspiegel wie früher. Das *Mellow Café* wirkte fröhlich und modern. Lucky machte es sich unterm Tisch gemütlich. Er war erstaunlich brav und beobachtete gespannt die anderen Gäste.

Riley bestellte einen Americano und ein Stück Käsekuchen. Ihre Mom begnügte sich mit einem Espresso.

»Ich muss auf meine Linie achten«, meinte sie schmunzelnd.

Riley lachte. »Dann hättest du keine Cupcakes backen sollen.«

»Die sind doch für dich, Schatz! Ich pack sie dir ein, damit du sie mitnehmen kannst, wenn du wieder nach Cork fährst.«

Grace Donnelly brachte ihnen derweil den Kaffee und das leckere Stück Kuchen. Riley ließ es sich schmecken. Als sie kurz aufschaute, bemerkte sie, dass Annie zur Tür hereinkam.

»Hi Tante Grace!«, meinte sie fröhlich. Hinter ihr war ihr Verlobter. Riley zog die Augenbrauen hoch. Der Kerl war außergewöhnlich attraktiv! ›Er ist der schönste Mann Irlands‹, hatte Katie gesagt. Sie hatte nicht übertrieben!

»Annie, Liebes!«, rief ihre Tante.

»Grace, ich bin auch wieder hier! Sie haben mich bestimmt vermisst, nicht wahr?« Annies Verlobter grinste breit – jetzt war er wirklich unwiderstehlich. Die beiden setzten sich an die Theke.

Ihrer Mom war nicht entgangen, wohin Riley starrte.

»Das ist Grace' Nichte Annie Thompson«, flüsterte sie ihr zu. »Und das ist ihr Verlobter! Er ist der CEO von *CoffeeStar*! In Cork gibt's doch zwei Filialen!«

Riley war überrascht. In der Filiale in der Nähe des Fitzgerald Parks hatte sie schon mal einen Kaffee getrunken, der lecker geschmeckt hatte. Das Ambiente hatte ihr gefallen. Schick war es dort, aber auch gemütlich.

»Das ist ein Mann zum Heiraten!«, sagte ihre Mom plötzlich. »Wie schade, dass er vergeben ist!«

»Brandon ist auch ganz okay, schon vergessen? Er ist der Juniorchef von der *Walsh Company!*«, scherzte Riley. Die Augen ihrer Mom strahlten wieder.

»Geht ihr nun miteinander aus?«, wollte sie wissen.

»Nein.« Riley lächelte müde.

Eher zufällig schaute sie zur Theke. Katie war plötzlich auch da. Als sie Riley erblickte, winkte sie enthusiastisch und tippte Annie auf die Schulter, die sich sofort umdrehte und Riley daraufhin freundlich grüßte.

»Du kennst Grace Donnellys Nichte?«, wunderte sich ihre Mom.

»Sie war in meiner Boutique«, erklärte Riley rasch, während Katie an den Tisch trat.

»Der Kaffee geht natürlich aufs Haus«, verkündete sie fröhlich.

»Das ist doch nicht nötig …«, murmelte Riley.

»Darf ich mich zu euch setzen?«

»Katie! Belästigst du die Gäste?«, rief ihr Grace Donnelly von der Theke aus zu.

»Aber nein, Mom! Riley hat ein Brautmodengeschäft in Cork! Sie wird Annies Brau…«

Weiter kam sie nicht. Annie stand plötzlich neben ihr und legte die Hand auf ihren Mund. Auch ihr Verlobter Malcolm spazierte nun lässig zu ihnen herüber. Er trug einen überaus schicken Anzug, und Riley guckte schnell weg, bevor sie noch zu sabbern anfing. Der Kerl spielte wirklich in einer anderen Liga.

»Ich verrate nichts«, versicherte Katie, als Annie endlich die Hand von ihrem Mund nahm. Lucky war aufgesprungen und kläffte auf einmal los. Die vielen Menschen, die plötzlich um ihn herumstanden, irritierten ihn. Riley versuchte, ihn zu beruhigen, was ihr nicht gelingen wollte. Derweil schob Annie Malcolm wieder zur Theke.

Katie beugte sich zu Riley herunter und flüsterte: »Wir haben stundenlang durch die Kataloge geblättert. Annie weiß jetzt endlich, was ihr gefällt! Aber Malcolm darf nicht wissen, dass sie sich schon um das Brautkleid kümmert. Er hat ihr erst vor wenigen Wochen einen Antrag gemacht, als sie mit einem Kleinbus gemeinsam den *Wild Atlantic Way* entlanggefahren sind! Das ist so romantisch ...! Sie ist deswegen total glücklich, aber auch das soll er nicht wissen ...«

Katie grinste breit.

»Kommt vorbei, wenn ihr Zeit habt!«, flüsterte Riley. »Dann arbeiten wir gemeinsam an dem Entwurf.«

»Klar!«

Ein groß gewachsener, sehr hagerer Junge mit einem auffälligen Lockenkopf spazierte zur Tür herein. Katie winkte ihm aufgeregt zu. »Finn! Ich komme gleich!«

Grace Donnellys Tochter war ein echter Wirbelwind.

»Wolltest du mir nicht im Café helfen?«, jammerte Grace, die gerade einen Gast bediente.

»Ein andermal, Mom! Versprochen!« Sie gab ihrer Mutter einen Kuss auf die Wange, und schon war sie zur Tür raus. Lucky trabte unterm Tisch auf und ab.

»Wir gehen jetzt lieber. Lucky ist unruhig«, sagte Riley.

Sie bedankten sich für den Gratiskaffee und zogen wieder los, nachdem sie sich von allen verabschiedet hatten. Draußen schien sich Lucky wohler zu fühlen.

»Du hast mir nicht erzählt, dass du für Annie Thompson das Brautkleid nähst!«

»Mom! Ich muss dir nicht *alles* erzählen«, gab sich Riley geheimnisvoll. Sie hatte einfach nicht daran gedacht.

»Bestimmt wird sie dich zu ihrer Hochzeit einladen, glaubst du nicht?«

»Keine Ahnung.« Riley lachte. Ihre Mom wäre sicher gerne dabei gewesen. Sie liebte solche Anlässe, und schließlich musste sie doch wieder was zum Erzählen haben!

Sie erreichten ihr Zuhause und gingen ins Wohnzimmer. Riley hatte Heimweh gehabt. Wie sehr, wurde ihr erst jetzt bewusst. Sie liebte ihren Job. Mit ihrem neuen Leben in Cork City war sie zufrieden. Aber manchmal war es anstrengend, erwachsen zu sein. Zu gerne würde sie sich ab und zu einfach auf die Couch lümmeln – so wie jetzt – und sich keine Gedanken über zu bezahlende Rechnungen und rechtzeitig zu erledigende Aufträge machen. Lucky setzte sich auf den Teppich und kratzte sich hinterm Ohr. Ihre Mom kam mit zwei Hundekeksen aus der Küche ins Wohnzimmer, während Riley den Fernseher anschaltete. Einfach mal die Füße hochlegen! Es fühlte sich wunderbar an. Zufrieden zappte sie durch die Kanäle. Ihre Mom setzte sich derweil an ihren Nähtisch. Riley schielte zu der vielen Arbeit, die sich dort stapelte. Sie hatte eine Menge Hosen zu kürzen. Arbeitete sie in letzter Zeit wieder mehr? Auch ein buntes Kleid war dabei, das so aussah wie die Vintage-Kleider, die Grace Donnelly so gerne trug.

»Soll ich dir später helfen?«, fragte Riley. Sie wollte sich nützlich machen.

»Bist du verrückt? Du sollst doch mal ausspannen! Das kriege ich schon allein hin!«

Riley liebte es, ihrer Mom beim Nähen zuzusehen und dem Geräusch der Nähmaschine zu lauschen. Entspannt und glücklich legte sie sich zurück und ruhte sich einfach nur aus. Lucky kam näher und machte es sich neben dem Sofa bequem. Riley streichelte seinen Kopf. Das schien ihm zu gefallen.

Ihre Nase lief. Der kalte Wind war daran schuld. In ihrer Reisetasche, vorne in einem kleinen Fach, bewahrte sie die Taschentücher auf. Sie wollte die Packung herausholen, als sie zwei Tampons ertastete. Riley hatte immer welche als Reserve mit dabei. Plötzlich stutzte sie. Wann hatte sie zuletzt ihre Tage gehabt? Müsste es nicht bald wieder so weit sein? Riley holte das Handy hervor und öffnete die Kalender-App. Ihr Herz pochte wild in der Brust! Schnell rechnete sie nach. Und wann hatte sie mit Brandon geschlafen? Vor zwei Wochen ...

»Schatz, ist was?«, fragte ihre Mom plötzlich. Riley reagiert nicht. »Du bist wahnsinnig blass! Ist dir nicht gut?«

»Doch, Mom! Alles super ... Ich muss nur ... Bin gleich wieder da!« Sie rannte hoch in ihr altes Zimmer, das Handy in der Hand. Dort lief sie unruhig auf und ab und versuchte vergeblich, ihr klopfendes Herz unter Kontrolle zu kriegen. Das Atmen fiel ihr plötzlich schwer! Kriegte sie etwa einen Panikanfall? Ihre Mom durfte sie so nicht sehen, dann würde sie nämlich sofort wissen, dass etwas nicht stimmte!

Wenn Riley in einer Beziehung war, verhütete sie natürlich immer. Aber das mit Brandon ... Das war einfach so passiert! Sie hatte nicht an die Konsequenzen gedacht – und er auch nicht! Wie dämlich war sie eigentlich? Riley wurde bald dreißig! Wie hatte ihr so etwas Dummes passieren können? War der Stress schuld daran? Sie war ständig so sehr auf die Arbeit fokussiert, dass sie alles andere beiseiteschob.

Kraftlos setzte sie sich aufs Bett und fühlte sich elend. Wie lange war ihre Periode überfällig? Vier Tage. Das musste nicht bedeuten, dass sie schwanger war. Ihre Periode war sonst immer sehr regelmäßig. Aber vielleicht kam sie diesmal einfach zu spät? So etwas passierte.

Und wenn sie doch schwanger war? Sie brauchte jetzt ein *Guinness*. Oder besser zwei. ›Löst du so deine Probleme? Mit Alkohol?‹, hatte Brandon gefragt. Zum ersten Mal hatte Riley tatsächlich ein Problem, und sie wusste nicht, wie sie es lösen sollte. Wie in Trance legte sie die Hand auf ihren Bauch. Wenn sie wirklich schwanger war, durfte sie keinen Alkohol trinken. Das war nicht gut fürs Baby!

Sie ließ sich nach hinten fallen und schaute hoch zur Zimmerdecke. Wie würde Brandon reagieren, wenn er davon erfuhr? Riley raufte sich die Haare. Jetzt durfte sie nicht die Nerven verlieren! Aber wie sollte sie das hinkriegen? Sie hatte erst vor wenigen Monaten die Boutique eröffnet! Sie konnte sich jetzt nicht um ein Kind kümmern. Würde Brandon sich aus der Verantwortung stehlen?

Riley hatte immer eine Traumhochzeit haben wollen – und nun war sie vielleicht schwanger von einem Mann, der sie *nie* heiraten würde. Sie hatte es vermasselt. Eindeutig.

17

»Chattest du mit Riley?«, fragte Craig. Brandon schaute von seinem Handy auf. Er war im *The Loophole* und gönnte sich ein *Guinness*. »Sie war hier und hat nach dir gefragt!«

»Wann?« Er hatte in den letzten Tagen nichts mehr von ihr gehört. Sie schien wie vom Erdboden verschluckt zu sein.

Craig überlegte angestrengt. »Am letzten Mittwoch war sie da.«

Brandon legte das Handy kurz weg.

»Hat sie dich abserviert?« Craig grinste breit.

»Nein ... Wir sind nicht ...« Brandon seufzte tief und fuhr sich mit beiden Händen über den Kopf. Das sehr kurze Haar war angenehm zu tragen. Er hatte sich daran gewöhnt. Früher waren seine Haare immer länger gewesen.

Plötzlich setzte sich Mark neben ihn. »Bald bist du aus der Übung. Dann spiele ich besser als du!«

Brandon hatte vorhin die Einladung zu einer Partie abgelehnt. Aber Mark hatte sofort einen anderen Spielpartner gefunden.

»Brandon ist verknallt!« Craig lachte schallend.

»In Riley?«, meinte Mark beiläufig. »Oder hast du doch auf Sophia ein Auge geworfen? Hattest du nicht kürzlich ein Date mit ihr?«

»Ein Date? Quatsch!« Er hatte sich zur Villa ihres Vaters aufgemacht, um sich die Räume anzusehen, damit der Billardtisch auch perfekt zum restlichen Mobiliar passte.

Den Tisch würden sie einen Tag vor seinem Geburtstag aufbauen und montieren müssen. So ein Ding konnte man nicht in einem Stück liefern und aufstellen.

»Wer ist Sophia?«, fragte Craig neugierig.

»Sie hat einen Snookertisch in Auftrag gegeben«, antwortete Mark. »Die Frau ist genau Brandons Typ!«

»Ich dachte, du magst Riley?«

Genervt rieb sich Brandon den Nacken.

»Ich mag Riley, das stimmt ...«, gab er zu. In den letzten Tagen hatte er sich auf den Job konzentrieren müssen. Sich mit Riley zu treffen, hätte ihn nur abgelenkt. Sie hatte ihm süße Nachrichten geschrieben – jede einzelne davon hatte sein Herz höherschlagen lassen –, und dann hatte er plötzlich nichts mehr von ihr gehört. Sie glaubte doch nicht, dass er kein Interesse mehr an ihr hatte? So war das nämlich ganz bestimmt nicht.

»Also seid ihr jetzt endlich zusammen?«, hakte Craig nach.

»Endlich?« Brandon stutzte.

»Wie lange es wohl diesmal hält?« Mark lachte leise.

»Schließen wir eine Wette ab«, schlug Craig vor.

»Super Idee! Ich tippe auf drei Monate!«

»Ich denke, diesmal sind es mindestens fünf! Bei Riley habe ich ein gutes Gefühl!«

»Fünf?« Mark schaute ungläubig. »Das wäre doch ein Rekord!«

»Könnt ihr damit aufhören?«, mischte sich Brandon ein. »Ihr übertreibt!«

»Wir kennen dich!« Craig schob Mark ein Glas *Guinness* hin. War Brandon wirklich so schlimm? Er rechnete kurz nach. Tatsächlich hatte noch keine seiner Beziehungen länger als fünf Monate gehalten. Seufzend steckte er das Handy weg.

Er hatte Spaß mit Riley. Das war alles, was ihn im Moment kümmerte. Wer wusste schon, was morgen war? Oder in einer Woche. In einem Monat. Brandon neigte nicht dazu, sich die Zukunft in jedem Detail auszumalen. Er ließ die Dinge lieber auf sich zukommen.

»Wir sind nur Freunde«, log er. Freunde hatten keinen Sex.

»Sicher.« Mark glaubte ihm offenbar nicht.

»Wir passen nicht zusammen.« Je mehr Brandon über Riley erfuhr, desto sicherer war er sich, dass es *nie* funktionieren würde.

»Wenn du das sagst ...«

Seufzend griff Brandon nach dem Bierglas. Ob Riley heute ins Pub kam? Wäre sie verliebt in ihn, würde sie doch nicht so plötzlich den Kontakt abbrechen. Seine Ex-Freundinnen waren viel anhänglicher gewesen. Brandon war es gewöhnt, dass die Frauen sich ständig bei ihm meldeten – und nicht umgekehrt. Aber Riley war generell anders als seine Ex-Freundinnen. Brandons Laune sank in den Keller. Er war durcheinander. Wie sich Riley wohl ihren Traumprinzen vorstellte? Vielleicht hatte sie bereits ein Auge auf jemand anderen geworfen.

»Riley will unbedingt heiraten«, rutschte es ihm heraus. Sie wusste, dass Brandon keinen guten Bräutigam und Ehemann abgeben würde.

Seine Kumpels lachten gleichzeitig los.

»Ich dachte, ihr seid nur Freunde?«, scherzte Mark.

»Nicht mich! Aber sie will unbedingt heiraten!« Er schüttelte den Kopf. »Frauen! Warum sind sie nur so besessen davon? Ist doch bei Kate dasselbe ...«

Craigs Miene verdüsterte sich augenblicklich. Mit dieser Bemerkung war es Brandon gelungen, ihm das freche Lächeln schlagartig aus dem Gesicht zu wischen.

»Musst du mir den Tag versauen?«, murrte sein Freund.

»Daran, dass Kate vergeben ist, wirst du dich endlich gewöhnen müssen!« Normalerweise war Brandon nicht so gefühllos. Aber es nervte ihn, dass die Frauen immer nur ans Heiraten dachten.

»Wann ist es denn so weit?«, wollte Craig wissen.

»Wovon sprichst du?«

»Kates Hochzeit ...«

»Frag mich nicht! Sie wird uns eine Einladung schicken. Irgendwann im Herbst.«

Keiner von ihnen sagte ein Wort. Dass seine Schwester James heiraten würde, nervte Brandon mindestens genauso sehr wie Craig. Er konnte den Typen nicht leiden, und je näher der Hochzeitstermin rückte, desto weniger mochte er den Kerl. Brandon hatte nicht gedacht, dass sie diesen Schritt wirklich wagen würde. Erst wenn die beiden vor dem Traualtar standen und sich das Ja-Wort gaben, würde er es endgültig glauben können.

»Du denkst, sie wird mich auch einladen?«, meinte Craig panisch. Die Farbe wich ihm aus dem Gesicht.

»Sicher! Du gehörst doch zur Familie!«

»Mann, ich kann doch nicht danebenstehen und zusehen, wie Kate einen anderen heiratet! Tu mir das nicht an!«

Brandon wollte einen blöden Spruch loslassen, aber verkniff es sich im letzten Moment. Er wusste, dass Craig Kate aufrichtig mochte. Keinesfalls wollte er unnötig Salz in die Wunde streuen.

Genervt zog er das Handy hervor. Er musste sich ablenken. Leider hatte er keine tröstenden Worte für Craig parat. Sie saßen beide im selben Boot. Brandon würde James vermutlich in Zukunft häufiger begegnen. Er musste mit dem Kerl irgendwie klarkommen. Seufzend schrieb er Riley eine Nachricht. Wahrscheinlich hätte er das schon viel früher tun sollen.

Kommst du ins Loophole?, tippte er schnell. Sein Herz klopfte wild, während er auf eine Antwort wartete – vergeblich. Das Bier hatte er beinahe ausgetrunken, als das Handy doch noch bimmelte.

Ich kann heute nicht, las er.

Was ist los? Viel zu tun? Er wollte sie wiedersehen – und nicht nur mit ihr chatten. Zu gerne hätte er eine Partie mit ihr gespielt.

Bin mal nicht fit, schrieb sie.

Servierte sie ihn gerade ab, oder fühlte sie sich tatsächlich nicht wohl? Brandon überlegte, ob er nicht einfach spontan bei ihr vorbeischauen sollte. Ob der Abend dann wieder auf die gleiche Weise enden würde? Wie lange war es jetzt her, dass sie miteinander geschlafen hatten? Er hatte so viel zu tun gehabt, dass er gar nicht mitgekriegt hatte, wie die Zeit vergangen war.

»Was ist? Hat dir Riley eine Abfuhr erteilt?«, fragte Mark. Welches Gesicht Brandon im Moment wohl zog?

»Sie kommt nicht«, erwiderte er nachdenklich. Die Enttäuschung konnte er nicht verbergen. Vielleicht war sie wirklich nicht mehr interessiert an ihm. Hatte er es vergeigt?

»Gib endlich zu, dass du verknallt in sie bist!« Mark lachte.

Riley und er – das konnte sich Brandon nicht vorstellen. Außerdem hatten seine Freunde recht: Auch wenn ihm eine Frau gefiel – es wollte nie klappen. Gestresst fuhr er sich über das kurze Haar. Da er nicht mehr glatzköpfig war, schaute sein Vater weniger streng, wenn er ihm über den Weg lief. Sein Dad erfreute sich in letzter Zeit ohnehin bester Laune. Der Tisch für seinen Freund würde pünktlich fertig werden. Bei dem Design hatte sich Brandon selbst übertroffen. Auch Sophia war zufrieden. Sogar Mark zeigte Begeisterung, wo er doch sonst immer sehr nüchtern auf neue Designs reagierte und sehr pragmatisch an deren Umsetzung arbeitete.

Das Bier war ausgetrunken, und Brandon rutschte vom Hocker, bevor Craig ihm noch ein zweites andrehte. Er sollte wirklich weniger trinken.

»Wo willst du hin?«, fragte Mark.

»Ich schau mal nach Riley.« Seine Freunde starteten ein Pfeifkonzert. »Sie meinte, es ginge ihr nicht gut!«, verteidigte sich Brandon.

»Dann beeil dich!« Mark grinste breit.

»Wir sehen uns morgen!« Er nickte den beiden zu und verließ das *Loophole*. Ausnahmsweise ging er nicht zu Fuß, sondern nahm den Wagen. Er wollte nicht hin- und zurücklaufen müssen, sollte sie ihn abwimmeln. Sein Herz schlug wie verrückt. Was war nur los mit ihm?

Er erreichte die Boutique, stieg aus und trabte zur schmalen Tür gleich daneben, wo er die Klingelanlage inspizierte und auf den Knopf drückte. Niemand meldete sich, also klingelte er erneut. Plötzlich ging das Licht in der Boutique an, und Brandon huschte zum Eingang. Riley kam auf ihn zu. Sie öffnete die Tür und grinste schief.

»Hast du mich vermisst?«, meinte sie frech.

»Du mich etwa nicht?«, konterte er selbstbewusst.

»Ein klitzekleines bisschen vielleicht!« Riley lächelte.

»Darf ich reinkommen?«, fragte er höflich, da sie die Tür festhielt und den Eingang absichtlich blockierte.

»Ich überlege noch«, sagte sie.

»Wann hast du fertig überlegt?«, gab er zurück.

Endlich trat sie zur Seite. Brandon hatte ein komisches Gefühl. Irgendetwas war anders als sonst.

»Hast du schon zu Abend gegessen?«, wollte sie wissen.

»Nein ...«

»Ich war gerade erst einkaufen. Lust auf Spaghetti Bolognese?« Riley ging die Treppen hoch, und Brandon folgte ihr schweigend. Sie trug Jeans und ein enges Shirt. Er ertappte sich dabei, wie er auf ihre schmale Taille starrte. In der Wohnung duftete es mal wieder herrlich. Auf dem Küchentisch standen neben dem schmutzigen Geschirr und einem leeren Glas Spaghettisoße auch zwei Einkaufstüten. Eine war von der Apotheke gleich um die Ecke. Sie war doch nicht krank? Verhielt sie sich deswegen so seltsam?

Riley leerte stumm die Einkaufstüten und räumte die Sachen in die Küchenschränke und den Kühlschrank. Normalerweise war sie immer gut gelaunt und quasselte drauflos. Jetzt hingegen sagte sie kein Wort.

»Ist was nicht in Ordnung?«, fragte er vorsichtig. Sie drehte sich zu ihm um.

»Nein! Alles gut!« Riley zeigte ihm ein falsches Lächeln, und Brandon war verunsichert.

»Soll ich lieber ein andermal vorbeikommen?« Er biss sich auf die Unterlippe und wartete gespannt auf ihre Reaktion.

»Was? Nein ... Ich dachte, wir essen zusammen?«

Die Sauce Bolognese köchelte auf dem Herd vor sich hin, während Riley die Nudeln in ein Sieb gab. Sie wirkte abwesend. Brandon nutzte die Gelegenheit, in die Einkaufstüte der Apotheke zu lugen – ohne dass sie etwas davon bemerkte. Das gehörte sich zwar nicht, aber er machte sich Sorgen. Ihm klappte der Mund auf, als er sah, dass sie einen Schwangerschaftstest gekauft hatte. Riley drehte sich plötzlich um. Sofort zog sie die Tüte aus seiner Reichweite.

»Bist du immer so neugierig?!«, schimpfte sie.

»Du denkst, dass du schwanger bist?«, hauchte er fassungslos. »Wer ist der Va–« Er brach ab. Riley stand vor ihm, die Arme in die Hüften gestemmt.

»Echt jetzt?«, meinte sie forsch.

»Nein!«, japste Brandon. Sie hatten kein Kondom benutzt. Er hatte keins dabei gehabt. Riley hatte auch nichts gesagt ...

Die Kraft schwand aus seinem Körper, und schnell setzte er sich hin. Brandon spürte geradezu, wie ihm die Farbe aus dem Gesicht wich.

»Ich glaube, ich falle gleich in Ohnmacht«, rutschte es ihm heraus. Tatsächlich fühlte er sich schwindelig. Ihm wurde fast schwarz vor Augen!

»Das hat mir gerade noch gefehlt!«, rief Riley. Sie wandte sich wieder dem Herd zu.

»Willst du den Test nicht machen? Ich meine, jetzt sofort?«

»Zuerst essen wir. Mit einem vollen Magen sieht die Welt gleich viel besser aus!«, trällerte sie fröhlich.

»Haben dich deine Eltern, als du ein Baby warst, fallen gelassen? Dieser kleine Kopf muss schon mal was abgekriegt haben!«

Sie schob die Brille auf der Nase hoch und schaute trotzig. Brandon war gestresst. Er holte den Test aus der Einkaufstüte und öffnete die Verpackung.

»Was machst du da?«, murrte Riley.

»Mal lesen, wie das funktioniert! Da musst du daraufpinkeln, oder?«

Sie riss ihm den Test aus der Hand. »Das mache ich später.«

»Später?« Seine Stimme hörte sich viel zu hoch an.

»Zuerst essen wir!« Sie wirkte ruhig, mied aber Blickkontakt mit ihm. Brandon ließ den Kopf hängen – und dann schlug er seine Stirn auf die Tischplatte. Es tat richtig weh.

»Drehst du jetzt völlig durch?«, fragte Riley nüchtern.

»Ich bin bestimmt nicht derjenige, der einen Knall hat!«

Sie bereitete zwei Teller vor und gab die Nudeln hinein. »Ich muss mich mental erst darauf vorbereiten!«, sagte sie.

»Was meinst du denn damit?«

Sein Puls schnellte in die Höhe, und sein Herz wollte sich nicht beruhigen. Bekam er einen Panikanfall? War irgendwo eine Tüte, in die er atmen konnte?

»Dräng mich nicht!«, sagte sie mit Nachdruck. Brandon stand auf und ging in der Küche unruhig hin und her. Das Gehen lenkte ihn auch nicht ab. Riley summte derweil ein Lied vor sich hin, und Brandon widerstand nur schwer dem Drang, sie einfach zu packen, ihr die Hosen herunterzuziehen und ...! Am Ende setzte er sich stumm an den Tisch und versuchte sich daran zu gewöhnen, dass sein Leben jetzt vielleicht vorbei war. Brandon konnte doch nicht für ein Kind Verantwortung übernehmen! Wie sollte er das anstellen? Wieder knallte sein Kopf auf die Tischplatte.

»Hier! Iss was!«, sagte Riley, während sie einen Teller mit Spaghetti neben sein Gesicht schob. Brandon konnte jetzt nicht essen. Sein Magen rebellierte!

»Hab keinen Hunger«, sagte er monoton.

»Jetzt stell dich mal nicht so an! *Ich* muss schließlich das Baby austragen, wenn ich schwanger bin – und nicht du!«

Brandon hob den Kopf, verkniff sich aber eine dumme Bemerkung. Er guckte geradewegs in Rileys Gesicht.

»Du siehst furchtbar aus«, brummte sie und schaute weg. Wie so häufig hatte er keine Ahnung, was in ihrem Kopf vor sich ging. Stoisch guckte er auf den Teller. Ihm war wirklich nicht nach Essen zumute. Sein Vater würde ihn umbringen, wenn er davon erfuhr! Mark würde ihm förmlich zur Vaterschaft gratulieren, ihm auf die Schulter klopfen und gut zureden – und Craig würde sich vor Lachen nicht mehr einkriegen, genauso wie Kate. Seine Mom würde eine ganze Weile gar nichts sagen. ›Da musst du jetzt durch‹, würde sie schließlich meinen. ›Das schaffst du.‹

Riley wühlte mit der Gabel in seinem Teller herum.

»Mund auf!«, befahl sie.

»Willst du mich füttern?« Wollte sie schon mal üben, sodass sie vorbereitet war, wenn das Baby kam? Brandons Laune erreichte einen neuen Tiefpunkt. Mit Riley ein Kind großziehen? Wie sollte er das anstellen?

»Dann eben nicht«, meinte sie seufzend. Brandon nahm ihr die Gabel aus der Hand und aß brav seinen Teller leer. Er rollte die Nudeln auf dem Löffel, wie es die Italiener machten, und hasste sein Leben, das völlig aus den Fugen geraten war, seit er Riley kannte. Ihm blieb nichts anderes übrig, als geduldig darauf zu warten, dass sie endlich pinkeln ging. Riley hatte ihren eigenen Kopf.

Die Spaghetti schmeckten gut, wie alles, was Riley machte. Beinahe wollte er sie schon fragen, warum zum Teufel sie ihm nicht erzählt hatte, dass sie nicht verhütete? Aber dann ließ er es bleiben. Auch Riley wirkte blass.

»Das war lecker!«, sagte sie, stand auf und räumte den Tisch ab. Brandon riss der Geduldsfaden. Er schnappte sich den Schwangerschaftstest und schob Riley ins Bad, genau vor die Toilette. Sie beschwerte sich nicht und stolperte vorwärts.

»Du kriegst das hin!«, sagte er und drückte ihr den Test in die Hand. Sein Herz raste!

»Ich mach ja schon, ich mach ja schon!«, jammerte sie. Breitbeinig stand er vor ihr und wartete, bis sie die Hosen herunterließ.

»Willst du mir zusehen?«, empörte sie sich.

»Ist es nicht etwas zu spät, um zimperlich zu sein?« Er hatte sie doch schon nackt gesehen.

»Raus hier!« Sie schob ihn entschieden zur Tür hinaus. Brandon gab nach. Draußen brach der kalte Schweiß auf seiner Stirn aus.

»Bist du fertig?«, rief er nach einer gefühlten Ewigkeit.

»Nein!«

Er schaute auf die Uhr am Handy. Sie war schon seit fünf Minuten auf der Toilette! Ungeduldig ging er vor der Tür auf und ab. Brandon war fix und fertig. Wenn Riley wirklich schwanger war, was dann? Er wusste nicht mal, was sie davon hielt, von ihm ein Kind zu kriegen! Warum hatte er geglaubt, sie würde verhüten? Riley war nicht vertrauenswürdig! Brandon verschränkte die Hände im Nacken und atmete tief ein und aus. Es war nicht ihre Schuld. *Er* hätte aufpassen müssen! Wie hatte ihm so etwas passieren können? Er hatte den Kopf verloren, als sie ihn geküsst hatte ...! Weil er sie echt mochte. Es war sinnlos, es noch länger zu leugnen: Er hatte sich in Riley verknallt. Irgendwie fand er das gar nicht gut.

Und jetzt war sie vielleicht von ihm schwanger. Er hatte ein *Guinness* bitter nötig – besser noch einen Whisky.

Zögerlich klopfte er an die Tür.

»Alles okay da drin?«

Er wartete einige Sekunden, dann öffnete sie ihm plötzlich. Grimmig starrte sie ihm ins Gesicht.

»Und?«, fragte Brandon panisch.

»Es hat nicht geklappt!«

»Was? Der Test oder ...«

»Es will nicht laufen, okay!« Brandon stand kurz vor einem Nervenzusammenbruch. »Ich kann nicht auf Kommando pinkeln!«, erklärte sie trotzig.

»Dann trink was!«

»Ich darf meinen Urin nicht verdünnen, das verfälscht den Test! Es wäre ohnehin besser, ich würde ihn erst morgen früh machen.«

»Das ist ein Scherz, oder? Die Nacht überlebe ich nicht!«

Sie schaute ihm direkt in die Augen. Brandon stutzte. Auch Riley hatte Angst. Sie war nicht so tough, wie er gedacht hatte. Zärtlich nahm er ihr Gesicht in beide Hände und seufzte tief. »Das kriegen wir hin! Egal, wie das Ergebnis ausfällt!«

»Du siehst aber nicht so aus, als würdest du das hinkriegen!«, schimpfte sie. Riley machte es ihm wirklich schwer.

»Unterschätze mich nicht! Ich krieg das hin. *Wir* kriegen das hin.«

Sie presste die Lippen zusammen und sagte kein Wort. Ihre Augen glitzerten verdächtig. Schnell blinzelte sie, drehte sich um und verschwand wieder im Badezimmer. Die Tür drückte sie ins Schloss. Brandon stand draußen und schickte etliche Stoßgebete zum Himmel. Minutenlang hörte er nichts von Riley – dann tauchte sie plötzlich wieder auf, den Schwangerschaftstest in der Hand. Er konnte ihren Blick nicht deuten. Sie wirkte erschrocken. Brandons Magen zog sich unangenehm zusammen. Ihm war schlecht – und schwindelig. Seine Beine drohten einzuknicken, also hielt er sich vorsorglich am Türrahmen fest. Das würde peinlich werden, sollte er jetzt umkippen. Und Riley war damit bestimmt nicht geholfen! Tief atmete er ein und aus. Er musste sich jetzt zusammenreißen und durfte nicht schlappmachen.

»Das Ergebnis …?«, stammelte er und starrte auf den Test. Ein Streifen war dort zu sehen. Nur einer.

»Nicht schwanger«, sagte sie matt.

Erleichtert warf er die Arme um Riley. Er drückte sie ganz fest.

»Ich krieg keine Luft«, jammerte sie – und lachte. Brandon hob sie hoch. Er wirbelte sie herum.

»Bist du verrückt geworden?«, kreischte sie, woraufhin er sie wieder absetzte. »Spinner …« Sie mied Blickkontakt mit ihm. Aber der Test war negativ, das war alles, was zählte. Brandon war noch nie in seinem Leben so erleichtert gewesen!

»Ich bin müde!«, sagte sie plötzlich.

»Klar!« Er ließ sie los und schaute auf die Uhr am Handy. Es war nach neun. »Ich sollte auch schon längst zu Hause sein.« Sein Herz raste nach wie vor!

»Morgen mache ich noch einen Test. Sicher ist sicher«, meinte sie bestimmt.

»Gute Idee!« Er hatte sich doch nicht zu früh gefreut? Seine Emotionen spielten verrückt. Brandon war erleichtert – und irgendwie auch nicht. Er fühlte sich komisch. Sie standen sich sekundenlang gegenüber, schauten sich in die Augen und sagten kein Wort. Riley wirkte erschöpft. Auch Brandon sollte endlich nach Hause gehen und sich hinlegen. Der Tag war anstrengend gewesen.

»Wir sehen uns.« Er nahm ihr Gesicht in beide Hände und küsste sie zärtlich auf die Stirn. Dann verließ er ihre Wohnung.

18

Riley lag im Bett und schmollte. Zum ersten Mal, seit sie die Boutique eröffnet hatte, tat sie rein gar nichts. Normalerweise verging kein Tag, an dem sie nicht an ihrer Nähmaschine saß – und wenn es nur für eine halbe Stunde war. Heute hingegen verbrachte sie den Tag mit Schlafen und Essen. Sie hatte eine Pizza bestellt, und jetzt trank sie ein *Guinness* nach dem anderen. Sie hatte schon fünf Zigaretten geraucht – und wenn sie nicht bald kotzte, dann war dieser Tag als Erfolg zu verbuchen.

Lebst du noch?, hatte ihr Patricia geschrieben. Ihre beste Freundin hatte sie zweimal angerufen und ihr etliche Nachrichten geschickt. *Ich mache mir Sorgen!*

Ich bin deprimiert, schrieb Riley zurück.

Willst du darüber reden?

Nur wenn du Eiscreme mitbringst! Riley fügte einen breit grinsenden Smiley hinzu.

So schlimm?, fragte Patricia.

Schlimmer.

Seufzend legte Riley das Handy weg und guckte wieder Netflix. Seit sie morgens aufgestanden und zwei Tassen Kaffee getrunken hatte, tat sie nichts anderes. Die Science-Fiction-Filme gingen ihr aus. Solche schaute sie nämlich am liebsten. Es gab kaum noch einen, den sie nicht kannte.

Das Telefon klingelte wieder.

Alles okay bei dir? – diesmal war es Brandon. Sie hatte ihm versichert, noch einen Test zu machen und ihm dann das Ergebnis mitzuteilen. Das konnte sie sich jetzt sparen. Riley hatte ihre Tage gekriegt, und sie fühlte sich verdammt mies. Die Krämpfe waren kaum auszuhalten. Lag es am Stress? Deswegen presste sie auch seit Stunden eine heiße Wärmflasche auf ihren Bauch, die mittlerweile nur mehr lauwarm war.

Bin nicht schwanger, schrieb sie.

Sicher war er jetzt glücklich. Riley hingegen wusste nicht, was sie empfinden sollte. Sie fühlte sich schlapp, ausgelaugt und war einfach nur am Ende. Ganz bestimmt lag es am Stress! Außerdem hatte sie das Gefühl, sich gleich übergeben zu müssen. Daran waren wohl die Pizza und der viele Alkohol schuld.

Beinahe wäre sie eingeschlafen, als es klingelte. Riley raffte sich auf und ging die Treppen hinunter. Die Wärmflasche drückte sie immer noch gegen den Unterleib. Sie trug einen kuscheligen Pyjama und genauso kuschelige Hauspantoffeln. Die Dinger waren nur leider verdammt rutschig, und sie musste aufpassen, dass sie nicht die Treppen hinunterfiel. Das hätte ihr gerade noch gefehlt!

»Ich komme!«, rief sie, als es wieder klingelte. Sie ging den schmalen Flur entlang, der zur Eingangstür führte – und nahm nicht den Weg durch die Boutique.

»Wie bestellt: leckere Eiscreme! Deine Lieblingssorte!«, rief Patricia fröhlich, als Riley ihr aufmachte. Sie hatte Pistazieneis mitgebracht.

»Du hättest nicht kommen müssen.« Patricia ließ immer alles stehen und liegen, um für Riley da zu sein. Sie konnte sich glücklich schätzen, eine solche Freundin zu haben.

»So ein Quatsch! Wer kümmert sich denn um dich, wenn ich es nicht mache?« Sie lächelte breit und drückte Riley ganz fest. Dann guckte sie auf die Wärmflasche.

»Hast du deine Tage?«, fragte sie geradeheraus. »Bist du

deswegen schlecht gelaunt?«

»Nicht nur deswegen.«

Sie gingen gemeinsam in die Wohnung. Patricia verschwand kurz in der Küche, während Riley weiter hoch ins Schlafzimmer trabte. Sie kroch ächzend aufs Bett und machte für ihre Freundin Platz, die sich mit zwei Eisbechern und zwei Löffeln zu ihr gesellte.

»Was guckst du dir an?«

»Gattaca«, erwiderte Riley. Sie liebte den Film, aber er deprimierte sie noch mehr.

»Als ich den zum ersten Mal gesehen habe, konnte ich nachts nicht schlafen«, jammerte Patricia. »Guck dir doch was Romantisches an, das hebt die Laune!«

»Glaube ich nicht«, brummte Riley.

»Hast du etwa Liebeskummer?«

»Nicht wirklich ...« Sollte Riley ihr *alles* erzählen? Sie hatte vor Patricia keine Geheimnisse, aber dass sie mit Brandon geschlafen hatte, wusste bisher noch niemand. Es war auch schon fast drei Wochen her! Seitdem hatten sie kaum miteinander zu tun gehabt. Und da er dermaßen erleichtert gewesen war, als der Schwangerschaftstest negativ ausgefallen war, würde sie wohl so schnell nichts mehr von ihm hören. Vielleicht sahen sie sich nie wieder.

»Erzähl schon!«, forderte Patricia sie auf. »Dann geht's dir besser!«

Riley seufzte theatralisch.

»Ich dachte noch vor drei Tagen, ich sei vielleicht schwanger«, murrte sie. Ihrer Freundin klappte der Mund auf, und erst als Riley grimmig guckte, schloss sie ihn wieder.

»Von wem denn?«, japste Patricia. »Doch nicht ...! Von Brandon?« Riley war nicht der Typ für One-Night-Stands – und das wusste Patricia. Der einzige Mann, mit dem sie in letzter Zeit zu tun gehabt hatte, war nun mal Brandon gewesen.

Patricia schien es nicht glauben zu können, und Riley warf die Bettdecke über den Kopf, bevor ihr noch die Schamesröte ins Gesicht stieg.

»Du hast mit Brandon geschlafen?!« Riley nickte unter der Decke. »Ich wusste gar nicht, dass ihr zusammen seid.«

»Sind wir nicht.« Ihre Stimme klang dumpf.

»Wow ... Ich hatte ja keine Ahnung!«

Riley wagte sich wieder unter der Bettdecke hervor. Die große Brille war ihr von der Nase gerutscht, und sie rückte das Ding schnell zurecht.

»Ist einfach so passiert«, murrte sie.

»Magst du ihn? Natürlich magst du ihn, sonst hättest du doch nicht mit ihm geschlafen!«

»Kann sein ...« Rileys Kopf war leer, ihr Herz auch.

»Hast du's ihm erzählt?«, hakte Patricia vorsichtig nach.

»Dass ich vielleicht schwanger bin?« Riley seufzte tief. »Nein.«

»Brandon weiß also von nichts?«

»Er hat den Schwangerschaftstest gesehen ... Ist irgendwie blöd gelaufen ...«, gab sie zu. »Ich dachte, er kippt mir um! Sein Gesicht war leichenblass, als ich ihm verklickern musste, dass ich *vielleicht* von ihm ein Kind kriege!«

Patricia schwieg. Dann tauchte sie den Löffel in den Eisbecher.

»Mund auf!«, befahl sie. Riley war folgsam. Das Eis schmeckte lecker, aber ihre Laune war immer noch im Keller.

»Das muss ja nicht heißen, dass er dich nicht mag«, sagte Patricia plötzlich. »Würde ich glauben, schwanger zu sein, wäre ich auch geschockt!«

Riley wusste, dass sie überreagierte. Sie hatten ein einziges Mal miteinander geschlafen, waren nicht mal offiziell ein Paar – und jetzt hätten sie vielleicht zusammen ein Baby gehabt. Wer würde da nicht erschrecken? Riley war doch auch in Panik geraten! Und sie hatte Angst gehabt …

»Er wollte doch nicht, dass du es wegmachen lässt?«, hakte Patricia vorsichtig nach. Ihre Stimme war nur ein Flüstern.

»Nein«, hauchte Riley. Davon hatte er nichts gesagt. ›Unterschätze mich nicht. Ich kriege das hin‹, hatte er stattdessen gemeint. ›*Wir* kriegen das hin.‹ Rileys Wangen fühlten sich heiß an. Sie legte sofort die kalten Hände darauf.

»Brandon ist kein Mann zum Heiraten«, murmelte sie.

Patricia führte erneut einen Löffel mit Eiscreme zu Rileys Mund.

»Du magst ihn wirklich?«, wollte sie wissen.

Riley nickte und guckte stoisch auf den Fernsehbildschirm, während sie den Mund weit aufmachte und die Eiscreme verschlang. Sie war total gerne mit ihm zusammen. Riley wollte ihn wiedersehen. Aber wenn sie sich ins Gedächtnis rief, wie erleichtert er gewesen war, weil sie *nicht* ein Kind von ihm bekam, war sie verunsichert. Was war nur aus Riley geworden? Sie neigte nicht dazu, sich selbst zu bemitleiden und im Bett zu verstecken. Normalerweise krempelte sie die Ärmel hoch und machte sich daran, jedes Problem zu lösen.

Missmutig warf sie die Bettdecke wieder über den Kopf.

»Was hast du jetzt vor?«, fragte Patricia.

»Nichts«, brummte Riley.

»Wie lange willst du traurig sein? So was sieht dir gar nicht ähnlich! Geh raus! Unternimm was! Oder stürze dich in die Arbeit wie sonst immer!«

»Mir ist nicht danach.«

Im *The Loophole,* ihrem neuen Lieblingspub, hatte sie

sich wohlgefühlt. Aber vorerst wollte sie es nicht riskieren, Brandon dort zu begegnen. Das Ganze zog sie runter. Und zum Arbeiten fehlte ihr die Motivation – zum allerersten Mal in ihrem Leben!

Sie guckten eine Fantasy-Netflix-Serie, und Riley versuchte ein wenig zu schlafen. Die Augen fielen ihr ohnehin fast zu. Die Eiscreme war aufgegessen und die Sonne bereits untergegangen.

»Geh endlich nach Hause«, flüsterte Riley und versuchte, Patricia aus ihrem Bett zu schieben. »Sean macht sich bestimmt Sorgen!«

»Er weiß doch, wo ich bin.«

»Du solltest dich mehr um *ihn* kümmern – und weniger um mich!«, sagte Riley ernst.

Patricia lachte.

»Du bist meine beste Freundin! Ich lass dich nicht im Stich. Niemals!«, verkündete sie ritterlich.

Riley war zum Heulen zumute. Sie war ein nervliches Wrack – und das war Brandons Schuld! Vorerst drückte sie ihre Freundin ganz fest.

»Ich meine es ernst! Geh nach Hause!«

»Schon gut, schon gut! Wenn du mich unbedingt loswerden willst«, erwiderte Patricia theatralisch. »Wir sehen uns morgen! Und dann bist du wieder fröhlich, okay?«

»Okay.« Riley würde sich schon aufraffen! Das tat sie immer. »Komm gut nach Hause!«

»Klar doch!«

Patricia hatte einen Schlüssel, also musste Riley sie nicht nach unten begleiten. Sie winkte ihr zu, bevor ihre Freundin die Treppen hinunterging und die Wohnung verließ.

Riley reduzierte die Lautstärke. Die Serie interessierte sie nicht besonders. Zwischenzeitlich war sie sowieso eingeschlafen und konnte dem Ganzen schwer folgen. Am

Ende schaltete sie den Fernseher einfach aus. Jetzt war es totenstill im Raum. Sollte Riley etwas Musik anmachen? Ihr war nicht danach, noch einen Film zu schauen. Sie tat seit zwölf Stunden nichts anderes. Pizza, Alkohol, Chips, Eiscreme – ihr Magen rebellierte nun doch. Dazu kamen noch die Krämpfe, die wieder schlimmer wurden.

Es klingelte, und Riley stutzte. Wer besuchte sie denn so spät mitten in der Woche? Sie würde bestimmt nicht aufmachen. Wieder warf sie die Bettdecke über den Kopf. Riley wollte jetzt schlafen. Plötzlich bimmelte auch noch ihr Handy. Träge guckte sie nach, wer ihr geschrieben hatte. Es war Brandon.

Ich bin's, las sie.

Was wollte er von ihr? Riley hatte ihm doch schon versichert, dass sie nicht schwanger war. Seufzend kroch sie aus dem Bett. Die Wärmflasche nahm sie mit. Müde rieb sie sich die trockenen Augen. Diesmal ging sie durch die Boutique und machte dort das Licht an. Nicht mal die wunderhübschen Brautkleider konnten ihre Laune heben. Im Moment erinnerten sie Riley nur daran, dass sie wahrscheinlich nie heiraten würde. Niemals.

Sie öffnete die Tür. Brandon trug wie so häufig einen Kapuzenpulli – vermutlich von einem Luxuslabel – und eine schicke Jeans.

»Was willst du denn hier?«, meinte sie verblüfft. »Ich habe dir doch geschrieben, ich bin nicht schwanger …«

Er inspizierte sie von Kopf bis Fuß. »Du siehst furchtbar aus«, meinte er und klang todernst.

»Danke für das Kompliment.« Riley guckte trotzig.

»Fühlst du dich nicht gut?« Er schaute auf die Wärmflasche, die sie gegen ihren Bauch presste.

»Frauenprobleme«, murmelte sie. *Jetzt* würde er bestimmt schnell das Weite suchen! Stattdessen zog er überrascht die Augenbrauen hoch.

»Kann ich reinkommen?«, fragte er nach einer kurzen Pause.

»Weswegen?«

Er stützte sich am Türrahmen ab und beugte sich zu ihr herunter. Dann deutete er anklagend mit dem Finger auf sie.

»Hör zu! Deinetwegen kann ich nachts nicht mehr schlafen!«

Riley schob ihre Brille hoch und guckte gespannt zu ihm auf.

»Warum denn? Ich bin nicht schwa–«

»Geh mit mir aus!« Es klang nach einem Befehl. Riley schnappte ungläubig nach Luft. Brandon verschaffte sich derweil rücksichtslos Zutritt zu ihrer Boutique. Die Tür schob er hinter sich ins Schloss.

»Und? Was sagst du?« Sein Ton ließ darauf schließen, dass er ein Nein nicht akzeptierte.

»Hast du getrunken?«, fragte Riley verdutzt.

»Was ...? Nein! Wie kommst du denn darauf?!«, platzte es aus ihm heraus. »Ich meine ... Nicht mehr als sonst ...«

»Du verhältst dich komisch«, sagte sie matt.

»Warum? Weil du mir nicht mehr aus dem Kopf gehst? Weil ich mit dir zusammen sein will?« Er hielt abrupt inne und guckte weg. Riley stand nur da, den Mund offen, und konnte nicht glauben, dass er es ernst meinte. Brandon wirkte unruhig.

»Okay ... Vergiss, dass ich hier war.« Er drehte sich um. Seine Hand lag bereits auf dem Türgriff, als Riley an seinem Ärmel zupfte.

»Willst du mich heiraten?«, fragte sie geradeheraus. Abrupt drehte er sich um.

»Muss ich das wirklich tun, damit du mit mir ausgehst?«

Er klang verzweifelt.

Riley prustete derweil los. »Ich zieh dich doch nur auf!«, rief sie.

»Können wir nicht einfach … Spaß haben?« Er seufzte tief. »Ich mag dich echt! Craig und Mark machen sich deswegen schon permanent über mich lustig!«

»Warum denn?« Sie lächelte.

»Weil sie wissen, dass ich verknallt in dich bin.« Riley schoss augenblicklich die Röte in die Wangen. Sie konnte es deutlich fühlen. Er nahm ihr Gesicht in beide Hände – was sie noch stärker erröten ließ! Ihre Brille verrutschte. Hatte er ihr gerade wirklich seine Liebe gestanden?

»Deine Augen sind ganz rot«, sagte er leise.

»War ein scheiß Tag …« Zwar hatte sie nicht geweint, aber ihre Augen juckten schon seit Stunden.

»Wegen der Frauenprobleme?« Er guckte auf die Wärmflasche, die sie immer noch hielt.

»Nein, wegen dir!«

»Was …? Warum denn?« Er wirkte erschöpft. Das Ganze hatte auch ihm zugesetzt. Plötzlich drückte er sie ganz fest an sich. Rileys Herz pochte wild, als er seine Arme um ihren Rücken schlang. Sein Körper wärmte sie. Zärtlich strich er ihr über den Hinterkopf und gab ihr einen sanften Kuss auf die Stirn.

»Gehst du jetzt mit mir aus?«, fragte er hoffnungsvoll und ließ sie wieder los.

»Okay!«, sagte sie fröhlich.

»Okay? Echt? So einfach ist das?« Er verdrehte die Augen. »Ich habe mir fast in die Hose gemacht, weil ich dachte …!« Brandon brach ab und seufzte tief. »Ist es immer noch ein scheiß Tag?«, meinte er schließlich lächelnd.

»Nein, jetzt ist der Tag super! Und zwar auch wegen dir!«

Er grinste schief.

»Du bist verknallt in mich, gib es endlich zu!«

»Fühlst du dich dann besser? Okay! Ich bin verrückt nach dir!« Sie lachte hell. Riley war total vernarrt in ihn! So hatte sie noch nie zuvor empfunden. Seinetwegen war sie völlig durch den Wind.

Sie drehte ihm den Rücken zu und stapfte die Treppen hoch. Brandon war ihr auf den Fersen. Leichtfüßig übersprang er ein paar Stufen und war nun direkt hinter ihr. Er wuschelte durch ihr Haar.

»Der neue Look gefällt mir richtig gut«, sagte er.

Rileys Wangen fühlten sich erneut heiß an. Absichtlich drehte sie sich nicht zu ihm um, damit er bloß nicht bemerkte, dass sie seinetwegen errötete.

»Willst du ein *Guinness?*«, fragte sie und peilte die Küche an, ohne auf seine Antwort zu warten. Einem Bier war er nie abgeneigt – da hatten sie etwas gemeinsam. Tatsächlich hatten sie eine Menge gemeinsam. Sie waren beide kreativ und arbeiteten hart. Riley mochte auch seine Freunde.

Sie drückte ihm das Bier in die Hand und ging hoch in ihr Schlafzimmer. Brandon folgte ihr wie ein Schatten.

»Willst du heute hier schlafen?«, fragte sie müde. Schließlich war es schon spät.

»Darf ich?«

»Von mir aus ...« Sie kroch aufs Bett und mummelte sich in die Decke ein. Brandon legte sich ächzend zu ihr. Riley öffnete seine Bierflasche mit dem Feuerzeug. Sie hatte für heute genug getrunken. Ein Wunder, dass sie noch nicht gekotzt hatte!

Schnell machte sie den Fernseher an. Es lief ein Krimi. Brandon kommentierte das Fernsehprogramm nicht. Sie lagen nebeneinander, sagten beide kein Wort. Er nahm einen Schluck nach dem anderen. Riley fielen die Augen wieder zu. Plötzlich spürte sie seinen Körper ganz dicht an ihrem. War sie näher zu ihm hingerutscht, ohne es zu bemerken? Müde öffnete sie die Augen einen Spalt weit, als er plötzlich ihre Stirn küsste. Riley hob verwundert den Kopf. Sofort nutzte er die Gelegenheit, seinen Arm darunter zu schieben.

»Was?«, stammelte sie. Jetzt hätte sie ihren Kopf auf seinen Brustkorb betten können. »Mein Kissen ist mir lieber.« Weicher war es auch. Brandon lachte leise, als sie versuchte, von ihm wegzurücken.

»Dann eben nicht«, meinte er und bemühte sich um einen beleidigten Ton. »Warum willst du unbedingt heiraten?«, fragte er plötzlich.

Riley nahm die Brille ab und legte sie auf den Nachttisch. Dann kuschelte sie sich seufzend an Brandon. Sie genoss seine Nähe, auch wenn ihr das Kissen tatsächlich lieber war.

»Kannst du ohne Brille überhaupt was erkennen?« Er nickte zum Fernsehbildschirm. Riley interessierte sich ohnehin nicht für das Programm.

»Ich sehe genug«, erwiderte sie matt und schloss die Augen. Sie war hundemüde. Und schlecht war ihr auch.

»Was ist nun? Warum willst du unbedingt heiraten?«

Riley zögerte mit ihrer Antwort.

»Ich würde gerne zu jemandem gehören«, gab sie zu.

»Ich wusste nicht, dass du so sentimental bist.«

»Wer von uns beiden hatte vor zwei Tagen beinahe einen Nervenzusammenbruch?«

Brandon lachte. »So schlimm?«

»Ich dachte, wenn der Test positiv ist, fällst du mir um, und ich muss dich wiederbeleben!«

»Ich bin nicht gut darin, Verantwortung zu übernehmen.«

»Hältst du deswegen nichts vom Heiraten?«, hakte Riley nach.

»Ich genieße einfach meine Freiheit.« Er gähnte ungeniert und streckte sich.

»Wenn das so ist, will ich nicht mit dir ausgehen«, witzelte sie.

»Du hast doch schon zugesagt!«

»Jetzt habe ich es mir anders überlegt.«

»Deswegen bist du noch Single ...! Weil du es den Männern echt schwer machst!«

Riley lachte herzhaft. »Hast du nicht gesagt, ich wäre eine gute Freundin?«

»Sind wir jetzt zusammen oder nicht?«

»Wir sind zusammen. Deswegen werde ich dir demnächst auch meine Mutter vorstellen!«

Brandon stöhnte laut auf. »Ich brauche noch ein Bier.«

Sie lachten und kabbelten, bis Riley irgendwann in seinen Armen friedlich einschlief. Einer der furchtbarsten Tage ihres Lebens hatte sich am Ende in einen ihrer besten Tage verwandelt.

19

Brandon hatte sich mal eine Auszeit genommen. Nachdem er es geschafft hatte, den Tisch für Stephen Brockman pünktlich fertigzustellen, ließ ihn sein Vater vorerst in Ruhe. Es waren keine neuen und dringenden Aufträge hereingekommen, weswegen Brandon sich auf seine Prüfung konzentrieren konnte. Er war dreißig und ging noch immer zur Uni. Zwar hockte er nicht mehr in einem Hörsaal, aber es war ihm bisher nicht gelungen, sein Studium abzuschließen. Den praktischen Teil hatte er schon längst bestanden, nur die schriftliche Prüfung wollte er nicht hinkriegen. Dabei war dieser letzte Test nicht mal schwierig. Das Problem war wohl eher in seinem Kopf.

Jetzt saß er allein in der Wohnung an seinem Schreibtisch, wo sich drei große Lehrbücher stapelten. Lernen war ihm stets schwergefallen. Zwar war vieles von dem Wissen, das er sich während des Studiums angeeignet hatte, bisher nützlich gewesen. Aber um seinen Job auszuüben, brauchte er diesen Abschluss nicht. Trotzdem wollte er es endlich hinkriegen.

Es klingelte an der Tür. Brandon hob überrascht den Kopf. Er hatte schon zwei Tassen Kaffee getrunken und bisher nur einige der Skripten durchgeblättert. Er kam nicht voran, weil er kein Konzept hatte. Erneut klingelte es. Seufzend ging er zur Tür. Brandon hatte keine Ahnung, wer draußen stand, und machte sich auch nicht die Mühe, nachzusehen. Riley konnte es nicht sein. Um diese Zeit war sie in der Boutique. Zudem kannte sie seine Adresse nicht. Er sollte sie endlich mal in seine Wohnung einladen. Nun, da sie ein Paar waren.

Brandon machte auf. Seine Mom stand draußen. Überrascht zog er die Augenbrauen hoch. Sie besuchte ihn nur selten.

»Willst du mich nicht reinlassen?«, fragte sie, da er bedröppelt den Eingang blockierte.

»Doch ...« Er trat zur Seite. Seine Mom sah wie immer großartig aus. Wie machte sie das nur? Heute trug sie zur eleganten schwarzen Hose einen pinken Blazer. Sie spazierte geradewegs ins Wohnzimmer zu seinem Schreibtisch, den sie mit unverhohlenem Interesse inspizierte. Brandon folgte ihr, steckte die Hände in die Hosentaschen und wartete geduldig darauf, bis sie ihm erklärte, warum sie ihn mit ihrer Anwesenheit beglückte.

»Du lernst für die Prüfung?«, fragte sie. Sein voll beladener Schreibtisch erweckte bestimmt den Eindruck, Brandon würde hart arbeiten. Dabei hatte er in den letzten zwei Stunden rein gar nichts auf die Reihe gekriegt. Er hatte das Lehrbuch *The Law of Simplicity* noch nicht mal aufgeschlagen. Zumindest hatte das Buch nicht an die vierhundert Seiten wie *The Design of Everyday Things.* Brandons Kopf konnte diese Menge an Informationen unmöglich speichern. Wahrscheinlich würde er wieder versagen. Seine kleine Schwester hatte ihren Abschluss schon vor Jahren gemacht.

»Ich krieg das hin«, log er. Seine Mom guckte skeptisch. Sie wusste nur zu gut, dass Brandon es bestimmt nicht hinkriegen würde. Dennoch wollte er es zumindest versuchen. Ein letztes Mal.

»Was ist eigentlich mit dir und Riley?«, meinte sie plötzlich.

»Warum fragst du?«

»Kate hat mir erzählt, ihr geht miteinander aus. Ich will sie kennenlernen!« Es klang wie ein Befehl. Brandon überlegte derweil, woher Kate wusste, dass Riley und er jetzt ein Paar waren. Vermutlich hatte Craig es ihr erzählt. Brandon seufzte tief. So etwas sprach sich schnell herum! Irgendwie schien es jeder witzig zu finden, dass er sich in Riley verknallt hatte.

»Ich stell sie dir mal vor«, nuschelte er verlegen. Seine Mom würde Riley mögen. Die beiden waren sich ähnlich.

»Wie du hoffentlich nicht vergessen hast, feiere ich in zwei Wochen meinen siebenundfünfzigsten Geburtstag«, fuhr sie fort.

»Habe ich nicht vergessen, Mom.« Kate hatte zum Glück schon ein Geschenk gekauft. Ein hübscher Schal von *Hermès*, der ein Vermögen gekostet hatte und perfekt zu der Handtasche passte, die sie so sehr liebte.

»Dann bring sie zum Familiendinner mit!«, sagte seine Mutter energisch.

»Mach ich, Mom.«

»Gut! Melde dich, wenn du Hilfe brauchst!« Mit diesen Worten rauschte sie davon.

»Hilfe? Wobei?«, rief er ihr noch hinterher. »Willst du mir beim Lernen helfen?« Seine Mutter war bereits zur Tür hinausspaziert. Er würde tatsächlich Hilfe brauchen. Wenn er wieder durchrasselte. Dann würde seine Mom seinen Dad besänftigen müssen. Denn dieser würde mit Sicherheit wütend sein.

Das Handy klingelte. Es war Riley. Brandons schlechte Laune verflog augenblicklich.

Vermiss dich!, hatte sie geschrieben. Sie hatte auch noch einen Smiley mit Kussmund hinzugefügt.

Brandon vermisste sie auch. Er vermisste ihre Umarmungen, die süßen Küsse.

Sehen wir uns heute Abend?

Ich kann nicht. Muss lernen, schrieb er zurück. Er zögerte, bevor er die Nachricht abschickte. Es war ihm peinlich, dass er diese letzte Prüfung einfach nicht hinkriegte. Am Ende versendete er die Nachricht doch noch. Es war dumm, so etwas vor Riley geheim zu halten.

Lernen? Wofür?, kam zurück.

Er wählte ihre Nummer. Es war einfacher, ihr alles am Telefon zu erklären. Es klingelte nur einmal, dann hob sie bereits ab.

»Ich bin ... noch nicht mit meinem Studium fertig«, presste er zwischen den Lippen hervor. »Eine letzte Prüfung fehlt mir noch ...« Brandon räusperte sich verlegen. »Deswegen kann ich heute nicht.« Die Prüfung war erst in neun Tagen. Aber Brandon neigte dazu, unliebsame Dinge hinauszuschieben. Wenn er heute blaumachte, dann würde er auch morgen blaumachen. Er musste sich ranhalten und Disziplin zeigen.

»Ich helfe dir beim Lernen!«, meinte sie fröhlich.

»Wie denn?«

»Ich bin super organisiert! Weißt du das etwa nicht? Mein Lernsystem ist legendär!«

Brandon lächelte. Warum unterschätzte er sie ständig? Riley kriegte alles hin.

»Willst du vorbeikommen?«, fragte er.

»Ich weiß nicht mal, wo du wohnst.«

Er nannte ihr die Adresse.

»Hab's mir notiert!«, rief sie ihm noch schnell ins Telefon. Dann legte sie auf. Riley schien es plötzlich sehr eilig zu haben.

Kopfschüttelnd widmete er sich seiner Lektüre. Brandon blätterte gelangweilt durch die Seiten, las sporadisch einen

Absatz, dann blätterte er weiter. An die letzte Prüfung konnte er sich kaum mehr erinnern. Es war auch schon ein Jahr her, dass er angetreten und durchgerasselt war. Danach hatte er es sein lassen wollen, aber irgendwie nagte es an seinem Selbstvertrauen, dass es ihm nicht gelingen wollte, sein Studium zu beenden. Andere kriegten das doch auch hin! Kate hatte natürlich mit Auszeichnung abgeschlossen. Die ganze Familie war zusammengekommen und hatte den Erfolg gefeiert. Brandon hatte sich selbstverständlich für sie gefreut. Aber er hatte sich auch echt mies gefühlt.

Wieder blätterte er eine Seite um, ohne dass etwas hängenblieb. Da er nicht still sitzen konnte, schnappte er sich das Buch und las es, während er in der Wohnung auf- und abging. Am Ende spazierte er ins Schlafzimmer und ließ sich aufs Bett fallen. Vielleicht sollte er aufgeben und lieber ins Büro gehen? Er vergeudete doch nur seine Zeit mit diesem Quatsch!

Es klingelte wieder an seiner Wohnungstür. Dabei hatte er mit Riley erst vor einer Stunde telefoniert. Ächzend erhob er sich vom Bett und ging zur Tür. Tatsächlich stand seine Freundin draußen – mit einem breiten Grinsen im Gesicht. Es war schon ziemlich lange her, seit sie miteinander geschlafen hatten. Brandon überlegte ernsthaft, ob Sex seine Lernmotivation erhöhen könnte. Natürlich erzählte er Riley nichts von seinen schmutzigen Gedanken.

»Darf ich reinkommen?«, meinte sie strahlend. Sie trug wieder Shorts und ein T-Shirt mit buntem Aufdruck. Dazu die Sneakers und eine niedliche Handtasche, die sie vermutlich aus Stoffresten genäht hatte.

»Klar doch! Mi casa es tu casa!«, scherzte er. Neugierig trat sie ein und schaute sich gespannt um. Er hatte gestern aufgeräumt – zum Glück! Obwohl er sich vor Riley bestimmt nicht genieren musste, schließlich hatte er oft genug erlebt, dass ihre Wohnung einem Schweinestall glich.

»Ich habe dir eine Lunchbox gemacht!«, sagte sie.

»Wow … danke!«

»Und wo ist dein Lernzimmer?«

»Mein … was?« Er lachte leise. »Mein Schreibtisch ist da drüben.« Sie folgte seinem ausgestreckten Zeigefinger.

»Coole Wohnung!«, meinte sie anerkennend. Irgendwie konnte er noch immer nicht glauben, dass Riley jetzt seine Freundin war. Sie ging zum Schreibtisch und stellte dort die Lunchbox ab. Gleichzeitig hob sie eins seiner Lehrbücher hoch.

»Musst du alles wissen, was da drin steht?«, fragte sie.

»Vorerst muss ich es mal zu Ende lesen.« Wie viel er sich von dem Inhalt würde merken können, wusste er noch nicht.

»Wie viele Tage hast du bis zur Prüfung?«

»Neun.«

»Hast du schon einen Lernplan erstellt?«

Brandon setzte sich seufzend an den Schreibtisch. Derweil schob Riley ihm die Lunchbox vor die Nase und öffnete diese. Gleich darauf zauberte sie eine zweite aus der Jutetasche hervor. Ihm lief das Wasser im Mund zusammen. In der einen war Hähnchen mit grünen Bohnen und Kirschtomaten, in der anderen unterschiedliches Obst. Er entdeckte in Streifen geschnittene Äpfel und Beeren. Wenn das Lunch so gut schmeckte, wie es aussah, konnte nichts mehr schiefgehen! Sie hatte auch eine Flasche mit Fruchtsaft dabei.

»Du bist wirklich eine gute Freundin«, meinte er todernst.

Riley kicherte. »Krieg ich einen Kuss?«

Sie beugte sich zu ihm herunter.

»Sogar zwei …« Er küsste sie zweimal kurz auf den Mund. Da sie so hübsch lächelte, gab er ihr noch einen dritten Kuss. Sein Herz flatterte!

»Beeren sind gut fürs Gehirn!«, erklärte sie. »Genau wie Nüsse!« Nun holte sie eine Packung Erdnüsse aus der Jutetasche. »Was zu knabbern habe ich natürlich auch mitgebracht!«

»Ich vermisse die Riley, die deprimiert ist«, rutschte es ihm heraus. »Die ist weniger anstrengend.« Grinsend guckte er hoch zu ihr. Riley verzog das Gesicht.

»Soll ich wieder gehen?«, meinte sie harsch. »Und dich deinem Schicksal ganz allein überlassen?«

»Bloß nicht!« Er spießte mit der Gabel ein Stück Hähnchen auf. Auch die Cocktailtomaten schmeckten super.

»Lass mal sehen!«, sagte sie plötzlich und fischte nach einem der Testbögen, die auf seinem Schreibtisch lagen. Sie lehnte sich lässig gegen die Tischplatte und las laut vor: »Bewerten Sie die folgenden Techniken für das Rendern eines Designs.« Riley hielt kurz inne. »Rechnerunterstütztes Konstruieren … Mit Hand generiert …«, fuhr sie fort.

Die Frage war einfach. Im Grunde waren alle Fragen recht einfach. Nur irgendwie kriegte er es nicht gut hin, seine Gedanken präzise aufzuschreiben und sich auf das Wichtigste zu fokussieren.

»Hast du heute frei?«, fragte er. Es war Mittwoch, elf Uhr.

»Patricia kümmert sich um die Boutique! Schließlich muss ich doch meinen Freund unterstützen!«

»Meine Mom will dich kennenlernen«, sagte er. Riley machte große Augen. »Wir feiern demnächst ihren Geburtstag mit einem Familiendinner, so wie immer. Willst du mitkommen?«

»Ein Familiendinner?«, hakte Riley nach.

»Ich werde einen Anzug tragen«, sagte er frech und guckte herausfordernd zu ihr hoch. »Vielleicht binde ich mir sogar eine Krawatte um!«

»Im Ernst?« Sie lachte. »Bestimmt siehst du schick aus!«

»Das willst du dir doch nicht entgehen lassen, oder?«

»Keinesfalls!«

Sie schwang ihren kleinen Po auf seinen Schreibtisch und schaute sich gespannt eins seiner Lehrbücher an. »Das kriegen wir in neun Tagen bestimmt hin!«, meinte sie zuversichtlich. »Ich bin gut in so was!«

»Du bist in allem gut«, meinte er nüchtern. Riley war klug – und geschickt obendrein.

Die Lunchbox war schon zur Hälfte aufgegessen. Riley schnappte sich eine der Himbeeren. Brandon guckte zu, wie diese in ihrem Mund verschwand. Sie leckte sich genüsslich die Finger.

»Willst du mich verführen?«, fragte er frech. Riley schaute überrascht. Sie hatte die Beine übereinandergeschlagen. Die Frisur gefiel ihm wirklich gut. Die dicke Brille hatte sie zu Hause gelassen. Warum eigentlich? Damals hatte sie doch die Kontaktlinsen rausgenommen, weil ihre Augen so trocken gewesen waren. Wollte sie ihm gefallen? Das T-Shirt war niedlich. Es schmiegte sich perfekt an ihren Busen an. Brandon guckte schnell weg, sonst fing er noch an zu sabbern.

»Ich bin irgendwie nicht motiviert«, nuschelte er.

»Und was motiviert dich?« Sie grinste frech. Er stand vom Schreibtisch auf und stellte sich genau vor Riley. Die Arme stützte er links und rechts von ihr ab.

»Ich wüsste da was …«

Sie lachte hell. »Im Ernst? Ich bin hergekommen, dir beim Lernen zu helfen! Ich bin bestimmt nicht gekommen, um –«

Brandon küsste sie auf den Mund. Ein anfangs zärtlicher Kuss wurde schnell zu mehr. Seine Hände verselbstständigten sich. Er hielt Rileys Gesicht fest und küsste sie intensiver. Mit sanfter Gewalt drückte sie ihn von sich weg.

»Zuerst müssen wir lernen!«, meinte sie entschieden. Brandon wollte sie wieder küssen, aber Riley wich aus.

»Bist du immer so strikt?«, fragte er.

»Komm schon! Das kriegen wir hin! Und später feiern wir, dass du bestanden hast.«

»Ist schon mein dritter Versuch. Vermutlich klappt's auch diesmal nicht.« Er ließ sich erschöpft auf den Schreibtischstuhl fallen. Derweil schnappte sich Riley wieder den Testbogen.

»Erklären Sie, warum Neopren ein geeignetes Material zur Herstellung von Laptoptaschen ist.« Herausfordernd schaute sie auf ihn hinab.

»Was?«

»Deine Antwort?«

»Woher willst du wissen, ob ich richtig liege oder nicht? Kennst du dich mit so was aus?«

Sie lachte. »Mit Produktdesign? Nicht wirklich … Patricia kennt sich aber mit Grafikdesign aus! Und ich bin eine Modedesignerin, schon vergessen?«

»Natürlich habe ich das nicht vergessen! Zudem bist du noch sehr talentiert.«

»Ist bei dir doch nicht anders! Ich habe die Website der *Walsh Company* gestalkt.«

Er zog überrascht die Augenbrauen hoch. »Du stalkst meine Arbeit?«

»Ich stalke *dich*.«

»Weil du ganz schrecklich verknallt in mich bist«, scherzte er. Riley nickte breit grinsend. »Du gibst es also zu?«

»Klar! Ich bin total verknallt in dich.« Sie hopste vom

Tisch und schlang von hinten die Arme um seinen Hals. Dann drückte sie ihre Wange gegen seine. »Erzählst du mir jetzt, warum Neopren ein geeignetes Material ist?«

»Neoprentaschen haben entscheidende Vorteile wie die hohe Stabilität, die Langlebigkeit und die Wasserresistenz.«

»Sehr gut!«, lobte ihn Riley und gab ihm einen Kuss auf die Wange. »Das klingt so, als wäre es richtig!« Brandon schmunzelte. Sie ließ ihn los und kicherte vergnügt. Riley war immer optimistisch, immer fröhlich. Er machte eine Hundertachtzig-Grad-Drehung mit dem Schreibtischsessel, sodass er nun wieder in ihr hübsches Gesicht schauen konnte. Sein Blick wanderte tiefer. Ihr Busen sah echt gut aus in diesem T-Shirt.

»Starrst du schon wieder?« Sie verdrehte die Augen.

»Komm her!« Er legte den Arm um ihre Taille und zog sie näher zu sich.

»Willst du dich nicht endlich auf deine Lehrbücher konzentrieren? Meine Mutter will unbedingt, dass ich einen erfolgreichen und reichen Mann heirate – und nicht einen, der ständig blaumacht!«

»Heiraten?« Brandon spürte geradezu, wie ihm die Farbe aus dem Gesicht wich.

»Schon gut! Nur keine Panik! Wir lassen es langsam angehen.« Sie schob den Stuhl, auf dem er saß, wieder so hin, dass er zum Schreibtisch zeigte. »An die Arbeit!«, befahl Riley.

Seufzend blätterte Brandon durch eins der Lehrbücher. Riley lehnte sich derweil wieder gegen den Schreibtisch und ging die Testbögen durch. Ab und zu stellte sie ihm eine Frage. Er konnte alle beantworten. Schließlich wusste er eine Menge über Design und Materialien.

Plötzlich beugte sie sich zu ihm herunter und legte die

Hand auf sein Knie.

»Was ist?«, fragte er verwundert.

»Du zappelst ständig herum!«

Brandon verzog das Gesicht, verschränkte die Arme auf dem Tisch und widmete sich wieder den Büchern. Minuten später lag Rileys Hand erneut auf seinem Knie. Er fuhr sich unruhig mit beiden Händen über den Kopf.

»Was ist mit dir?«, meinte sie lächelnd. Sie schien sich über ihn zu wundern.

»Nichts«, brummte Brandon und knetete die Hände. Es war ihm peinlich, dass Riley ihn so sah. Wenn er an seinen Designs arbeitete, war er nie so zappelig. Weil es ihm Spaß machte. Weil er kreativ sein konnte. Aber stundenlang durch Bücher zu blättern, war nicht sein Ding.

»Warum hast du die Prüfung bisher nie geschafft?«, fragte sie plötzlich, nachdem sie gut eine Stunde lang gemeinsam die Materialien durchgegangen waren. Brandon hatte sich bemüht, weniger herumzuzappeln.

»Ich bin schlecht in so was«, gab er zu.

»In was?«

»Lernen ... Prüfungen schreiben ... Ich kann mich oft nicht gut konzentrieren ...«

»Bist du nicht etwas zu hart zu dir selbst?« Sie stellte sich wieder hinter ihn und massierte seine Schultern. Die Anspannung fiel von ihm ab.

»Vielleicht.« Bei dieser Prüfung war er schon zweimal durchgefallen. Sein Selbstvertrauen war ziemlich angeknackst.

»Billardspielen wäre jetzt eine gute Idee«, rutschte es ihm heraus.

»Zuerst die Arbeit, dann das Vergnügen!«, sagte sie streng.

»Billard hilft mir, mich zu konzentrieren ...« Er hatte

noch nie zuvor mit einer seiner Freundinnen über sein *Problem* gesprochen. Andere meditierten, Brandon spielte Billard.

Riley schlang erneut die Arme um seinen Hals. Im nächsten Moment schmatzte sie ihm einen zärtlichen Kuss auf die Wange.

»Hilft dir das auch?«, hauchte sie verführerisch in sein Ohr.

»Weiß nicht ... Mach's noch mal!«, gab er frech zurück. Riley küsste ihn erneut, dann schmiegte sie ihr Gesicht gegen seins. Ihre Wange fühlte sich heiß an. Außerdem spürte er, dass sie lächelte. Und Brandon lächelte auch.

20

Riley drehte sich müde auf die Seite und rieb sich die verklebten Augen. Sie spürte einen warmen Körper neben ihrem. Natürlich war es Brandon – und er war nackt. Riley hingegen war angezogen. Im Bett trug sie meist Pyjamashorts und ein weites T-Shirt. Jetzt trug sie nur das T-Shirt. Sie schlief nicht gerne im Evakostüm. Gestern Abend hatten sie Sex gehabt. Dreimal. Zwar hatten sie natürlich Pausen eingelegt, aber das war dennoch Rileys persönlicher Rekord gewesen. Sie hatte noch nie in einer Nacht dreimal mit einem Mann geschlafen. Brandon war unersättlich – und diese Ausdauer! Dabei war doch Riley sonst immer diejenige, die vor Energie strotzte.

Nun lag er auf dem Bauch und hob kurz den Kopf, nur um ihn gleich darauf wieder im Kissen zu vergraben.

»Morgen«, nuschelte Riley. Brandon kuschelte sich sofort an sie, legte die Hand auf ihre Wange, um ihren Kopf zu halten, und gab ihr einen Kuss auf die Schläfe. Derweil lag Riley auf dem Rücken wie ein toter Käfer, alle viere von sich gestreckt. Sie konnte sich kaum rühren. Irgendwie tat ihr alles weh! Brandons Hand wanderte von ihrer Wange bis zu ihrer Halsbeuge und erreichte schließlich ihre Brust. Riley schob seine Hand energisch weg.

»Darf ich dich nicht anfassen?«, säuselte er in ihr Ohr und gab ihr einen Kuss auf den Hals, dann auf die Schulter.

»Ich kann nicht mit dir mithalten.« Riley musste jetzt auf die Toilette, und dann würde sie duschen.

»Kam mir gestern Nacht nicht so vor.« Er lächelte diebisch, als sie ihren Kopf zu ihm hindrehte. Brandons Lächeln war umwerfend. Vor Kurzem hatte er sich das Haar im Nacken kürzer schneiden lassen, da es endlich nachgewachsen war. Riley mochte die tiefbraune Farbe. Nun, da er nicht mehr glatzköpfig war, sah er super aus. Sogar besser als Noah. Bei diesem Gesicht hatte Gott ein Maßband angelegt – bei Riley hatte er das nicht getan! Ihre linke Wange war irgendwie voller als die rechte. Die Nase sah von der einen Seite anders aus als von der anderen. Aber bei Brandon war alles symmetrisch.

»Was guckst du so?«, fragte er, da sie starrte.

»Ich habe mir einen hübschen Freund angelacht!« Sie zwickte ihn in die Nase.

»Hübsch? Ich bin sexy ...«

Riley lächelte von einem Ohr zum anderen.

»Bist du«, gab sie zu. Brandons Körper konnte sich sehen lassen. Sie mochte die breiten Schultern, die langen und geraden Beine. Sein Hintern war auch klasse! Den hatte sie gestern Abend schamlos abgetastet.

»Hält dich Billardspielen fit?«, scherzte sie. Er war erstaunlich muskulös, auch wenn er insgesamt doch schlank war.

»Nein.« Er lachte. »Aber die Arbeit in der Werkstatt. Ich helfe manchmal mit.«

»Hör bloß nicht damit auf!«

»Du stehst auf starke Männer?«

»Ich stehe auf *dich*.«

»Jetzt werde ich rot!«, witzelte er. Ohne Vorwarnung rollte er sich über sie. Riley zog instinktiv die Knie an. Nun lag sie mit gespreizten Beinen unter ihm.

»Ist nicht dein Ernst!«, jammerte sie. »Ich kann jetzt nicht ...« Sex am Morgen war nicht ihr Ding. Sie musste wirklich ganz dringend auf die Toilette. »Du bist doch sonst morgens nie wach zu kriegen!«, grummelte Riley. »Zieh dir endlich was an!« Sie schob ihn mit sanfter Gewalt von sich herunter. Brandon grinste schelmisch und vergrub sein Gesicht wieder im Kissen. Kurz schnüffelte er daran. Er roch ständig an ihrer Bettwäsche, an ihrem Haar oder an ihrem Shirt …

Kopfschüttelnd setzte Riley sich auf. Brandon hatte die Augen geschlossen und schien wieder friedlich zu schlafen. Derweil trabte sie zum Kleiderschrank und suchte nach frischer Unterwäsche. Sie kramte auch ein Paar bequeme Baumwollshorts daraus hervor und zog sie an.

Plötzlich klingelte es an der Tür. Wer kam denn um diese Zeit vorbei? Es war Samstagvormittag. Riley ging die Treppen hinunter bis in den Flur. Dort drückte sie auf den Knopf der Sprechanlage.

»Hallo?«

»Schatz, ich bin's!« Es war ihre Mom. Riley hatte das Gefühl, ihr Herz würde stehenbleiben!

»Hi Mom!«, rief sie dennoch. »Ich mach gleich auf.« Panisch rannte sie zur Treppe, die hoch in ihr Schlafzimmer führte.

»Brandon! Meine Mutter ist da! Zieh dir endlich was an!«

Er würde doch nicht …! War er wieder eingeschlafen? Riley hastete die Treppe hoch und nahm zwei Stufen auf einmal. Zu ihrer großen Überraschung saß Brandon aufrecht im Bett und schloss gerade den Reißverschluss der Jeans. Gleich darauf stand er auf und suchte nach dem Hemd, das Riley ihm bei dem wilden Liebesspiel gestern Abend ausgezogen hatte.

»Deine Mutter ist da?«, murmelte er. »Darauf bin ich nicht vorbereitet.«

»Ich auch nicht!« Riley rannte wieder die Stufen hinunter, verließ die Wohnung und hastete den schmalen Flur neben der Boutique entlang bis zur Eingangstür.

»Mom ... Warum hast du mir nicht gesagt, dass du kommst?«

»Ich wollte dich überraschen!«, gab ihre Mutter fröhlich zurück. Sie trug einen hübschen Blazer und neue Ohrringe.

»Komm rein«, sagte Riley. Ihre Mom ging voraus. In der Wohnung angelangt, peilte sie sofort die Küche an. Riley hatte nicht mal den Tisch abgeräumt. Gestern Abend hatte sie für Brandon gekocht. Schließlich hatten sie etwas zu feiern gehabt: Er hatte die Prüfung bestanden. Riley war sehr stolz auf ihn. Tagelang hatte sie ihm beim Lernen geholfen. Schnell räumte sie die schmutzigen Teller zur Spüle und ließ die leere Weinflasche verschwinden. Sie hatte auch noch keinen Kaffee aufgesetzt, dabei war Riley morgens doch immer sehr früh wach. Ihre Mom schaute sich verwundert um.

»Hattest du gestern Besuch?«, fragte sie.

»Ähm ...« Riley stammelte. Sie hörte ein Geräusch und schaute auf. Brandon stand plötzlich in der Tür.

»Guten Morgen, Mrs O'Connor«, sagte er höflich. Riley stutzte. Er sah super aus. Das Hemd war faltenfrei – sie hatte es ihm gestern Abend ausgezogen, bevor es knittern konnte –, und die dunkle Jeans stand ihm ausgezeichnet. Ihre Mom wirkte beeindruckt. Riley war es auch. Schließlich kam er morgens doch nie aus den Federn! Jetzt hingegen wirkte er frisch und erholt.

»Guten Morgen«, erwiderte sie.

»Das ist Brandon«, sagte Riley. Ihre Mom inspizierte ihn von Kopf bis Fuß.

»Sie sind also Brandon Walsh«, meinte sie ruhig.

»Bin ich!« Er grinste charmant und reichte ihr die Hand, die sie misstrauisch beäugte.

»Setzt euch hin! Kaffee ist gleich fertig!«

»Und was machen Sie in der Wohnung meiner Tochter?«, hakte ihre Mutter nach und ignorierte Rileys Aufforderung.

»Mom! Wir sind ...«

»Ihr seid ... was?«

»Wir sind ein Paar«, sagte Brandon ernst. »Sie haben doch nichts dagegen?« Er wirkte so seriös! Das imponierte ihrer Mom bestimmt. Meist trug er nur Kapuzenpullis, den Rücken leicht gekrümmt. Jetzt jedoch stand er kerzengerade da – dadurch wirkte er auch viel größer – und sah einfach nur umwerfend aus. Riley guckte von ihrer Mom zu Brandon und wieder zurück. Sie zog die Stirn in Falten, während sie sich fragte, wie ihre Mutter auf die Neuigkeiten reagieren würde. Sie hatte Riley etliche Male auf Brandon angesprochen. Ihr kam es so vor, als ob sie nicht ehrlich gewesen wäre – dabei erzählte sie ihrer Mom doch immer alles.

»Warum weiß ich davon nichts?«, sagte ihre Mutter harsch und stemmte die Arme in die Hüften. »Sie mögen meine Tochter?«

»Ihre Tochter mag mich auch«, erwiderte Brandon kleinlaut.

»Das weiß ich schon lange!«, platzte es aus ihr heraus. Riley spürte, wie sich ihre Wangen röteten. War sie so leicht zu durchschauen? Ihrer Mom konnte sie nichts vormachen. Brandon guckte mit einem frechen Grinsen zu ihr herüber.

»Sie meinen es doch ernst mit meiner Tochter, junger Mann?«, donnerte sie nun.

»Natürlich«, sagte er förmlich. Ihre Mom legte den Kopf etwas schief und betrachtete sich Brandon ganz genau, der plötzlich verunsichert wirkte. Wahrscheinlich hatte er sich dieses erste Treffen anders vorgestellt.

»Wenn das so ist!« Ihre Mom klatschte fröhlich in die Hände. »Dann lasst uns gemeinsam einen Kaffee trinken! Ich habe leckere Cupcakes dabei. Die müssen Sie probieren, Brandon!«

Riley lächelte und setzte endlich die Kaffeemaschine in Gang. Brandon wirkte sichtlich erleichtert. Er nahm am Tisch Platz, stand aber sofort wieder auf, als er bemerkte, dass ihre Mom Teller aus dem Schrank räumte. Vermutlich wollte er helfen, aber Riley bedeutete ihm mit einer Handbewegung, er sollte ruhig sitzen bleiben. Es amüsierte sie, zu sehen, wie ihre Mutter ihn einzuschüchtern vermochte. Wenn es um Riley ging, verwandelte sie sich in eine echte Löwin. Sie wollte ihre Tochter beschützen.

Als drei Kaffeetassen auf dem Tisch standen, öffnete ihre Mom die Schachtel mit den Cupcakes.

»Welchen mögen Sie?«

»Sehen alle lecker aus«, sagte Brandon.

»Sie sind also eher der unentschlossene Typ?«

»Den mit Vanillecreme«, antwortete er prompt.

»Die mag ich auch am liebsten.« Ihre Mom lächelte versöhnlich.

Riley schenkte allen Kaffee ein und setzte sich dann mit einem breiten Lächeln hin. Brandon und ihre Mutter würden sich super verstehen. Da war sie sich sicher – und Riley irrte sich nicht. Sie unterhielten sich über die Boutique, über Brandons Job, über das Wetter und über Cupcakes. Eine Stunde lang saßen sie gemeinsam am Frühstückstisch und plauderten. Riley öffnete eins der Fenster, um etwas Frischluft und Wärme hereinzulassen. Ein wunderschöner Sommertag kündigte sich an. Sie wollte rausgehen, was unternehmen!

»Ich muss los«, sagte ihre Mom plötzlich.

»Jetzt schon?«

»Ich will bestimmt nicht das fünfte Rad am Wagen sein! Ihr zwei habt ohne mich sicher mehr Spaß!« Sie schnappte sich die schicke Handtasche, und Riley war klar, dass sie sich nicht dazu überreden lassen würde, noch länger hierzubleiben. Also begleitete sie ihre Mutter zur Tür, die ihr unterwegs ein »Er gefällt mir!« zuflüsterte. »Und wie toll er aussieht! Kein Wunder! Ist er doch Claires Sohn! Ich hatte sofort ein gutes Gefühl bei ihr ...«

»Ja, Mom, du bist die Beste!«, sagte Riley lächelnd.

»Und ob ich das bin! *Ich* habe euch zusammengebracht!« Der Stolz in ihrer Stimme war nicht zu überhören. Sie hatte es also geschafft, für ihre Tochter einen Prinzen zu finden.

»Lieb dich, Mom!« Riley gab ihr einen Kuss auf die Wange.

»Ich dich noch mehr, Schatz!« Sie umarmten sich rasch, und dann zog ihre Mutter wieder los.

»Wir kommen am Wochenende vorbei! Ganz bestimmt!«, rief Riley ihr hinterher. »Grüß Lucky von mir! Und Henry auch!«

Mit einem breiten Lächeln im Gesicht schloss Riley die Tür. Als sie sich umdrehte, stand Brandon vor ihr.

»Denkst du, sie mag mich?«, fragte er.

»Sie *liebt* dich!« Riley schlang die Arme um seinen Hals, verschränkte die Hände in seinem Nacken und schaute hoch zu ihm. Brandon wirkte nicht überzeugt.

»Wie süß ...! Du machst dir Sorgen!« Sie stellte sich auf die Zehenspitzen und gab ihm einen Kuss auf den Mund. Jetzt lächelte er wieder.

»Ich weiß, wie wichtig deine Mom für dich ist«, sagte er. Riley stutzte. »Ich will, dass sie mich mag!« Er klang wie ein kleines Kind, und Riley küsste ihn noch mal.

»Wenn *ich* dich mag, dann mag sie dich auch!«

Brandon nahm ihr Gesicht in beide Hände. Seine Unsicherheit schien verflogen.

»Dann ist ja alles okay! Du stehst nämlich total auf mich!«, meinte er selbstgefällig.

»Wer ist gestern Nacht wieder mal über mich hergefallen?«

»Du bist eben verdammt sexy ...«

»Klar!« So toll war Riley nun auch wieder nicht. Er gab ihr einen Kuss auf die Stirn, bevor er die Arme um sie schlang und sie fest drückte.

»Was machen wir jetzt?«, nuschelte sie gegen sein Hemd.

»Wir hatten noch nie ein richtiges Date.«

»Soll das heißen, du willst das nachholen?« Sie löste sich aus der Umarmung.

»Wir könnten am River Lee entlangspazieren«, schlug er vor.

»Oder eine Bootsfahrt machen.«

»Oder eine Fahrradtour ...«

»Oder wir legen uns ins Bett und tun's, bis uns die Puste ausgeht!« Riley grinste frech.

»Ich dachte, ich bin dir zu anstrengend?«

»Ich habe Energie getankt!«, verkündete sie glücklich. »Nach zwei Tassen Kaffee bin ich wieder hundertprozentig fit!«

»Im Ernst ... Machen wir was draußen ... Das Wetter ist super ...«, sagte Brandon.

»Gehen wir im Fitzgerald Park spazieren und trinken später einen Kaffee bei *CoffeeStar*? Ich entwerfe das Kleid für die zukünftige Frau des CEO.«

»Du hast schon Kunden aus der High Society?«, witzelte er. »Cool!«

Sie gab ihm einen Schubs. »Wir können uns auch auf die Dachterrasse setzen und eine Zigarette nach der anderen rauchen, während wir die Tauben beobachten.«

»Klingt gar nicht mal so schlecht, obwohl mir ein Bier lieber wäre.«

»Ich wollte die Terrasse schon seit Langem bepflanzen«, fiel Riley ein. Sie hatte nur bisher nie dafür Zeit gehabt.

»Dann machen wir das!«, erwiderte er enthusiastisch.

»Wie?« Riley lachte. »Jetzt?«

»Warum nicht? Das wäre doch mal eine super Idee für ein Date!«

»Das ist doch kein Date!« Riley schüttelte amüsiert den Kopf.

»Warum nicht? Komm schon! Wir fahren in die Gärtnerei, suchen ein paar hübsche Pflanzen und verwandeln deine triste Terrasse in ein buntes Blumenmeer!« Er schien es ernst zu meinen. »Wir sollten auch neue Möbel besorgen.« Brandon wirkte nachdenklich. »Wir müssen alles genau planen.«

»Ich bin keine Gartendesignerin ...«

»Aber wir sind doch beide kreativ! Ich dachte, du liebst Herausforderungen?«

»Und ob! Die Idee ist super!« Sie lächelte glücklich. »Wir sollten schnell duschen, und dann machen wir uns auf den Weg ins Gartencenter.«

»Gemeinsam duschen? Gefällt mir ...« Er grinste dreckig.

»Geh du zuerst! Ich muss schnell aufräumen.«

»Aber ...!«

Riley ließ ihn einfach stehen und spazierte in die Küche. Wenn sie mit ihm gemeinsam duschte, würden sie am Ende wieder nackt im Bett landen. Sie räumte die Tassen vom Tisch und wusch das Geschirr vom gestrigen Abend ab. Gut gelaunt summte sie ein Lied vor sich hin, als Brandon plötzlich hinter ihr stand. Mit dem Duschen hatte er sich offenbar beeilt. Er rubbelte das kurze Haar mit einem Handtuch trocken.

»Hast du ein Stück Papier?«, fragte er, als Riley das letzte Glas im Küchenschrank verstaute. Nun war alles sauber.

»Was hast du damit vor?«

»Ich will einen Plan von der Dachterrasse erstellen.«

»Im Schlafzimmer in der obersten Schublade der Kommode.« Dort und in ihrem Nähtisch bewahrte sie Papier und Stifte für ihre Entwürfe auf. Er huschte ins Wohnzimmer, und Riley hörte, wie er die Treppen hinaufrannte. Sie ging derweil ins Bad. Ihr Haar wusch sie nicht, da sie keine Lust zum Föhnen hatte. Als sie fertig war, spazierte sie hoch zu Brandon, den sie auf der Dachterrasse vermutete, wo er sich wie erwartet aufhielt.

Riley suchte in ihrem Kleiderschrank nach frischen Sachen und zog sich an, während sie Brandon durch die Glastür beobachtete. Hoch konzentriert arbeitete er an einer Skizze. Mit Shorts und einem ihrer Lieblings-T-Shirts spazierte sie barfuß zu ihm hinaus auf die Terrasse.

»Schon fertig?«, fragte Brandon.

»Klar! Ich habe sogar die Beine rasiert! Guck mal: Glatt wie ein Babypopo!« Sie streckte ihm ihr Bein hin und grinste breit. Brandon schüttelte ungläubig den Kopf.

»Und? Wie sieht's aus?«, wollte Riley wissen.

»Ich habe eine Menge Ideen!«

»Das sehe ich!« Sie lugte auf die Skizze.

»Hier machen wir eine bequeme Sitzecke … Und da drüben stellen wir Bambusbäume für den Sichtschutz auf, und hier kommen zwei Blumenkästen hin. Was hältst du davon?«

»Finde ich super!« Sie klatschte begeistert in die Hände.

»Zuerst fahren wir zur Werkstatt. Ich borge mir dort einen Lieferwagen aus.« Brandon nahm dieses Projekt wirklich ernst. Riley war aufgeregt. Die Sonne schien, sie hatte frei – dieser Tag würde großartig werden.

Mit Brandons Wagen fuhren sie bis zur *Walsh Company.* Riley stieg aus und guckte sich gespannt um, als er die Tür öffnete und das Licht anmachte.

»Da ist die Holzwerkstatt, da drüben ist die Metallwerkstatt«, erklärte er beiläufig, während sie durch eine riesige Werkhalle spazierten. Überall standen Billardtische, fertige und solche, die noch in Arbeit waren.

»Und das ist mein Büro«, sagte er. Riley lugte ins Innere. Er hatte ihr schon mal ein Foto von seinem Schreibtisch geschickt – weswegen sie das Chaos nicht überraschte. Gleich hinter der Tür war ein Schlüsselkasten, den Brandon nun öffnete.

»Was guckst du so? Sieht bei dir ja nicht besser aus«, grummelte er und bezog sich wohl auf die Unordnung.

»Ich habe nichts gesagt!« Riley hob abwehrend die Hände. Eigentlich wollte sie nur so viel wie möglich über ihn in Erfahrung bringen. Dieser Schreibtisch zeigte deutlich, dass Brandon fleißig war und hart arbeitete.

Sie gingen wieder nach draußen und stiegen in einen der drei Lieferwägen. Das Logo und der Name des Unternehmens prangten auf dem Fahrzeug. Riley machte es sich auf dem Beifahrersitz bequem und schnallte sich an. Es kam ihr so vor, als wären sie auf einer Mission!

Im Gartencenter angelangt, ließen sie sich beraten. Die Verkäuferin erklärte ihnen, welche Pflanzen am besten für die Dachterrasse geeignet waren. Dort oben war es meist sehr sonnig. Sie kauften exotischen Bambus, weiße Geranien, orange Ringelblumen und violette Petunien – Riley liebte Farben! Sie wollte einen bunten Garten haben.

»Zum Glück habe ich einen starken Mann dabei!«, witzelte sie. Neben zwei Blumenkästen und Pflanzenkübeln kauften sie auch noch Blumenerde ein. Die nächste Station war der Baumarkt. Brandon entdeckte ein Doppelsofa aus

Rattan. Sie kauften auch den passenden Tisch mit Glasplatte dazu und fanden eine solarbetriebene Lichterkette. Mit voll beladenem Lieferwagen fuhren sie zurück zu Rileys Wohnung. Zuerst luden sie die Pflanzen aus. Brandon bestand darauf, dass Riley nur die leichten Sachen allein hoch schleppte. Also schnappte sie sich die leeren Plastiktöpfe. Das Sofa, das erst zusammengebaut werden musste, trugen sie gemeinsam hoch. Vorerst jätete Riley das Unkraut, welches zwischen den Bodenplatten wucherte.

»Das kriegen wir heute bestimmt nicht mehr hin!« Sie wischte sich den Schweiß von der Stirn. Die Sonne schien erbarmungslos vom Himmel.

»Es ist erst zwei Uhr nachmittags! Bis zum Abend sieht deine Terrasse ganz anders aus! Glaub mir!«

Riley fuhr mit der Arbeit fort und bepflanzte die Blumenkästen. Brandon klappte derweil die Stühle zusammen und baute das Sofa auf. Er war geschickt und flink. Die Bambusbäume stellte er dahinter auf.

»Dein Geländer braucht einen neuen Anstrich«, sagte er salopp. »Aber darum kümmern wir uns ein andermal.«

Er legte die hellgrauen Polster auf das Sofa und setzte sich breitbeinig hin, die Arme auf der Rückenlehne ausgestreckt. »Ist echt bequem! Setz dich zu mir!«

Riley zog die schmutzigen Gartenhandschuhe aus und ließ sich seufzend auf das Sofa fallen. »Sieht romantisch aus.« Glücklich lächelnd schmiegte sie ihren Kopf an seine Schulter. »So lässt es sich leben!«, meinte sie fröhlich. »Das Date ist super.«

»Ist es etwa schon vorbei?« Brandon legte den Arm um sie und zog sie näher zu sich. »Die meisten Dates enden doch mit Sex, oder?«

»Ist ja nicht weit bis zum Schlafzimmer!« Sie schielte zur Glastür.

»Tun wir's doch gleich hier! Wir müssen das Sofa einweihen.«

»Sicher doch!«

Riley stand auf und trat gegen sein Schienbein. Brandon lachte schallend. Er schien Spaß zu haben. Sein Lachen war toll.

»Solltest du öfter tun«, sagte sie.

»Was?«

»Lachen ...«

»Du bringst mich zum Lachen.«

Riley stemmte die Arme in die Hüften. »Ich hoffe, du lachst mit mir und nicht über mich!«, grummelte sie.

»Natürlich lache ich mit dir«, erwiderte er schmunzelnd. »Fehlt nur noch ein *Guinness*, und unser Glück ist komplett.«

Seufzend setzte sie sich wieder zu ihm und legte die Hand auf sein Knie.

»Unser Glück ist auch so komplett!« Sie kicherte vergnügt, woraufhin Brandon ihr einen süßen Kuss auf die Wange gab.

Riley hatte ihren Traumprinzen doch noch gefunden!

21

Brandon fuhr zur Boutique, wo er Riley abholte. Keinesfalls wollte er zu spät zum Familiendinner erscheinen. Den Wagen parkte er am Straßenrand. Eilig stieg er aus. Er trug einen grauen Anzug, eins seiner besten Stücke. Das Ding war zumindest bequem, auch wenn ihm eine Jeans und ein Shirt lieber gewesen wären. Zwar hatte er sich nicht dazu durchringen können, sich eine Krawatte umzubinden, aber auf das Jackett hatte er nicht verzichtet. Gerade als er zur Eingangstür trat, ging diese auf. Vor ihm stand Patricia, gefolgt von Riley. Brandon zog erstaunt die Augenbrauen hoch. Seine Freundin trug ein königsblaues Kleid mit mehrlagigem Rüschenrock, der über den Knien endete. Der Stoff war edel. Das Kleid war mindestens so elegant wie verspielt. Auch Riley schien überrascht, als sie ihn erblickte. Brandon hatte sich wie angekündigt in Schale geworfen. Patricia pfiff anerkennend. Dann flüsterte sie Riley etwas zu, und zwar so laut, dass Brandon es deutlich hören konnte. »Da hast du endlich einen Mann, der in einem Anzug umwerfend aussieht!«

Brandon grinste zufrieden, während er sich Riley genauer anschaute.

»Du siehst aber auch …«, begann er und hielt inne. Zwar hatte er gehofft, dass sie sich hübsch anziehen würde. Aber darauf verlassen hatte er sich nicht. Wieder mal hatte er sie unterschätzt. Riley sah toll aus.

»Schick, nicht wahr?« Sie posierte vor ihm, drehte sich

nach links und dann nach rechts. »Die Handtasche, die Schuhe und der Schmuck sind aber geliehen! Danke, Tricia!« Die beiden Freundinnen umarmten sich rasch und küssten sich auf die Mundwinkel. Brandon stand derweil bedröppelt da und konnte sich an seiner hübschen Freundin nicht sattsehen.

»Habt Spaß, ihr zwei!«, rief Patricia, winkte ihnen kurz zu und zog von dannen.

»Das Kleid ist wirklich super. Die Farbe steht dir.«

Es war hochgeschlossen, und ihre Brust wirkte dadurch etwas kleiner. Dafür betonte der voluminöse Rüschenrock ihre Hüften. Auch brachte er ihre schönen Beine perfekt zur Geltung.

»Ist von einer aufstrebenden jungen Designerin!« Riley grinste breit und drehte sich um. »Guck mal aufs Label!«

Er zupfte am Stoff im Nacken und schaute auf die Etikette. *Riley's* stand darauf. Lächelnd gab er ihr einen Kuss auf den Hals.

»Du bist echt talentiert.«

»Wusstest du das nicht?« Sie wirbelte herum. »Ich habe nur immer so wenig Zeit! Der Tag hat zu wenige Stunden!« Brandon schüttelte amüsiert den Kopf. »Sonst konzentriere ich mich immer auf Brautkleider, aber ich denke, dieses Kleid ist mir gut gelungen!« Plötzlich senkte sie den Blick und guckte auf die Füße. »Wenn ich mit diesen Schuhen hinfalle, wird das peinlich!« Daraufhin hakte sie sich bei ihm ein. »Du musst dafür sorgen, dass das nicht passiert!« Riley strahlte wie die Sonne.

Er führte sie zu seinem Wagen, wo sie auf dem Beifahrersitz Platz nahm. Brandon klemmte sich hinters Steuer, und sie fuhren los. Die Fahrt bis zur Villa seiner Eltern dauerte fast eine halbe Stunde. Unterwegs hörten sie Musik und unterhielten sich über Nichtigkeiten. Riley wirkte vergnügt. Freute sie sich etwa auf dieses Dinner?

Sie erreichten ihr Ziel, und Brandon parkte das Auto vor dem Gebäude. Eine Steintreppe führte hoch zum Eingang. Riley saß stumm auf dem Beifahrersitz und starrte durch die Windschutzscheibe zum Haus. Ihr Mund war weit offen.

»*Hier* wohnen deine Eltern?«, fragte sie und wirkte erstmals eingeschüchtert.

»Das Haus gehört schon seit Generationen meiner Familie.«

Brandon stieg aus, umrundete den Wagen und öffnete für Riley die Tür. Er reichte ihr sogar die Hand, um ihr beim Aussteigen zu helfen.

»Ich fühle mich wie eine Prinzessin. Wenn meine Mom hier wäre …! Sie wollte immer, dass ich einen Prinzen finde.«

»Du übertreibst.« Bei dem Haus handelte er sich um ein historisches Gebäude im späten Georgianischen Stil erbaut. Der Garten war ziemlich groß und sehr gepflegt. Seine Mom kümmerte sich größtenteils selbst darum. Es gab einen Brunnen und sogar einen kleinen Teich inmitten der vielen Bäume und Sträucher.

Während sie die Stufen hochgingen, kam ein weiterer Wagen, der genau neben Brandons Auto parkte.

»Das sind vermutlich Kate … und James«, sagte er. Wie erwartet stiegen seine Schwester und ihr Verlobter aus. Kate winkte ihnen sofort zu. Die beiden kamen näher.

»Wow … Riley, das Kleid ist super!«, sagte Kate. »Hast du es selbst entworfen?«

»Natürlich!« Riley lächelte stolz.

»So eins will ich auch haben … Meine Güte! Die Freundin meines Bruders ist eine Modedesignerin! Da hast du einen guten Fang gemacht!« Sie klopfte Brandon auf den Rücken.

Derweil reichte Riley James die Hand, der sich kurz vorstellte. Zu viert traten sie zur Eingangstür. Drinnen schaute sich Riley gespannt um.

»Ich habe dir doch gesagt, das Haus ist gar nicht so groß«, erklärte Brandon. Es verfügte über etliche Zimmer, aber der Eingangsbereich war recht schmal. Außerdem hatten ihm die antiken Möbel und Vorhänge nie gefallen. Auch die Kronleuchter, die von den Decken hingen, sagten ihm nicht zu. Er hatte das Gefühl, sich in einem Schloss zu befinden. Brandon hielt nicht viel von Stuck und Prunk. Er bevorzugte ein minimales Einrichtungsdesign mit klaren und eleganten Linien.

Seine Mutter kam herbeigeeilt und begrüßte ihre Gäste. Riley schaute sie sich mit unverhohlenem Interesse an. Hatte sie sich die Tochter ihrer neuen Bingofreundin anders vorgestellt? Riley sah wirklich elegant aus. Mit den hohen Schuhen war sie auch viel größer. Die Brille hatte sie zu Hause gelassen. Die hätte zum Kleid wirklich nicht gepasst. Auch wenn er sich mittlerweile an das riesige Ding gewöhnt hatte.

»Das ist Riley«, platzte es aus ihm heraus, dabei konnte sich seine Freundin selbst vorstellen.

»Alles Gute zum Geburtstag«, sagte Riley förmlich und schüttelte seiner Mom die Hand.

»Erinnern Sie mich lieber nicht daran, dass ich schon wieder ein Jahr älter bin.« Seine Mutter lachte hell. »Nehmt Platz!« Sie deutete Richtung Esszimmer. »Ich habe ein köstliches Menü gezaubert.«

»Tust du doch immer«, gab Brandon zurück. »Aber solltest du an deinem Geburtstag nicht die Füße hochlegen?«

»Du weißt doch, wie gerne ich koche! Und wenn du schon deine Freundin mitbringst ...« Sie lächelte zweideutig. Seine Mutter liebte es, zu kochen. Früher hatte ihr Kate oft dabei geholfen.

»Wo ist Dad?« Brandon lugte ins Esszimmer. Der Tisch war hübsch gedeckt. In der Mitte stand ein Blumenbouquet. Von seinem Vater fehlte aber jede Spur, wo er doch sonst oft schon am Tisch saß, wenn Brandon eintraf. Das Esszimmer war von jeher ein Raum gewesen, wo er sich besonders gerne aufhielt. Hier am Tisch las er morgens immer die Zeitung, während er sich einen Kaffee gönnte.

»Dein Vater ist noch in seinem Arbeitszimmer. Er kommt bestimmt gleich«, sagte seine Mutter.

»Wenn man vom Teufel spricht«, brummte Brandon. Sein Dad kam gerade die Treppe herab. Er trug unter dem Jackett eine schicke Weste. Der Kragen seines Hemdes war perfekt gebügelt. Normalerweise beäugte er Brandons Outfit immer kritisch, wenn sie sich begegneten. Diesmal jedoch schwenkte sein Blick sofort zu Riley. Er hob überrascht die Augenbrauen.

»Wer ist denn das?«, fragte er in einem überaus charmanten Ton. Brandon wunderte sich.

»Ich bin Riley.«

»Sie sind also die neue Freundin meines Sohnes, von der ich schon so viel gehört habe?«, meinte er ruhig.

»Sie haben von mir gehört?« Riley strahlte. »Ich hoffe nur Gutes!« Sein Vater lachte – und Brandon konnte es kaum fassen. Sein Dad lachte nämlich so gut wie nie.

Riley fragte seine Mom, ob sie in der Küche helfen könne – »Ich will mich nützlich machen! « – und Brandon folgte den Männern missmutig ins Esszimmer. James hatte seinen Vater bereits in ein Gespräch verwickelt. Die beiden schienen sich blendend zu verstehen. Sehnsüchtig schaute Brandon über die Schulter zurück in den Flur. Die drei Frauen waren bereits in der Küche verschwunden.

Brandon wollte sich hinsetzen, doch dann zögerte er.

Sein Vater nahm immer am Kopf des Tisches Platz, und James setzte sich zu seiner Rechten. Wo wohl Riley sitzen wollte?

Kate kam mit einem Topf voll Suppe zurück. Riley brachte das in Scheiben geschnittene Sodabrot, und seine Mutter kam mit einer Flasche Wein herbeigeeilt. Zwei Krüge mit Wasser standen bereits auf dem Tisch. Es ging sehr hektisch zu. Die Weingläser füllten sich. Nach und nach nahm jeder Platz. Zwar waren bei solchen Anlässen immer alle schick gekleidet, aber ansonsten wurde auf Förmlichkeiten weitgehend verzichet. Es wurde auch mal mit den Händen gegessen und Teller auf dem Tisch herumgereicht.

»Lasst es euch schmecken!«, sagte seine Mom, die neben Brandon saß.

»Das Geburtstagskind kriegt zuerst.« Kate füllte den Teller seiner Mutter mit Suppe.

Riley hatte zur Linken seines Vater Platz genommen und schien sich nichts dabei zu denken. Sie wirkte unbekümmert und entspannt. Er hatte schon öfter eine Frau zu einem Familiendinner mitgebracht, damit sein Vater sie kennenlernte. Schließlich hatte er ihn immer beeindrucken wollen. Wie dumm von ihm! Was sein Dad von Riley hielt, war ihm mittlerweile egal. Wenn er nicht begriff, wie toll sie war – dann war das sein Problem!

Die Gemüsesuppe war lecker. Brandon löffelte gemächlich den Teller leer und ließ es sich schmecken.

»Was machen Sie beruflich?«, fragte sein Dad plötzlich und richtete seine ganze Aufmerksamkeit auf Riley.

»Ich führe ein Brautmodengeschäft.« Sie sprach ruhig und deutlich. Brandon mochte ihre Stimme. Riley verhielt sich äußerst höflich und saß mit durchgestrecktem Rücken am Tisch, ohne den Eindruck zu erwecken, angespannt zu sein. Sie schien sehr interessiert daran, seine Familie kennenzulernen.

»Sie hat mein Brautkleid entworfen, Dad«, mischte sich Kate ein.

»Tatsächlich?« Sein Vater schien beeindruckt.

»Es ist wunderhübsch, Richard«, sagte seine Mutter.

»Sie sind Designerin?«

Riley nickte. »Ich entwerfe und nähe vorwiegend Brautkleider.«

»Ganz allein?«

»Meine Freundin Patricia unterstützt mich. Also sind wir zu zweit.«

»Wie läuft das Geschäft?« Sein Vater konnte es nicht lassen. Er wollte wohl unbedingt wissen, wie erfolgreich Riley war.

»Gut. Ich bin zufrieden.« Sie schenkte ihm ein wunderhübsches Lächeln. Das imponierte Brandon – und zwar nicht nur ihm.

»Ich habe gehört, Ihretwegen hat mein Sohn die Prüfung endlich geschafft«, fuhr sein Vater fort. Es war noch nie vorgekommen, dass er so viel Interesse an seinen Freundinnen gezeigt hatte. Brandon guckte derweil anklagend zu seiner Mom, die ein schuldbewusstes Gesicht zog. Er hatte ihr davon erzählt, dass Riley stundenlang mit ihm gelernt hatte, als sie ihn gefragt hatte, wie er vorankam.

»Dad ...!«, murrte er. Musste er ihn bloßstellen?

»Ist doch wahr!«, donnerte sein Vater. »Wie viele Male bist du durchgefallen?« An Riley gewandt, fügte er kopfschüttelnd hinzu: »Lernen ist nicht seine Stärke.«

»Trotzdem hat er es geschafft«, erwiderte sie. »Und zwar ganz allein. Ich habe ihm nur ein paar Tipps gegeben!«

»Vorher hat er es nie allein hingekriegt«, brummte sein Vater. »Das ist dann wohl Ihr Verdienst!« Er wirkte zufrieden, und Brandon begriff endlich, was offensichtlich war:

Seinem Vater gefiel Riley. Brandon wunderte sich sehr darüber – doch dann schielte er zu seiner Mom, und endlich verstand er, welche Frauen seinem Vater *wirklich* gefielen. Brandon schüttelte ungläubig den Kopf. Vielleicht hatten sein Vater und er doch mehr gemeinsam, als er bisher gedacht hatte?

»Wann wollt ihr beide heiraten?«, fragte seine Mom plötzlich. Sie guckte zu Kate und James. »Habt ihr noch immer keinen Termin?«

»Noch nicht ...«, erwiderte seine Schwester.

»Wolltest du dich nicht darum kümmern?«, meinte James harsch. Brandon wurde hellhörig. Auf Kate war doch stets Verlass. Sie erledigte ihre Aufgaben immer sofort. Jetzt hingegen verzog sie das Gesicht. Irgendetwas stimmte nicht mit ihr.

»Ich habe mal viel zu tun«, nuschelte sie.

»Wenn wir verheiratet sind, wird sich das ändern. Du wirst dann viele deiner Aufgaben in der Firma an Brandon abgeben, nicht wahr? Richard und ich haben schon darüber gesprochen«, sagte James.

Die Suppe tropfte von Kates Löffel. Ungläubig starrte sie von James zu ihrem Dad. Auch Brandon guckte belämmert. Warum wusste er nichts davon?

»Ihr habt was ...? Hinter meinem Rücken?«, stammelte Kate. Sie hatte also auch nichts gewusst.

»Wir haben uns kürzlich darüber unterhalten«, sagte ihr Vater nüchtern. »Wenn ihr eine Familie gründen wollt, wirst du deinen Verpflichtungen nicht mehr nachkommen können.«

Kate hatte es die Sprache verschlagen. Sie wirkte sichtlich geschockt – und wütend. Grimmig löffelte sie den Teller leer.

Es war Zeit für den Hauptgang, und Kate stand auf, um

ihn zu servieren. Riley wollte ihr helfen, aber Brandon hielt sie davon ab.

»Ich mach das«, flüsterte er ihr zu. Er wollte mit Kate unter vier Augen sprechen, also folgte er seiner Schwester in die Küche.

»Was ist los?« Er fiel sofort mit der Tür ins Haus. Sie richtete schweigend die Teller an. Es gab Räucherlachs mit leckeren Beilagen. Kate war gut in so was. Sie war die perfekte Hausfrau – und dennoch wusste Brandon ganz genau, dass es ihr mehr zusagte, ein Unternehmen zu führen, als in der Küche zu stehen.

»Was soll los sein?«, murrte sie. »Dieser Idiot ...!«

»Du meinst doch nicht James?«, hakte er vorsichtig nach. Natürlich meinte sie ihren Verlobten. Auch wenn sein Vater derselbe Idiot war – aber Kate hatte viel zu viel Respekt vor ihm, um so über ihn zu sprechen.

Plötzlich unterbrach sie ihre Arbeit, ließ die Schultern hängen und sagte: »Es fühlt sich nicht mehr richtig an ...«

»Was fühlt sich nicht richtig an?«

»James zu heiraten.«

Brandon wusste nicht, wie er reagieren sollte. Natürlich wollte er Kate beistehen, ihr zuhören; die Rolle des großen Bruders erfüllen und ihr einen guten Ratschlag geben – auch wenn so was nicht seine Stärke war. Gleichzeitig fiel es ihm schwer, ein betroffenes Gesicht zu machen, da er am liebsten einen Freudentanz aufgeführt hätte.

»Was ist? Du mochtest ihn doch nie ...«

»Nein ... Tut mir leid ...«

Sie presste die Lippen zusammen, und Brandon erschrak. Ihre Augen glitzerten verdächtig. Würde Kate gleich weinen? Er hatte seine Schwester noch nie weinen sehen. Das war nicht ihr Ding. Das Herz schlug ihm bis zum Hals! Sogar als sie Kinder gewesen waren, hatte Kate nie

Tränen vergossen. Wenn sie ein Junge getriezt hatte, dann hatte sie ihm ordentlich in den Hintern getreten. Auch Craig hatte es etliche Male abbekommen. Sie war nie besonders mädchenhaft gewesen.

»Ich bin doch schon mittendrin in den Vorbereitungen!«, platzte es aus ihr heraus. »Ich kann jetzt keinen Rückzieher machen!«

»Kate ...! Verdammt noch mal!« Brandon erhob nie die Stimme gegenüber seiner Schwester. Sie wusste immer, was richtig war. Was sie zu tun hatte. »Du musst nicht immer alles bis zum Ende durchziehen, okay? Du kannst auch mal mittendrin einfach ...« Er brach ab. Brandon hatte ›aufgeben‹ sagen wollen, aber dieses Wort wollte Kate bestimmt nicht hören. »Du kannst auch mal deine Meinung ändern und einen anderen Weg einschlagen.«

Tief atmete sie durch. Dann platzte es aus ihr heraus: »Ich habe Angst ... zu versagen.«

Daran war Kate tatsächlich nicht gewöhnt.

»Du hast doch nicht versagt – im Gegenteil! Schick den Kerl in die Wüste. Tu mir den Gefallen.« Seine Schwester wirkte zerbrechlich. So kannte er sie gar nicht. Brandon nahm sie, ohne zu zögern, in den Arm und drückte sie ganz fest. »Du bist zu gut für diesen aufgeblasenen Idioten ...«

»Wenn du das sagst ...« Lächelnd löste sie sich aus der Umarmung. Sie hasste es, Schwäche zu zeigen. »Reden wir nicht über mich«, nuschelte sie und wischte die klitzekleinen Tränen aus den Augenwinkeln. »Dad mag Riley!«

Sie lächelte breit, und Brandon hätte sie zu gerne noch mal in den Arm genommen. Aber er ließ es bleiben. Stattdessen ging er zur Küchentür und schob diese einen Spalt weit auf. Von hier aus konnte er ins Esszimmer lugen. Tatsächlich hatte sein Vater nur Augen für Riley. Er lachte schon wieder! Die beiden schienen sich blendend zu verstehen. Brandon beobachtete das Geschehen eine Weile und wunderte sich. ›Männer mögen mich nicht‹, hatte sie zu ihm gesagt. Wahrscheinlich waren die Typen da draußen genauso blind gewesen wie er. Sein Vater hingegen erkannte eine tolle Frau auf Anhieb.

»Riley ist Mom sehr ähnlich«, sagte Kate plötzlich.

Das war Brandon auch schon aufgefallen. Seine Mom war zwar nicht so verrückt wie Riley, aber auch sie neigte dazu, immer ihren Kopf durchzusetzen und einfach die Ärmel hochzukrempeln, wenn es schwierig wurde. Beide ließen sich von nichts und niemandem einschüchtern. In Brandons Familie gab es nur starke Frauen.

»Hast du gut gemacht.« Kate klopfte ihm anerkennend auf den Rücken.

»Was meinst du?«

»Ich finde Riley klasse! Und Craig mag sie auch!«

»Jeder mag sie.« Auch Mark fand sie toll.

»Wir sollten endlich das Hauptgericht servieren. Wahrscheinlich fragt sich sowieso schon jeder, wo wir bleiben.« Sie lächelte. Ihre schlechte Laune schien verflogen. Brandon hoffte inständig, dass Kate auf ihr Herz hören und James *nicht* heiraten würde.

22

Riley saß an der Nähmaschine, während Patricia es sich in dem bequemen Papasansessel gemütlich machte. Diese Woche hatte Riley bereits zwei Kleider verkauft. Das Geschäft lief sehr gut, alle Rechnungen und die Miete waren bezahlt. Wenn sie eine freie Minute hatte, dann arbeitete sie immer an ihrem eigenen Brautkleid.

»Du hast dich jetzt also doch für ein Prinzessinnenkleid entschieden«, meinte Patricia grinsend. Der Rock war sehr voluminös geraten. Wie viele Arbeitsstunden hatte Riley bereits in dieses Kleid gesteckt?

»Wahrscheinlich werde ich es verkaufen«, verkündete sie matt.

Patricia stand energisch auf. »Was?! Das ist doch *dein* Kleid!«

Riley hatte ihren dummen Traum schon lange aufgegeben. »Ich werde nicht heiraten«, brummte sie.

Patricia schien zu glauben, sich verhört zu haben. »Warum sagst du so was? Du hast doch deinen Traumprinzen gefunden!«

»Brandon ist kein Prinz«, gab Riley schmunzelnd zurück.

»Jetzt hör aber auf! Ihr beide seid doch ein Traumpaar!«

Riley kicherte. Das hörte sie ständig. Auch im *The Loophole* sagte das jeder. Brandons Freunde triezten sie immerzu.

›Wann ist es denn so weit?‹, hatte Mark sie kürzlich gefragt. Sie wussten, dass Riley von einer wunderschönen

Hochzeit träumte. Sie wussten auch, dass Brandon davon gar nichts hielt.

»Er wird mich nicht heiraten«, erwiderte Riley fröhlich. Sie war deswegen kein bisschen deprimiert. Wenn sie darüber nachdachte, wie sehr sie sich immer gewünscht hatte, vor den Traualtar zu treten, kam sie sich dumm vor. Lieber saß sie mit Brandon auf der Dachterrasse und trank ein *Guinness*. Sie konnte ja dieses Kleid dabei tragen! Und Patricia machte dann ein Foto. Die Idee war richtig gut! Ob er sich wenigstens dazu überreden ließ? Zwar trug er nicht gerne Anzüge, aber dennoch tat er es immer mal wieder – und sah toll aus! Sie würden einfach ihre ganz kleine private Feier veranstalten. Die Dachterrasse war der perfekte Ort dafür. Brandon hatte vor Wochen die Bodenplatten ausgetauscht und das Eisengeländer neu gestrichen.

Zufrieden widmete sich Riley wieder der Arbeit.

»Warum lächelst du?«, wollte Patricia wissen.

»Ich lächle doch gar nicht!«

»Doch, tust du!« Ihre Freundin zeigte anklagend mit dem Finger auf sie. Kopfschüttelnd nähte Riley weiter. Sie war fast fertig. Nur am Rock musste sie noch was ändern. Und dann war es so weit: Sie zeigte Patricia das Ergebnis. Stolz hielt sie das Kleid hoch, bevor sie es an ihren Körper drückte und damit posierte. Sie drehte sich hin und her. Der Rock schwang mit.

»Was hältst du davon?«, fragte sie.

»Ist super geworden …!« Patricia wirkte beeindruckt. »Zieh es an! Jetzt sofort!«, verlangte sie und klang dabei, als würde sie keine Widerrede zulassen.

»Ich weiß nicht …«

»Jetzt komm schon!«

Würde Riley dieses Kleid überhaupt in dieser Form verkaufen können? Sie hatte es an ihren eigenen Körper angepasst. Riley wusste, dass ihre Figur doch recht ungewöhnlich war. Es gab nicht viele Frauen mit einer ähnlich schmalen Taille und einem üppigen Busen.

»Worauf wartest du?«, fragte Patricia. Riley seufzte tief.

»Okay! Ich probiere es an!« Tatsächlich konnte sie es kaum erwarten! Sie schnappte sich den Petticoat, den sie darunter anziehen würde. Der Unterrock hatte einen Umfang von zweihundert Zentimetern und verlieh ihrem Brautkleid mehr Volumen. »Ich brauche auch meine Schuhe!«, rief sie Patricia zu und deutete auf eine Ecke im Nähzimmer, wo die Schuhschachtel stand.

»Du hast dir Schuhe gekauft?«, meinte ihre Freundin amüsiert.

»Das Kleid sieht nur mit hohen Schuhen schick aus!«

Die Umkleidekabine war gleich neben dem Nähzimmer. Patricia folgte ihr auf dem Fuß. Sie hielt das Brautkleid, während Riley sich ihrer Jeans und Bluse entledigte. Dann zog sie die Schuhe an und schlüpfte in den Reifrock, bevor Patricia ihr half, das Brautkleid anzuziehen. Ihre Freundin schloss den Reißverschluss. Riley drehte sich vor dem großen Wandspiegel einmal im Kreis. Der Volantrock war ihr großartig gelungen. Für die angekrausten Stoffstreifen hatte sie Organza verwendet, ein transparentes und schillerndes Gewebe aus Organsinseide. Trotz des opulenten Rocks sah das Kleid nicht zu pompös aus und schmeichelte Rileys Figur. Der Look war mindestens so romantisch wie königlich. Das mit Perlen verzierte Oberteil unterstrich die royale Optik. Die breiten Träger sorgten dafür, dass Rileys Busen mehr Halt hatte.

»Wahnsinn …!«, hauchte Patricia. »Das Kleid ist …! Du siehst …!«, stammelte sie. Beinahe färbten sich Rileys Wangen rot! Das Kleid war ihr bisher bestes Werk. Auch die Frisur war hübsch. Mittlerweile reichte ihr das Haar bis zur Schulter und war leicht gewellt. Noch nie hatte sie so schön ausgesehen. Beinahe war ihr zum Heulen zumute! Aber das erledigte Patricia. Sie wischte mit einer fahrigen Bewegung eine Träne von der Wange.

»Du übertreibst«, sagte Riley und versuchte, sich cool zu geben.

»Meine Freundin ist wirklich die hübscheste Braut auf der Welt!«

Die Schuhe passten wie erwartet perfekt zum Kleid. Nur leider waren sie etwas zu hoch, sodass Riley das Laufen damit erst lernen musste. Aber dann fiel ihr ein, dass sie das Kleid ohnehin nie tragen würde. Was wohl Brandon denken würde, wenn er jetzt hier wäre? Riley hatte es geschafft: Sie sah aus wie ein Prinzessin!

»Ich mache ein Foto!«, rief Patricia aufgeregt und zückte bereits das Handy.

»Doch nicht hier«, quengelte Riley. Dafür brauchte sie eine bessere Kulisse. »Und nicht jetzt.«

»Ist das dein Ernst?!«, japste Patricia. »Aber wir machen ein Foto, bevor du das Kleid verkaufst?«

»Sicher ...«, nuschelte Riley. Sie drehte sich noch einmal im Kreis. Das Brautkleid sah auch am Rücken super aus. Sie hatte sich diesmal wirklich selbst übertroffen.

Ihr Handy klingelte. Riley hatte es im Nähzimmer liegen gelassen. Sie hob den Rock etwas an und folgte mit wackeligem Schritt dem Geräusch. Ob es Brandon war? Er hatte mal wieder viel zu tun, sich heute Abend aber unbedingt für sie Zeit nehmen wollen.

Riley suchte nach dem Telefon und fand es unter einem Stück Stoff. In ihrem Nähzimmer herrschte wie so häufig Unordnung.

»Ist es dein Traumprinz?«, witzelte Patricia und schaute

über Rileys Schulter, um auf den Bildschirm lugen zu können.

Bin in einer Stunde im Loophole, hatte er ihr geschrieben.

»Willst du mitkommen?«, fragte Riley ihre beste Freundin. Patricia war erst kürzlich aus dem Urlaub mit Sean zurückgekehrt. Die beiden hatten sich ein paar entspannte Tage in Barcelona gegönnt. Patricia hatte eine Unmenge an Fotos geschickt, sodass Riley schon fast das Gefühl hatte, selbst dort gewesen zu sein.

»Ich habe Lust auf ein *Guinness!* Ich frage Sean, ob er mit uns ein Bier trinken will. Er holt mich heute ab.«

»Mach das!« Riley ging wieder nach draußen. Diesmal stellte sie sich vor den Spiegel in der Boutique, der größer war als jener in der Umkleidekabine. Patricia war ihr gefolgt und tippte nun etwas in ihr Telefon. Vermutlich schrieb sie Sean eine Nachricht.

»Wenn dich Brandon so sieht, wird er sich die Sache mit dem Heiraten sicher überlegen!«, sagte sie und hob den Kopf.

»Das bezweifle ich!«

Patricia lächelte. »Ich glaube, jetzt will ich auch heiraten! Wenn ich dann *so* hübsch aussehe!«

»Ist wirklich klasse, nicht wahr?« Riley konnte sich ein breites Grinsen nicht verkneifen. »Hilfst du mir beim Ausziehen?«

»Klar doch!« Patricia stellte sich hinter sie, um den Reißverschluss zu öffnen, als jemand an die Tür klopfte. Die Boutique war bereits seit einer Stunde geschlossen.

»Das ist Sean!«, rief Patricia aufgeregt. Sie öffnete ihm, während Riley bedröppelt in ihrem Brautkleid dastand.

Sean trat ein, und die beiden küssten sich kurz auf den Mund.

»Schau mal!«, sagte Patricia sofort und deutete auf Riley.

»Wow ...« Er pfiff anerkennend. »Super Kleid! Wann entwirfst du endlich eins für Tricia?« Er grinste breit.

»Mal langsam, Casanova!« Die beiden kicherten vergnügt. Sean war cool, obwohl er mit der quadratischen Brille und den Karo-Pullovern, die er häufig trug, wie ein waschechter Nerd aussah.

»Warte hier! Ich helfe Riley nur schnell beim Ausziehen.«

»Okay«, meinte Sean lässig. Auch er hatte immer eine Menge zu tun, aber Riley hatte ihn noch nie gestresst erlebt.

Sie ging mit Patricia zurück in die Umkleidekabine, wo sie vorsichtig ihr Kleid aus- und die Jeans und die Bluse wieder anzog. Patricia spazierte daraufhin zu Sean und vertrieb sich die Zeit mit ihm, während Riley schnell noch in die Sneakers schlüpfte und nach ihrer Jacke Ausschau hielt, die bestimmt irgendwo im Nähzimmer lag. Riley beeilte sich, damit die beiden nicht auf sie warten mussten.

»Ist ein cooles Pub«, hörte sie Patricia sagen. Schnell schnappte sie sich noch die Handtasche, suchte nach den Schlüsseln – und es konnte losgehen!

Sean war mit dem Auto da. Also fuhren sie bis zum Pub und gingen nicht zu Fuß. Drinnen war es wie immer gemütlich. Craig winkte Riley sofort zu, als er sie bemerkte. Aber von Brandon fehlte jede Spur. War Riley zu früh dran? Sie setzte sich an die Theke. Er schob ihnen die Bier hin, ohne dass Riley ihn dazu auffordern musste. Sie tranken auch immer dasselbe. Sean hingegen kannte Craig noch nicht, weswegen er ihn fragte, was er trinken wollte. Patricias Freund entschied sich für ein alkoholfreies Bier, schließlich musste er noch fahren. Während Craig dieses für ihn öffnete und das Glas zur Hälfte füllte, hob er den Kopf und schaute zum Eingang. Riley folgte instinktiv seinem Blick. Brandon betrat das Pub – und er war nicht allein. Seine Schwester Kate war auch dabei. Zwar hatte sie die Hochzeit mit James schon vor Monaten abgesagt, aber das Kleid hatte sie nicht zurückgebracht. Riley schielte verschmitzt zu Craig, dessen Gesicht sich immer aufhellte, wenn er Kate sah.

»Ihr kommt spät!«, meinte er.

»Viel zu tun, wie immer.« Brandon seufzte und setzte sich neben Riley. Er gab ihr einen süßen Kuss auf den Mundwinkel und begrüßte auch Patricia.

»Wer ist das?«, flüsterte er Riley zu und nickte in Seans Richtung.

»Patricias Freund.«

Brandon streckte ihm sofort die Hand hin, die Sean eifrig schüttelte. Auch ihm schien es hier zu gefallen. Den Billardtisch hatte er bereits ins Visier genommen. Riley wusste, dass Sean ganz ordentlich spielte. ›Bei Billard geht es um Geometrie‹, hatte er mal gesagt. Und für so was interessierte er sich.

Das Pub war ziemlich voll. Im Radio spielten sie einen Song von *The Dubliners.* Riley nahm einen Schluck nach dem anderen von ihrem *Guinness.* Sie fühlte sich so zufrieden wie schon lange nicht mehr. Endlich hatte sie ihr Kleid fertiggestellt. Und es sah super aus. Sie hatte sich einen weiteren Traum erfüllt.

Riley hatte ein gutes Leben. Ihre Mom musste sich keine Sorgen um sie machen. Und auch Riley musste sich keine Sorgen um ihre Mom machen. Lucky und Henry leisteten ihr Gesellschaft.

»Erzähl mir von deinem Tag«, sagte Brandon plötzlich, während Riley selig vor sich hingrinste.

»Sie hat heute erstmals das Kleid anprobiert, an dem sie schon seit Monaten arbeitet«, flüsterte Patricia ihm zu, und zwar so laut, dass es jeder hören konnte. Auch Craig, der nun schelmisch grinste.

»Hast du ein Foto? Ich will das Kleid sehen!«, meinte Brandon.

»Bist du verrückt? Das bringt Unglück ...!«, schimpfte Patricia.

»Warum denn?«

»Mein Bruder ist schwer von Begriff, sieh es ihm nach«, sagte Kate. Mit verschränkten Armen stützte sie sich an Bradons Schulter ab.

Craig legte sofort den Finger auf den Mund und bedeutete ihr damit, sie sollte bloß still sein. »Sonst kriegt er Panik und haut noch ab!«, rief er.

»Ich halte ihn auf, keine Sorge!« Mark war wie aus dem Nichts aufgetaucht und stellte sich hinter Brandon. Dass er groß war, wusste Riley natürlich. Aber im Moment erschien er ihr wie ein Berg, an dem es kein Vorbeikommen gab.

»Seid ihr alle verrückt geworden? Was soll der Quatsch?«, fragte Brandon. Riley sprach mit ihm schon lange nicht mehr über ihre Traumhochzeit und ihr Traumkleid. Dann wich ihm nämlich immer die Farbe aus dem Gesicht, und er sah richtig krank aus.

»Darf *ich* es ihm verraten, Riley?«, bettelte Patricia.

»Nein!« Riley spürte die Hitze in ihren Wangen aufsteigen. »Hört auf damit! Alle! Stoßen wir an. Auf die Zukunft!«

»Willst du das Thema wechseln?«, fragte Brandon.

Kate flüsterte ihm etwas zu, und Riley spitzte die Ohren. »Es bringt Unglück, wenn der Bräutigam die Braut vor der Hochzeit sieht!«

Tief sog er Luft ein. Endlich schien er zu verstehen. »Du hast dein ... Brautkleid anprobiert?«

»Nein«, log Riley verlegen. Sie wollte sich am liebsten irgendwo verkriechen! Es war ihr peinlich, dass jeder wusste, wie gerne sie heiraten würde. Sie hätte niemandem davon erzählen sollen! Aber nach ein paar Bier wurde ihre Zunge locker.

»Brandon, du schaffst das!« Mark klopfte ihm auf den Rücken. Alle lachten, und Riley versteckte ihr Gesicht hinter den Händen. »Wie lange seid ihr jetzt zusammen?«

»Auf den Tag genau ein Jahr«, sagte Brandon. Riley öffnete ihre Finger und lugte verstohlen zu ihm hin. *Auf den Tag genau ...* Nicht mal Riley hatte mitgezählt!

Alle johlten und pfiffen.

»Dein neuer Rekord!«, kommentierte Craig. »Mann, wir sind alle stolz auf dich!« Er wischte sich die nicht vorhandenen Tränen aus den Augen.

»Da ich meine Hochzeit abgeblasen habe«, begann Kate, »ist das jetzt deine Chance, mir zuvorzukommen, Bruderherz!«

»In dieser Hinsicht will ich nicht mit dir konkurrieren«, gab Brandon frech zurück und prostete Kate zu. »Sicher, dass du nicht vor mir heiratest?« Er nickte in Craigs Richtung.

»Hör auf mit dem Quatsch!« Jetzt war Kate verlegen.

Riley guckte zu Sean, der nicht länger sehnsüchtig zum Billardtisch starrte.

»Hat einer Lust auf ein Spiel?«, fragte er.

»Klar doch!« Mark ging mit ihm zum Tisch. Patricia folgte den beiden. Sicher würde sie ihren Freund anfeuern. Craig trat derweil hinterm Tresen hervor und stellte sich lässig neben Kate. Er wirkte immer so glücklich, wenn sie in seiner Nähe war.

»Lust auf einen Tanz?«, sagte er.

»Tanzen? Hier?« Kate lachte. Im Radio lief *Mairi's Wedding*, die Version von *The High Kings.*

»Warum nicht?« Craig nahm Kates Hand, und sie tanzten

drauflos. Brandon konnte sich vor Lachen kaum halten. Und Riley musste zugeben, dass sie nicht recht wusste, um welchen Tanz es sich handelte. Sie steppten, die Hände in die Hüften gestemmt, nur um sich gleich darauf in die Arme zu fallen. Es war eine Mischung aus irischem Volkstanz und Walzer. Die beiden amüsierten sich großartig, dabei war Kate doch sonst eher zurückhaltend. Aber wenn sie mit Craig zusammen war, ließ sie sich zu allem mitreißen. Brandon klatschte derweil im Takt in die Hände.

»Mein Pub ist doch kein Tanzstudio«, beschwerte sich Craigs Mutter, die plötzlich hinter dem Tresen auftauchte.

»Das Pub gehört jetzt mir, Mom! Schon vergessen?«, rief Craig. Seine Mutter schüttelte ungläubig den Kopf und bediente zwei Gäste, die sich an einen der Tische gesetzt hatten. Derweil tanzten Kate und Craig weiter, als gäbe es kein Morgen. Brandons Schwester strahlte übers ganze Gesicht.

»Die beiden sehen gut zusammen aus«, sagte Riley.

»Am Ende kommt immer zusammen, was zusammengehört.«

»Gilt das auch für uns?« Sie grinste breit.

»Natürlich! Willst du tanzen?«

»Ich habe zwei linke Füße!«

»Was?! Du wirst doch auch auf deiner Hochzeit tanzen müssen! Dann musst du üben! Du kannst keine hohen Schuhe tragen, du kannst nicht tanzen! Wie stellst du dir das überhaupt vor?«

»Ich habe ein superschönes Kleid, also guckt keiner, ob ich über meine eigenen Füße stolpere! Und sonst fängt mich mein Bräutigam bestimmt auf!«

»Dein Bräutigam? Wer soll das sein?« Er grinste verschmitzt.

»Weiß nicht ...«

Sie flirteten miteinander, als wären sie frisch verliebt.

»Komm schon! Ein Tanz!«, forderte Brandon sie auf. Riley ließ sich von ihm dazu überreden. Sie stolperte wie erwartet ungeschickt über ihre eigenen Füße – und auch über seine –, aber Brandon hielt sie gut fest, sodass sie nicht hinfiel. Sie lachten, küssten und umarmten sich. Als Riley zufällig über Brandons Schulter schaute, bemerkte sie, dass Kate in Craigs Armen lag.

»Sind die beiden jetzt endlich ein Paar?«, flüsterte sie Brandon zu.

»War auch an der Zeit!«

Sie tanzten noch eine Weile weiter, bis sie sich dann lachend und nach Luft ringend wieder an den Tresen setzten. Riley hatte sich für heute genug blamiert. Es war schon spät.

Sie verabschiedeten sich von ihren Freunden und zogen los. Gemeinsam spazierten sie vom Pub zu Rileys Boutique. Wie oft hatten sie diese Strecke in den letzten Monaten zurückgelegt? Sie ging den Weg immer wieder gerne. Ausnahmsweise rauchte sie nicht. Riley versuchte, es sich abzugewöhnen oder zumindest weniger zu rauchen. Brandon sagte ihr fast täglich, genau wie ihre Mom und Patricia, sie solle endlich damit aufhören. Sie war sich nicht sicher, ob er es ernst meinte. Dass sie rauchte, schien ihn nicht zu stören. Wahrscheinlich machte er sich nur Sorgen um ihre Gesundheit.

»Meine Familie mag dich, meine Freunde mögen dich«, sagte er plötzlich. »Ich bin noch nie mit einer Frau ausgegangen, die *jeder* mag!« Er grinste gequält. »Die können sich doch nicht alle irren, oder?«

Riley lachte. »Meine Mom mag dich auch! Patricia sowieso … Sie fand dich schon toll, als du damals mit Kate in meine Boutique geschneit kamst.«

»Stimmt doch nicht! Sie hat mir sofort die kalte Schulter gezeigt.«

»Sie fand dich attraktiv«, flüsterte Riley ihm zu.

»Lag es an der Glatze?« Brandon fuhr durch sein dichtes Haar. »Soll ich mir noch mal den Schädel rasieren?«

»Bloß nicht!« Riley lachte.

»Und?«, wollte er wissen. »Was war dein erster Eindruck von mir? Ich habe dir gefallen, nicht wahr?« Es machte ihm sichtlich Spaß, sie zu triezen.

»Du hast auf meine Titten gestarrt«, gab sie zurück.

»Stimmt!«

Brandon seufzte und schielte ungeniert auf ihren Busen. Sie kickte ihm zur Strafe den Ellenbogen in die Seite. Daraufhin nahm er ihre Hand und steckte sie mit seiner in die Tasche des Kapuzenpullis.

»Bevor du dir jemand anderen suchst, weil ich dich nicht heirate, wird mir wohl nichts anderes übrig bleiben, als mich in einen schicken Smoking zu zwängen.« Er seufzte theatralisch. »Ich muss doch gut aussehen auf den Fotos!«

»Wirst du bestimmt!«

»Und dann besaufen wir uns im ganz großen Stil!«, fuhr er fort.

»Besaufen klingt gut!« Sie kicherte. Gleich würden sie die Boutique erreichen.

»Willst du mit hochkommen?«, fragte sie lächelnd.

»Trinken wir ein *Guinness* auf deiner Dachterrasse?«

»Klar! Aber das meinte ich eigentlich nicht.« Sie grinste frech. Er würde in wenigen Minuten wieder über sie herfallen. Ganz bestimmt. Brandon konnte nicht genug von ihr kriegen. Und Riley würde jede Sekunde davon genießen!

»Gibt's morgen ein tolles Frühstück?«, fragte er.

»Natürlich!«

»Mit einem Kaffee, der Tote zum Leben erweckt?«
»Und ob!«

23

Brandon stand vor dem großen Spiegel in einem der vielen Zimmer des Ballinacurra House und betrachtete sich darin kritisch. Der Smoking war natürlich maßgeschneidert und ließ sich angenehm tragen. Die Fliege rückte er zurecht. An der Frisur war auch nichts auszusetzen. Das Haar hatte er wachsen lassen. Nach der Hochzeit würde er es wieder kürzer schneiden. Seit er sich vor zwei Jahren eine Glatze geschoren hatte, hatte er Gefallen daran gefunden, das Haar sehr kurz zu tragen.

»Und? Wie sehe ich aus?«, fragte Brandon seinen Trauzeugen. Craig hatte sich liebend gern dazu bereit erklärt, diesen Job zu übernehmen.

»Super, Mann!« Er klopfte ihm aufmunternd auf den Rücken. Brandon war nervös. Er zappelte ständig herum. Wieder zupfte er an der Fliege, dann am Satinrevers seines Jacketts. Fing er noch an zu schwitzen? Das durfte nicht passieren! Keinesfalls wollte er hässliche Schweißflecken unter den Achseln haben, wenn er später das Jackett auszog. Tief atmete er ein und aus. Er schloss sogar kurz die Augen. Sein Herz raste!

»Du kriegst doch keine kalten Füße?«, fragte Craig frech.

»Nein! Aber sehe ich gut genug aus? Das ist Rileys großer Tag. Ich will, dass alles perfekt läuft.«

»Das ist auch *dein* großer Tag, schon vergessen?«

»Ich mach mir nichts aus Zeremonien, das weißt du doch.«

»Aber du machst dir eine Menge aus Riley!« Craig grinste breit. Er schien das Ganze witzig zu finden. »Sie liebt dich doch total. Du könntest auch in der Badehose vor den Altar treten.«

Brandon guckte skeptisch. War das ein Pickel auf seiner Nase? Er hatte doch *nie* Pickel. Lag es am Stress? Jetzt fing er wirklich an zu schwitzen!

Er hatte geglaubt, Riley würde sich eine luxuriöse und pompöse Hochzeit wünschen. Aber sie hatte keine konkreten Pläne gehabt. Wenn es nach ihr gegangen wäre, hätten sie auch einen Priester bestellen und auf ihrer Dachterrasse heiraten können. Ihr war nur wichtig, einmal die hübscheste Braut zu sein – und einen Bräutigam zu haben, der an ihrer Seite gut aussah. Genau das war nämlich Brandons Job: Er musste heute toll aussehen. Riley wollte doch unbedingt hübsche Fotos haben.

»Aber jetzt zu was Wichtigem«, sagte Craig plötzlich.

»Was ist denn wichtiger als meine Hochzeit?«

Craig wühlte in seiner Hosentasche. Auch er hatte sich schick gemacht. Der Anzug stand im großartig. Was wohl Kate tragen würde? Die beiden hatten mit Sicherheit ihr Outfit aufeinander abgestimmt. Das langärmelige Jackett verdeckte die Tätowierungen, weswegen Craig einen recht anständigen Eindruck machte.

»Was hältst du davon?«, fragte er plötzlich und präsentierte Brandon eine Schatulle, in der ein Ring steckte. Ein sehr hübscher und bestimmt teurer Ring. Brandon zupfte an seinen Ärmeln. Saßen die Manschettenknöpfe? Sie waren ein Geschenk seines Vaters gewesen.

»Was sagst du nun?«, quengelte Craig.

»Wozu? Willst du mir einen Antrag machen? Zu spät!« Brandon lachte.

»Der ist für Kate! Das weißt du doch …«

Natürlich wusste Brandon das. Er wusste auch, dass Craig schon lange überlegte, endlich den nächsten Schritt zu tun und sie um ihre Hand zu bitten. Die beiden waren jetzt ein Jahr lang zusammen. Bei Brandon und Riley waren es schon zwei Jahre. Wie die Zeit verging! Brandon kam es manchmal so vor, als hätte er sich erst gestern zu dem Blind Date aufgemacht. Gleichzeitig fühlte es sich an, als wären sie schon ewig ein Paar. Ein Leben ohne Riley konnte er sich nicht mehr vorstellen.

»Ich habe noch einen! Gefällt dir der besser?« Brandon konnte es kaum fassen, als Craig aus der anderen Hosentasche eine weitere Schatulle herauszog.

»Ich habe jetzt echt nicht die Nerven für –«

»Riley liebt dich. Du liebst sie«, schmetterte Craig ihm ungeduldig entgegen. »Ihr passt super zusammen, werdet glücklich und habt bestimmt zehn Kinder.« Brandon holte tief Luft. *Zehn* Kinder? Ihm würde *ein* Kind schon reichen. Zwei waren auch okay. »Ring Nummer eins oder Ring Nummer zwei? Was sagst du?«

»Ist nicht dein Ernst …!« Brandon stöhnte.

»Doch! Welcher gefällt dir nun besser?«

»Er muss Kate gefallen und nicht mir.«

»Und welcher glaubst du, gefällt Kate besser?«

Er sah sich die Ringe genauer an. Sie waren aus Weißgold, ohne Stein. Kate mochte keinen auffälligen Schmuck. Sie trug nie Ringe an den Fingern, schon gar nicht welche mit großen Klunkern. Craig kannte sie gut. Der erste Ring war mit einer diamantenbesetzten Rille geschmückt. Der andere verfügte neben drei kleinen Diamanten in der Mitte über einen Streifen aus Roségold.

»Welchen du ihr auch an den Finger steckst – er wird ihr gefallen!«

Craig wirkte nervös. »Sie wird doch Ja sagen, oder?«

»Klar doch!«, erwiderte Brandon lässig.

»Ich liebe deine Schwester über alles«, sagte Craig feierlich.

»Sag das ihr – und nicht mir!«

»Sie weiß es doch schon«, nuschelte sein Freund. »Ich will nur deinen Segen.«

Brandon lachte laut auf. »Ist das dein Ernst? Sollte Kate mit dir Schluss machen, werde ich sie auf Knien anbetteln, dich wieder zurückzunehmen.«

Er konnte sich keinen besseren Schwager wünschen!

»Du denkst, sie macht mit mir Schluss?! Wie kommst du denn darauf?« Brandon biss sich auf die Zunge, aber zu spät.

»So meinte ich das doch nicht!«

Wenn es um Kate ging, verstand Craig keinen Spaß. Sollte sie ihm eine Abfuhr erteilen, dann würde er sich lange nicht davon erholen. Aber Kate würde das bestimmt nicht tun. Brandon kannte sie sein ganzes Leben lang, und noch nie zuvor war sie so glücklich gewesen.

Sein Handy klingelte. Es lag auf der antiken Kommode. Schnell hob er es hoch. Riley hatte ihm geschrieben.

»Ich muss kurz ... auf die Toilette«, log Brandon und huschte zur Tür hinaus.

»Die Toilette ist doch da drüben!«, rief ihm Craig hinterher. Brandon hörte nicht hin und eilte die Stufen hinab. Das Anwesen war groß genug, um sich unbemerkt an den Gästen vorbeizuschleichen.

Seine Mom hatte vorgeschlagen, dass sie im Ballinacurra House in Kinsale heiraten sollten. Riley hatte anfangs gezögert. Sie hatte keine teure Hochzeit haben wollen. Aber dann waren sie doch mal gemeinsam hierhergefahren, hatten sich alles zeigen lassen – und sie hatte sich in den Ort verliebt. Die Speisesäle waren beeindruckend, die

Zimmer luxuriös, die Menüauswahl hervorragend.

Kinsale war zudem ein malerischer Ort. Das Anwesen gehörte übers Wochenende ausschließlich ihnen und ihren Gästen. Nur die engste Familie war eingeladen. Das Gebäude war von prächtigen Gärten umgeben. Die Zeremonie hielten sie draußen ab. Sie würden sich auf einer grünen Wiese unter einem Blumentor bei strahlendem Sonnenschein das Ja-Wort geben.

Er huschte am Personal vorbei. Seine Eltern standen im Hauseingang, und Brandon ging rasch weiter, bevor sie ihn bemerkten. Es gab hier sogar einen Unterhaltungsraum mit großen Ledersofas und einem Billardtisch, auf dem Brandon später sicher eine Partie spielen würde. Genau diesen Raum steuerte er nun an, da er von hier aus die Terrasse erreichte. Dort würde er sich gleich mit Riley treffen. Er eilte durch die Rundbogentür nach draußen und schaute sich gespannt nach seiner Braut um.

Brandons Herz schlug ihm bis zum Hals, als er sie erblickte. Ihr schmaler Rücken sah wunderhübsch in dem Kleid aus. Sie drehte sich zu ihm um. Riley war umwerfend. Brandon suchte vergeblich nach den richtigen Worten. Aber im Moment musste er auch nichts sagen.

›Es bringt Unglück, die Braut vor der Hochzeit zu sehen‹, hatte Kate damals gemeint. Brandon glaubte nicht an diese Märchen. Dieser magische Moment gehörte nur ihnen beiden. Er hatte mit Riley allein sein wollen, wenn sie sich zum ersten Mal sahen.

»Und? Wie findest du's?« Ihr Lächeln war noch schöner als ihr Kleid, dabei war das Kleid traumhaft.

»Meine Braut ist die Hübscheste von allen.«

Brandon schreckte zum ersten Mal in seinem Leben nicht davor zurück, Verantwortung zu übernehmen. Er wollte, dass Riley ganz offiziell zu ihm gehörte. Und nach diesem Tag würde es so sein. Mit ihr wollte er den Rest seines Lebens verbringen. Eine solche Frau fand er bestimmt kein zweites Mal! Seine Braut war schon sehr außergewöhnlich.

»Du siehst auch schick aus!«, sagte sie.

»Ich habe mir Mühe gegeben.« Sie kicherten beide gleichzeitig los. Rileys Wangen waren leicht rosa gefärbt. Das Make-up war hübsch aufgetragen. Das Haar hatte sie hochgesteckt. Mittlerweile reichte es ihr weit über die Schultern.

»Wir sehen uns vor dem Traualtar!« Sie winkte ihm energisch mit der einen Hand zu, während sie mit der anderen ihren Rock hochhielt und davonrannte, wie Cinderella, nachdem es zwölf Uhr geschlagen hatte.

»Pass auf, dass du nicht hinfällst!«, rief er ihr hinterher.

Riley hatte in den letzten Wochen ständig zu Hause ihre Brautschuhe getragen, um das Gehen damit zu üben. Jetzt konnte sie sogar damit rennen!

Schmunzelnd machte sich auch Brandon auf den Weg.

Er wollte alles dafür tun, dass dieser Tag für Riley perfekt verlief.